馬鹿な奴ら

STUPID GUYS

ベトナム戦争と新宿

高部 務
TAKABE TSUTOMU

鹿砦社

馬鹿な奴ら　ベトナム戦争と新宿　目次

第一章　日本に誕生したコミューン

一九六九年。立春が過ぎたばかりの厳しい寒さが続く新宿の街。東口のグリーンハウスで、北風に負けじと大きな声を張り上げながら冊子らしきものを売っている小柄な女の子を見かけた。複雑な線で描かれたペイズリー柄の表紙から、かろうじてタイトルらしき『部族』という活字を読み取れる。

僕は『部族』という言葉に引っ掛かった。一部百円のようだ。

ジーンズのポケットからギザギザの新しい百円玉をまさぐって取り出し『部族』と交換すると、冊子を小脇に挟み夕日が沈みかけた通りを風に煽られながら歌舞伎町のジャズ喫茶ゲート（「ヴィレッジ・ゲート」）に向かった。

マイルス・デイヴィスのトランペットが店内を勢いよく駆け巡っている。壁、天井、椅子、テーブルと黒一色で統一された店の造りはひとたび腰を下ろすと昼と夜の区別を消し去ってしまう。そんなわけで、ジャズを聴くには絶好の舞台設定だ。僕は時間潰しにさっき買った冊子を開いた。冊子のサイズは、つい先日の二月二十五日に産経新聞が創刊した『夕刊フジ』のタブロイド版と同じだった。

さて、しかしタイトルの『部族』とはなんだろうか。聞いたことのない言葉だ。ページを開いてみると、巻頭ページは山尾《やまお》三省《さんせい》と署名の入った「部族の歌　―欲望のピラミッドを脱出―　部族社会の内に自己を実現しよう」と題された記事が載っていた。

「社会、世界を形成する権力の構造はすべてがピラミッド形式になり、頂点にいる一部の権力支配者の元に、虐げられ搾取され抑圧され続けている。そんな世界を否定し、権力者を排除した新しい秩序に基づく地域、社会を作り上げることこそがいま求められている」

とある。資本主義の悪しき構造を指摘し、格差社会を生み出している日本の現状を痛烈に批判している。

「貧富の差だけを作りだす頽廃した社会に決別し、自分たちの理想とする空間、コミューンを作り上げようじゃないか」

読んでみると、アジ演説にも聞こえてくる論調だ。体制を批判し人と人とのつながりで成り立つコミューンの創造を提唱している。

コミューンとは、中世ヨーロッパで王や領主から特許状により一定の自治権を認められた行政上の最小都市のことだ。アメリカのヒッピーたちがベトナム戦争反対を訴え、脱社会体制を旗印に謳い自分たちだけの解放区を作ろう。そんな動きがあることは知っているが、日本にもそんな動きがあるのだろうか。

そんなことを考えていると、さっき僕が百円玉を渡した女の子が入ってきた。壁に掛かっている再生中のマイルス・デイヴィスの『マイルストーンズ』のジャケットを眺めると軽く頷いて体をスイングさせ始める。ジャズにはかなり造詣が深いとみた。

僕の二つ隣の席に着くと、注文と同時にボーイからボールペンとメモ用紙を受け取って何かを書いてボーイに渡している。

どうやらリクエストをしているようだ。

「ジャズに詳しいんだね」

僕が話しかけると、女の子はああ、さっきのといった風に頬を緩ませて席を一つ僕寄りに移した。

「ええ、お父さんが好きで小さい頃から聴いていたというより聴かされていましたから」

日本人離れした彫りの深い顔は、イギリス生まれのファッションモデル、ツイッギーに似ている。細身のジーンズに胴の部分が絞り込まれた紺のハーフコートは体の伸びやかさが引き立ち、肩まで垂れた髪が風に揺れている。季節外れの、日焼けした浅黒い顔に白い歯が健康的に見える。

「私、マユミって言います」

「どんなアーティストが好きなの」

僕の質問にマイルス・デイヴィス、ウェイン・ショーター、ハンク・モブレー、ハービー・ハンコックと立て続けにジャズメンの名前が挙がった。これはマイルスと演奏してきた仲間たちだ。

「西部の、黒人ジャズが好きなんです」

ジャズに対する見識が半端でないことを感じさせる。

「さっき買ったこれ、ちょっとだけ目を通したけど『部族』ってどんな組織なの」

「あら、知りません？　これ新宿を根城にしているヒッピーの人たちが集まって作ったものなんですよ」

新宿のヒッピーか。どんなメンバーなんだろう。

「新宿のフーテンならサンセイとかポン知りません？」

サンセイは、六〇年安保を戦った元闘士であり風月堂にたむろする僕たちフーテンの先達だった。確か、早稲田大学の西洋哲学科に籍があるとかで、今も風月堂によく顔を出しているので何度か見かけたことがある。

「一九六〇年六月十五日、政府の安保条約採決強行突破に抗議して、全学連が国会に突入したとき、議事堂構内で抗議集会を開いたんだけど、そこで東大生の樺美智子《かんばみちこ》が警察官に襲撃されて殺害されたんだ。俺はあの時、彼女の三列後ろで隊列を組んでいたから、警察官の棍棒が当たる瞬間を確かに見た。俺は許せなかったよ。あの時の警官ときたら殺人集団そのものだった」

以前、サンセイがそんな風に憤慨していたことを憶えている。

もう一人のポンとは直接会ったことはないが、歌舞伎町通りに立つ似顔絵描きの熊ちゃんの仲間のようで、同じく似顔絵描きをしているようだった。元は京都で友禅染めの画工をしていたらしく、ポンの描く絵はやたらと細かく繊細だと熊ちゃんの会話の中によく出てきていた。

正式名称は「部族＝ザ・トライブ」で、発祥は六七年の五月、約三十人の会員が新宿で立ち上げた「バム（英語で怠けもの、飲んだくれ、浮浪者の意味）アカデミー」ということだ。

サカキナナオ（雑誌『改造』の元編集者）、長沢哲夫（詩人）、山尾三省（詩人）、山田《やまだ》塊也《かいや》（似顔絵描き）が先頭に立った。

立ち上げと同時に、活動に必要な場所として国分寺の建物を買い取った。建物は富山の薬売りや甲州の絹織物の行商人を相手に長期滞在客を専門にしていた旅籠だったという。行商人の数も減り、経営者が歳をとっていたこともあって売りに出たところを、集団での居住が可能な建物を探していたサンセイが、知人からの紹介で売却を申し込むと、使用目的を聞いた大家がその生き方に賛同して相場価格よりかなりの安価で譲ってくれた。

現在、それを「エメラルド色のそよ風族」と呼んで仲間の拠点として使っている。

同時に長野県富士見町御射山神戸の山肌の土地も購入して「雷赤鴉族《かみなりあかからす》」と名付け、住居用の小屋を建てて思想に協賛するメンバーの住まいを作っている。そこでは、山の斜面を開拓して共同農場を開いており、近所の農家の指導を受けながらサツマイモやトウモロコシを種付けし、自給自足の生活を目指している。

この「雷赤鴉族」の建設が軌道に乗ると、七月には鹿児島県の離島、諏訪之瀬島に渡り、第三の拠点「がじゅまるの夢族」と名付けた集合住宅の完成を目指しているという。

巻頭の寄稿者の山尾三省がサンセイ。ポンの本名は山田塊也だそうだ。話を聞いている範囲では、ヒッピーの発祥の地といわれるアメリカ・ニューヨークのグリニッチ・ヴィレッジやサンフランシスコのノースビーチの若者が実践しているコミューンの在り方に似ている。

風月堂には世界のヒッピーが流れてくるが、アメリカからのヒッピーが大半を占めている。サンセイは英語が堪能のようで、日本にやって来るヒッピーの相談事にのっている姿をよく見かけていたから、そこで彼らの思想に影響を受けてそれらの運営を進めていると見てもよさそうだ。

だが「バム」といえば酔いどれ集団になる。そこに、こんなにキュートで可愛い女の子がいることが僕には意外で興味が湧いた。

「お父さんがジャズ好きだって言うけど、どこから来たの」

「私？ 沖縄」

ハーフの風貌をしている沖縄娘となれば、父親は軍関係者ということになるのか。

「お母さんが普天間基地の近くで店をしているんです。お父さんはアメリカから来ている軍人です」

やっぱりそうなのか。基地の町。軍人が集まる夜の繁華街。

ジャズを子守唄のように聴いて育ったのが納得できる。

「東京に来たのはいつ」

「半月ほど前」

そう言って柔らかく笑う。

「今は、どこに住んでいるの」

「国分寺の『エメラルド色のそよ風族』です」

コミューンを居としている。

僕の知らない世界がそこにはあるようだ。

「私、遅くなれないんで帰ります」

もう少し話したかったが、マユミは自分がリクエストしたらしいアルバムの片面が終わったあたりで帰っていった。

花園神社の横の道を通りマンモス交番（花園交番）の前を過ぎると、並んで東京電力角筈変電所がある。ここは雨が降ると、高電圧が流れる電線に雨粒が当たりジリジリという放電する音が不気味に聞こえる。変電所の前に、紺地に白い字で「おでん」と書いた幟《のぼり》を車体に括りつけたブルーの軽トラが停まっていた。色の剝げかかった荷台にシートが張られて、おでんの鍋から湯気が立っている。覗いてみると間仕切りされた鍋の中にそれぞれの具が分かれて煮えている。大切りの大根や丸のままのジャガイモが美味そうだ。

美味そうな匂いが空腹の鼻を刺激する。

屋台のトランジスターラジオから千昌夫の『星影のワルツ』が流れている。亭主の顔を見ると、なんと最近見かけないと思っていた麻雀仲間の大島だった。

「なんだ、大島じゃないか」

僕は思わず声を掛けた。

「高垣か。ゴールデン街にでも行くつもりかい」

のんびりした口調でこともなげに言う。

「何これ、いつからやってるの？」

「半月ほど前からだよ」

ここは新宿の繁華街だ。出店ともなればヤクザの縄張りがある。誰もが勝手に出せるはずはない。

「見かけないと思っていたら、こっちに転向していたのか」

まさかと思ったが、僕は頬に指を滑らせた。

これは、ヤクザ稼業の仲間であることを指す合図だ。

「違うよ、そんなんじゃないよ。ヤーサン《ヤクザ》に場所代《しょば》なんか払っていたら稼ぎを持っていかれるから商売にならないだろ。ここに店を出しているのは、ヤーサンが商売を邪魔をしにきても警察《マッポ》が用心棒代わりになってくれるからだよ」

屋台の横に交番の赤い電球が輝いている。

なるほど、そういうことなのか。

僕は余計な心配をするのはやめにした。

「この匂い嗅いだら腹減っちゃったな、何か食わせてよ」

「食いたいって言ったって、商売でやってるんだよ」

「固いこと言うなよ。ジャガイモとか大根なら原価が安いだろ」

「分かった、食いたいものを言えよ。だけど、無料《ただ》ってわけにはいかないよ。半額だよ。それでも嫌なら帰ってくれ」

「おいおい、それぐらいなら払うよ」

おでんといえども立派な料理品だ。素人の大島がどんな味付けをしているのか。多くは望めそうもないが半額なら我慢できる。ところが意外なことに、大島が箸を入れている鍋を覗くと、底に太い昆布が敷かれて見える。それだけじゃない、鰹節が削られずにそのまま片隅に立て掛けられている。

見た限りでは出汁《だし》の取り方はバッチリだ。どこでこんな技を身に付けたのかと考えていると皿に乗った大根が出てきた。

歯応えのある柔らかさで手ごろに出汁が利いて美味い。

ジャガイモは味が中まで浸み通っている。

洋辛子を塗ると、味が引き立って美味さが倍増する。

「これ、みんな自家製なの」

「当たり前だよ。もっとも俺の仲間の味付けだけどな。料理の心得のある奴がいて、そいつの手ほどきなんだ」

いつもなら、国鉄の線路補修員が着ている作業着のなっぱ服か沖仲仕（港湾労働者）の愛用するニッカボッカが大島の定番だが、客商売を意識してなのか紺のコットン・ジャンパーにブラック・ジーンズで身なりを整えている。

「どう、今日の売れ行き……」

柔らかい声がした。見るとゲートで会ったマユミだった。

「うん、まあまあだよ。悪くはないな」

呆気にとられていると、大柄で目つきの鋭い兄さんが来てマユミに注文し始めた。

「俺、ごぼうとワカメとジャガイモをもらおうかな。そうそう、大根も入れてよ」

マユミもここの常連かと思っていたら、屋台の運転席のドアを開けて着ているコートを脱ぎバッグも置いた。マユミは、素早く長尺の箸を持つと湯気が立つ鍋から注文の品をお皿に載せる。

「出汁は多めにしますか。この洋辛子を付けると美味しいですよ」

手際がいい。

「そうだな、ありがとう」

男が美味そうにぱくつく。

「あたし、こんにゃくと大根をいただくわ」

今度は、二丁目界隈で見かける女装のオカマがシナを作りながらガマ口を開けている。

「一つずつでいいんですか」

「いいわよ。そんなに食べると太っちゃうでしょ。あんた奇麗ねぇ、どこから来たの」

「沖縄です」

「そう、この男があんたのコレなの」

大島を見ながらオンナが小指を揺する。

マユミが小さく頷く。大島が嬉しそうに頭を下げる。

何ということだ。小柄でずんぐりで、日雇い人足が天職のような大島と、キュートでスマートな可愛いマユミがカップルとは。

僕はおでんの味を忘れて二人を見た。信じられない光景だ。

「大根が喜ばれるみたいね。市場に行けばいくらでももらえるんでしょ。お客さんにお腹を膨らませてもらえるように、もう少し大きくカットした方がいいかもしれないね」

「そうだな。ジャガイモはそう思って丸のまま出しているから、今日もお客さんには評判がいいよ」

「彼女は大島のところに泊まっているの。あの、野方の？」

「ああ、あそこは、家賃を滞納していたうえに、旅に出て三カ月留守にしていただろう。帰ってみたら知らない人間の洗濯物が干してあったよ。大家は、俺が夜逃げしたと思ったんだろうな。仕方ないよ。今は、国分寺の『エメラルド色のそよ風族』に住んでいるんだ。来る者は拒まずだから誰でも泊めてくれるんだ。高垣も良かったらおいでよ」

「そうか、どんなところか行ってみたいなぁ」

僕はすっかりその気になった。僕たちは中央線の高尾行きに乗った。

「東京って大きな街なのね。どこまで行っても家の明かりが途切れることがないんだもの」

マユミは車窓から走馬灯のように流れる外の景色を眺めている。

転寝していると国分寺駅に着いた。十時を回っている。

駅前の売店で大島が四合瓶の焼酎を買った。

北口を下りて、市立第七小学校の脇を連雀《れんじやく》通りに向かって十分ほど歩く。通りから少し奥まったところに木造二階建の大きな建物があった。明かりのついた二階の窓の数を見ると、かなりの部屋数がありそうだった。もっとも旅館の建物をそのまま買い取ったと言っていたから、大島たちのようなカップルが何組も住みついているのかもしれない。

玄関の正面に輝いている丸い裸電球に「エメラルド色のそよ風族」と彫刻された看板が照らされている。二人の後を付いて上がり框《かまち》で靴を脱いで中に入った。正面が大きな広間になっている。

広間には六、七人が車座になって酒盛りをしていた。

曼陀羅の刺繍が施されたタペストリーが正面に飾られている。

強い煙の臭いが立ち込めている。僕は、それがマリファナの煙《グラス》だと分かった。僕たちが入っていくと何人かが振り向いた。

「よう、しばらく。俺も帰ってきたんだ」

髪が肩まであり、髭が口を隠すほどに伸びた男が立ち上がって大島に声を掛けてきた。

「しばらくだなぁ。ジュンいつ帰ったんだ」

「今日の昼だよ。用賀の東名高速の出口で、乗ってきた車から下してもらったんだ」

「じゃ、ヒッチハイクで?」

「もちろんだよ。鹿児島から一週間もかかっちゃったよ」

諏訪之瀬島での仲間のようだ。

「みんな元気にしている」

「ああ、じゃがいもの種を育てるために、あれからみんなで一反歩ばかり開墾して植え付けを終えてから来たんだ」

「御苦労さん。あそこは、竹の根が張っているから開墾するには大変だっただろ。でも、食料がそれだけ増えれば夏に東京から乗り込む仲間の食い物には困らないだろうな」

「と思うよ。六月頃には収穫できるはずさ」

ジュンと呼ばれる男が、大島に湯呑茶碗を渡すと手にした焼酎を自分の茶碗と大島の茶碗に注いだ。

「エメラルドでの再会を祝して乾杯」

「大島は当分ここにいるつもりなんだ。よろしくね、マユミも無事辿りつけたんだ」

「ええ、なんとか」

「相変わらず仲がよろしいようで」

浅黒く日に焼けている顔は精悍だ。車座に座っている男たちの視線がこちらを向くが、どの顔も鋭さのない人柄の良さそうな目をしている。壁際の台座に線香と紅茶ポット。それにモームの『月と六ペンス』へミングウェイの『キリマンジャロの雪』などの本が置かれている。

大島が線香を持ってきて灰皿を受け皿に火を点けた。

車座に座っていた男が、立ち上がってテーブルに置いた僕たちの焼酎を当たり前の顔でコップに注いだ。それが誰のものなどてんで頓着していない。衣類以外、私有財産はすべて認められていないと言っていた。食料を買出しに行くときはお金の有る者は出す、ない者は出さなくていい。僕が、ざっと読んだ『部族』に書かれていたコミューンの生活がここにあるようだ。

車座の仲間が、紙に巻いた物を交互に口にすると目を閉じた。

マリファナでの瞑想なのか。

「信州の『雷赤鴉族』でも諏訪之瀬でもマリファナ《グラス》を栽培しているから、ここに来るとグラスには不自由しないよ。精神革命のための瞑想は、グラスをやるとこれがまたいいんだな」

ジュンがそんなことを言いながらグラスをポケットから出した。

裸電球の下がる広間に紫色の煙が立ち込めている。

一人が経を唱え始めた。般若心経だ。

カセット・レコーダーからは、イスラム圏に見られるターバンを巻いた男が、コブラを前にして吹いているフルートのような調べが流れていた。ヒンズー教のマントラだ。

壁の曼陀羅がまるで息を吹き返したように鮮やかな色彩を放っている。天井から下がったドライフラワーの紅花が、紫煙に溶け込むように揺れている。車座に座る一人が立ち上がった。

「踊ろう。魂の解放だ」

新宿のゴーゴー喫茶で流行しているステップを基本にした踊りなんか糞くらえとばかりに、カセットテープから流れだすインド音楽に合わせ体をくねらせて踊り始めた。上半身裸になり、着ていたシャツを振り回しながらコーランのような経を唱える者もいる。

自分の髪を鷲掴みにし、あたかも空間を彷徨っているような足取りで体を揺らす女の子。誰もが次々と踊りの輪に加わり憑かれたように陶酔の表情を浮かべて踊っている。

部屋の隅にはマユミが売っていた『部族』がかなりの高さで積まれている。ジュンは古参メンバーのようだ。

「二年前の秋から、自分たちのムーヴメントを世の中に伝えるために作ったのさ。ヒッピーがブームのようになってから初版で一万部刷ると街頭で飛ぶように売れたんだ。去年の春、二号を一万部刷って五千部を刷り足したよ」

この新聞は、仲間が旅に出るときには持って出て売りさばき、それを生活の足しにしているともいう。

ジュンは美味そうにグラスをふかしていた。


時計の針が一時を回っていた。

「高垣もおいでよ」

大島がマユミを伴って二階に向かった。

階段を上ると、廊下を挟んで両側に四つの部屋が並んでいる。

「空いている部屋があるだろうから、押し入れから布団を出して眠ればいいよ」

二人は階段を登ったすぐ手前の部屋に入った。

僕はその向かいの襖を開けた。薄く明かりの点いた六畳の部屋に蒲団を掛けた男の顔が見えて鼾が聞こえた。丸坊主に剃り上げた頭に顎髭がかなり伸びていた。一人部屋を想定していたわけではないが蒲団が部屋の真ん中に敷かれてもう一組敷くスペースが残っていない。僕は襖を閉じた。音が聞こえたようだ。

「誰かいるんだ。じゃ、こっちにおいでよ」

そう言われても、二人の部屋を邪魔するわけにもいくまい。

躊躇していると大島が顔を見せた。

「布団を敷いたからこっちに寝ればいいよ」

裸電球の点いた部屋に、川の字に三組の布団が敷いてあった。

「ここが、いつも使っている部屋なんだ」

「そうだよ。荷物も置いてあるし大勢転がり込んでこない限り俺たちだけで使っているんだ」

登山用のグレーの大きなリュックが一つ壁際に置かれている。

その横に、アメヤ横丁で見かけるカーキ色の肩掛けが付いているバッグがある。マユミが沖縄のベースで使われている物を持ちだしたものだろう。

「ここに転がり込んで二週間になるってことか」

「そうだな。マユミがどんな病気なのか分かったら部屋を探そうと思ってるんだ。ともかく、今は節約してお金を貯めなくちゃ」

マユミは黙って天井を見つめている。僕が電気を消した。

階下から聞こえてくるインド音楽は夜通し続きそうだった。

窓から差し込む陽の光で目覚め、三人で階段を降りた。マユミが居間の横の戸を開けると、そこは炊事場になっている。

「すいとんと、おでんの売れ残りがあるから食べる?」

ガスに火を点ける音がした。三つのどんぶりをお盆に載せて持ってきた。すいとんがよそられている。ニンジン、ジャガイモ、キャベツ、里芋と野菜類の具が沢山入っている。小麦粉を捏ねて固めたすいとんは、噛むと歯ごたえがあってこれがなかなか美味い。

昨晩「魂の解放だ」と叫び、軟体動物のように踊っていた男も階段を下りてきた。

「俺、富士見からきたシロウ。よろしくね」

前夜の酒かグラスが残っているのか、左手で頭を叩いている。

庭の隅の冬薔薇が鮮やかな深紅の花を咲かせている。

大島がラジオ体操の真似事をして体をほぐす。

玄関横には大島が新宿で店を出していたおでんの屋台に使う軽トラックが停まり幟だけをはためかせている。

昨晩、布団を被って寝ていた丸坊主の男が下駄履きで出てきておでんの鍋蓋を持ちあげると重たそうに庭の脇にある水道に運んだ。蛇口を捻ると水が勢いよく吐き出される。

男は蛇口に口を付けて喉を鳴らしながら飲む。

「二日酔はこれに限るよな」

笑うと意外に愛嬌がある。

「はじめまして、高垣と言います」

挨拶して僕も水を飲んだ。冷たい水が喉を通ると頭に溜まっている霞みのようなもやもやが一気に消えた。

「大島、俺が車と屋台の掃除するから市場にはお前らで行ってよ」

市場に行くというのは、ここの集合住宅の食材の調達に行くことらしい。

「いいよ、じぁあおでんの具の仕入れの方も頼めるのかな」

「ああ、仕入れておくよ。何が売れ筋なの。昨日の夜は、竹輪麩と厚揚げが出たけど」

「こんにゃくと豆腐を多めに入れといてよ」

「分かったよ。お前はマユミが一緒にいるおかげで俺より売上いいもんな。悔しいけどしょうがないな」

マユミが嬉しそうに笑う。

「あいつ欣也《きんや》っていって板前の経験があるんだ。おでんの具の買い付けと味付けはあいつ任せさ。なんたってプロの味付けだから、そこいらの同業者には負けないよ」

大島が自慢気に言う。

「さぁ、食料調達のための作業に出発だ」

これから何が始まるのか――。

近くにある野菜市場に向かっているという。九時を過ぎている。

大島が空のリヤカーのハンドルを両手で掴むと歩きだした。

僕たちは後ろに付いて歩く。いつの間にかジュンもいる。

連雀通りから中央線の踏切を渡り、新小金井街道の交差点にくると「東京多摩青果市場中央支店」と書かれた市場があった。リヤカーを引いて場内に入ると、車の出入りが激しく前掛けにねじり鉢巻きの男たちが忙しそうに動き回っている。野菜や果物の箱が壁際に並んで置かれている。

シロウが慣れた様子で事務所に入っていく。

「お早うございます。今日もよろしくお願いしまーす」

胸にワッペンの付いた紺のジャケットを着た責任者風の男が、机に向かって書き物をしていた手を止めて顔を上げた。

「今日も来てくれたかい。助かるよ、こちらこそよろしくね」

相手の態度を見る範囲では、シロウが一番の古参のようだ。

「市場のセリが終わった後の掃除を手伝うんだ。その手間賃として売れ残った物や、運搬中の荷崩れで傷ついた野菜を分けてもらうんだ」

大島が教えてくれる。

セリが一段落し荷物を積み込んだ小売店の車が姿を消すと、かなりの広さの空間ができた。床は野菜屑や破れた段ボールの箱が散乱している。僕らは総勢で野菜の入った段ボール箱を片隅に積み上げて整理した。床の箱物を片付けると一列に並んで箒を持ち大きなゴミを袋に入れながら掃き進む。

「この連中、仕事をさせれば丁寧だしさぼるものもいない。けど、定職を持つ気もなさそうだよな。一体何考えてんのかなぁ」

「まんざら馬鹿にも見えないけどなぁ」

市場で働く男たちの声は大きく、事務所の入り口で話す声がそのまま聞こえてくる。

「連中の住んでいるところは、誰が行っても泊らせてくれるそうだよ。それに銭も食い物も全部平等に分け合うとか言ってるよな」

「ということは、物欲を捨てたお釈迦様みたいな連中の集まりということか」

おおよそ理解不可能といった顔で、僕たちの仕事を眺めている。

四人で三往復すると、広場が奇麗に掃き清められた。

事務所にいた男が、隅に積んである段ボールの箱を指さした。

「喫茶店も経営してるんだよな。店で使う物があれば持ってきな」

キュウリや玉ねぎ、パセリなどが入っている。

「そうそう、駄賃にあそこにあるみかんを一箱持っていきな」

宇和島ミカンと書かれた箱だ。

「曲がった大根とジャガイモがあると助かるんですが」

シロウがちゃっかり催促する。

なるほど、マユミが言っていた「買わなくてももらえる具は、お客さんが喜ぶから大きめにカットしようね」の意味が分かった。

すべての頂き物をリヤカーに積み込むとかなり重たい。

みんなで押して市場を後にした。

木造りで素人が手を入れて改造したことを思わせる素朴な建物の前にリヤカーが停まった。「Cafe　ほら貝」と書かれた看板が出ている。どうやら喫茶店のようだ。シロウがドアを開ける。

エプロンを掛けた女の子が出てきた。昨晩、両手を夢遊病者のようにくねらせて踊りに熱中していた女の子だ。『部族』は喫茶店も経営しているのか。店内からジミ・ヘンドリックスの『紫のけむり』が大音量で流れてきた。ロック喫茶のようである。

「今日はいろいろ揃っているのね」

女の子はトマト、キュウリ、パセリなどを選びシロウがそれを店内に運び込んだ。残った食料は「エメラルド色のそよ風族」行きということになるのか。リヤカーはそのまま来た道を引き返した。

「傷つこうが曲がっていようがまったく関係ないのに、都会の主婦ってこういうのを嫌がるんでしょ。もっとも、そんなおバカさんがいるから私たちがこうして美味しい食材にありつけるのよね」

リヤカーから野菜を下すマユミがそう言って小さく舌を出した。

青果市場の掃除を請け負い、ロック喫茶の経営で自分たちの生活を支えている。旅に出る者、帰還してくる者。入れ替わり立ち替わりここを拠点に暮らしている。

集合住宅に戻ると、大島が水道で大根とジャガイモを洗いジャガイモの皮を剝き始めた。大根の皮も剝いて包丁を入れる。

「今夜も、あそこに店を出すんだろ」

「そうだよ。今日の働きに免じてジャガイモと大根だけはサービスするからおいでよ」

僕は二人に挨拶してから国分寺駅に向かった。

大島は僕にとって雀仲間でもあるが、寄せ場（日雇い労働の斡旋場）での日雇い仲間でもある。定職を持たない大島は懐が寂しくなると日雇いで、その日暮らしをしている。

何度となく、地下鉄の工事現場やビルの解体作業で一緒に汗を流した。一日中、単純な力仕事に従事して疲れきって働かない頭で一杯飲みに行ったりするうちに聞いた話と言えば、大島は三歳年上ということだ。

栃木県出身で、父親は地場産業として盛んな石垣塀などに使われる「大谷石」の採掘工として働いていた。

「親父は、俺が中学時代に肺病で死んだよ。暗い地下坑に入って石を切り出す作業を二十年以上続けていたんだ。マスクもしないというよりない作業現場で、長年石粉を吸い続けたのが原因さ。れっきとした職業病なのに、元締めの会社はそんなことには知らんぷりだよ。親父が病院に入ると、見舞金と言って一万円を置いていっただけ。それ以上、何の保証もないまま死んでいったよ」

悔しそうにそんな話をしていた。

母親は、自分たち三人兄弟を食わせるために工事現場の片づけ仕事をして働いていた。母親が疲れて帰ってくる姿を見ていると耐えられず、長男の大島は、新聞配達をしながら通っていた高校を中退して東京に出ると、三十人規模の金属加工会社に勤め始める。

しかし、弟たちの学費にと仕送りするにはとても満足のいく額ではなかった。工場は薄暗く、毎日油まみれになって働くにもかかわらず給料はほんのわずかだった。

そのうち、職場で夜間部の大学に通う先輩が立ち上げた労働組合に参加したところ経営者は露骨な嫌がらせをし、自分も含めた組合参加者を廃油の最終処理場に配置転換した。

怒った先輩は仕事を辞め、母校の学生紛争に身を置くようになった。その先輩から勧められた本が、日本のアナキズムの先駆者的存在の大杉栄《おおすぎさかえ》の著書だった。最後まで国家に楯を突き、妻と甥っ子共々虐殺された大杉の叛逆根性に触発され大島も会社を辞めた。

大杉栄の生き方が眩しく映った大島は、体制に組み込まれることを拒否し、自分からもアナキストを名乗るようになった。


去年の六月、東大の安田講堂が封鎖されていたときにゴールデン街で大島が手にしていたのはフレームが大きくU字型に曲がった金属を切断するために使う金鋸《かねのこぎり》だった。フレームにネジで止められた三十センチほどの歯の部分が細かいギザギザな形状の金属板で黒く冷たく光っていた。

「東大なんてのは権力そのものの象徴だろ。俺は東大を否定するんだ。安田講堂を封鎖している学生に紛れて、講堂正面に据えてある大学の象徴となっている濱尾《はまお》新《あらた》像の首を、この金鋸で切り取ろうと思っているんだ」

居合わせた飲み仲間は唖然とした顔をしていたが、大島の目は真剣だった。権力に立ち向かうにもいろいろな方法があるもんだと僕は感心して聞いていた。

何日かして風月堂に顔を見せた大島に、

「どうだった。首尾よく切り落として屑屋にでも売り払ったのか。切り取ったがん首が銅なら、かなりの目方があるから高く売れたんじゃないのか」

冗談半分で言ってみたが、大島は真剣な顔で答えた。

「駄目だったよ。夜中になるのを待って三人の仲間と忍び込んだけど、像堂の首に鋸を当て切断し始めたところを警備員に見つかって追い返されちゃったんだ」

心底悔しそうな顔で床を踏みつけた。


それからしばらく経った十月六日だ。

新宿区上落合のアパートで爆発事故が起こった。窓ガラスが吹っ飛び、畳は焼け焦げ消防車が出動して大騒ぎになった。

爆発直後、三人の学生風の若者が血だらけで逃げ出した。

そのうち、全身に火傷を負い両眼失明寸前だった一人は、駆け付けた警察に爆発物取締罰則、火薬類取締法違反の現行犯で逮捕されたが、残りの二人は地下鉄東西線駅の方に逃げたと、アパート近くの住民が目撃していた。あれだけの怪我をしていたら遠くに逃げられないだろう、という証言から警察が捜査網を敷いて追いかけたが捕まらず、結局逮捕されたのは東京理科大の学生W一人だけだった。Wへの取り調べで、事件はアナキストの黒色学生連盟による爆発実験失敗事故だったと分かった。

この組織は「ALW叛戦」と機関紙で名乗り塩素酸カリ、濃硫酸、マグネシウム、ガソリンなどを混合しての手製爆弾を製造していたことも取り調べで明らかになった。

「ALW叛戦」は大島が口にしていた組織名と同じものだった。

組織の勢力は十数人で、二年前の十月十五日早朝にはベトナム向けライフル銃を製造している愛知県の豊和工業への襲撃。

機関銃などの兵器を生産している、東京都下の田無にある日特金工場を襲撃していたことも、四日後には判明した。

爆発事故の四カ月前には、代々木の日本共産党本部の玄関に火炎瓶を投げ込んだことも、新宿駅東口交番を襲撃していたことも、この組織の仕業と分かった。


風月堂には、学生運動の指導者的立場の人間や世界を股に掛けて旅しているヒッピーが出入りする。マリファナや麻薬の類を売り買いする人物や、セクトの闘争方針などを計画立案しているグループもいる。そのため、警視庁公安の刑事がこれらの危険人物の動向を探って朝から閉店まで交代で不穏な動きの内偵のために店に張り付いている。

そんなことを教えてくれたのは、遊び仲間でこの店でボーイとして働いているミムラだ。ミムラは、僕が大学に入学する直前に歌舞伎町のジャズ喫茶ゲートで知り会い、ここ風月堂の存在を教えてくれた一年先輩の早稲田大学の学生だ。

大学生といっても、学校にはほとんど行かず学生運動の過激派と言われているセクトに籍を置き、集会や街頭闘争があるたびにこの店から出撃する兵《つわもの》だった。

上落合のアパート爆発事故の起きた翌日、風月堂に行くと、

「刑事が二人に増えているよ。やばいことはしない方がいいぞ」

そう言って釘を刺された。

僕が近頃、大島の姿を見かけなくなったというのはちょうどあれからだった。もっとも、フーテンが二、三カ月姿を消しても銭回りの良い女ができて女の元に転がり込んでいるか気儘な旅に出ているだろうくらいで誰も気に止める者もいないが、東大の銅像首切りという荒業を決行したことを聞いていたから心配になっていた。

「ブラック・キャッツ」が気に入った大島はこの店を拠点にして時間を潰していた。そこで働いていたのがマユミだった。キュートな顔立ちのマユミを一目で気に入った大島は一大決心をした。断られても旅の恥はかき捨てと勇気を振り絞って居酒屋に誘った。

マユミは断ることなく申し出を受けてくれた。

酒場に繰り出すと、マユミには持病がありそれがいつ出るかと心配していることを知った。マユミは中学生の頃、運動すると動悸と息切れを感じるようになり、医院に行くと、心臓の弁が正常な働きをしていない。難しい病気なので本土の病院に行って診てもらうように言われていたという。

運動を控え、自分が働けるようになったところで両親の援助も加えて東京に出て大学病院で診てもらう。こんな計画を立てていた。マユミの母親は、米軍嘉手納基地の並びにある飲食街でお婆ちゃんとバーを経営している。父親は基地に勤める米軍の軍属で、アメリカのオレゴン州に妻子のある身だった。六七年というから二年前になる。マユミが高校三年の秋、ベトナム戦争が激しさを増した。父親は、ベトナムに配属され沖縄を去った。それ以降、連絡が途絶え、沖縄の米軍関係者に相談を持ち掛けても一切相手にされることがなかった。

高校を卒業したマユミは、東京に出ることを諦め母親の経営するバーで働き始めた。沖縄にいても自分の病気は治らない。このままでは病気が進行しているのかもしれない。そんな焦りもあり、東京に身寄りのないマユミは、鹿児島大学に通う同級生を頼って船に乗ったのが去年の十月。同級生の部屋に居候させてもらい、今は上京する資金を貯めているところと言う。自分の父親も病気で苦しんで亡くなった。病気持ちで苦しんでいるマユミを見た大島は他人事《ひとごと》に思えなかった。

「俺は愕然としたね。こんなところまでベトナム戦争の被害者がいることが。それも、病気で治療も受けられずに悩んでいる。それを聞いてしまった手前、放っておけなくなったんだ」

人の良い大島は、風月堂に出入りしている東大病院の医師を思い出し話してみた。

「え、そんな有名な病院の先生に診ていただけるんですか」

マユミの瞳が輝いた。その姿を見て大島は決心した。

「俺はこれから諏訪之瀬島に行くけど、帰りにブラック・キャッツに寄るから東京に一緒に行かないか」

親身になって相談にのってくれる大島に、マユミは父親の姿を投影したのか恋心を抱いたのか。どちらにしても頼り甲斐のある男に見えたことだろう。自分の置かれた境遇を隠し立てすることなく話してくれた。ここまで話を聞くと、ミムラに教授のことを聞いていた意味がようやく解けた。

話を聞いてしまった以上、マユミを病院に連れていかなければと考えた大島は、船に乗るかどうか迷って島の話をした。

「マッポがまだ追いかけているかもしれないから、時間を置く意味もあってな。諏訪之瀬に行って、その後でマユミを東京に連れて帰ろうとしたんだ」

二人の出会いはこんなものだった。

翌日、マユミは大島と島に一緒に渡るため店を辞めて部屋を引き払ったという。これだけで大島に対する信頼の寄せかたが分かる。

一週間が経っていた。風月堂で客の置いていった新聞を開いていると大島がマユミを伴って入ってきた。マユミの肩に下げたバッグにはあの冊子が入ってない。風月堂のボーイも居合わせた常連客の視線も大島を通り越してマユミに注がれている。

大島がいくぶん胸を張っているように見える。

「今日は、おでん屋しないの？」

取りあえず声をかけた。

「ああ、あの車は仲間と共同で使っているから二、三日おきに交代で出ているんだ」

マユミが僕に向かって頭を下げた。

コーヒーを盆に載せたミムラが、心配そうな顔で近付いてきた。

「お前、どこに行っていたんだよ。今日も警察《マッポ》が来ているぞ。大丈夫なの」

どうやら、ミムラも僕と同じことを考えていたようだ。

「ああ、俺は何もしてないよ。何かあっても現行犯じゃないんだから、俺をパクれるものならパクってみろ」

そういって一番奥の壁際に座る刑事《マッポ》らしき男を睨み据えた。

女を連れている手前、精一杯の強がりにも見えるが刑事が動く気配もない。ミムラが胸を撫で下ろしているサマが伝わってくる。

「最近、教授来ている？　俺、教授に用があってさ」

教授とは、風月堂に顔を出す東大付属病院の医師だ。東大医学部で教鞭もとっているという人物で、四十歳にはまだ届かないが教授の職にあると本人は言っている。

風月堂で、体の具合が悪いと言うフーテンがいると、

「うちの病院に来なさい。僕のところで診てあげるから。医者には病気に苦しむ者を助ける義務がある。受付で僕の名前を出せば分かるようにしておくから」

名刺に自分が勤務している曜日を書き込み、相談されたフーテンに渡している姿を何度か見ている。

もっとも、睡眠薬常習者《ラリパッパ》に睡眠薬をせがまれるとキッパリ断る硬派な面も持ち合わせている。

腹が痛むという女の子の相談にのって自分の病院に連れていくと、盲腸の診断が下ってそのまま入院させ手術を受けさせたということも聞いていた。

「先週だったかな、学会があってドイツに行くとか言ってたな」

そう言いながら、ミムラが大島の顔を訝《いぶか》し気に眺める。

「そう、じゃ、来ても来週あたりかな？」

大島は別段気に留める様子もない。

「そうだろうな。このあたりのフーテンと違って教授は忙しい立場にあるみたいだからな」

「俺、教授に相談があるんだ。今度来たら、そのことを伝えておいてほしいんだけど」

「いいよ」

そう言いながらミムラはカウンターに戻った。日雇いが天職のような頑強な肉体を持つ大島が教授を探している。

「どこか痛むとこでもあるの？」

「いや、大したことはないよ。ちょっと頼みたいことがあってさ」

そう言ってマユミの顔を見た。

誰かを探しているのか、店内を覗き込んでから入ってきたのは歌舞伎町で通行人にエロ写真を売り捌いているミノルだ。大島の顔を見ると意外そうな顔をした。

「このところ顔を見なかったけど、どこに行ってたんだ。麻雀の面子が揃わなくて困っていたんだよ」

「新宿を三カ月ほど留守にしていたからな」

卓を囲む常連が一人でもいなくなると面子が立ちにくい。仕方なく三人麻雀となることもあるがそれでは味気ない。このところそんな勝負が多かった。ミノルの目が真剣な眼差しになった。その目が大島の傍らに座るマユミに注がれている。

「なんだ、いつの間にかこんな可愛い姉ちゃんと決めちゃってたんだ。そうか、新宿《ジュク》に姿を現さなかった意味が分かったよ」

言葉は大島に向いているが心がそこにないことが露骨に分かる。

石造りのテーブルを囲んで座った。

「そういえば、こいつのことみんな知らないんだよな。ここに連れてきたのも初めてだし、紹介するよ」

マユミが自分の名前を言った。

「俺、この子と結婚しようと思ってるんだ」

唐突な言葉だが大島の目は真剣だ。

「だったら新婚旅行の計画もあるの」

ミノルはてんで相手にしていないように訊いた。

「そこまでは考えてはいないよ」

「な〜んだ。本気なら先に行っちまえばいいじゃん」

ミノルが言う新婚旅行とはこんなことだ。グリーンハウスで知り合ったフーテンのカップルは、お互いの存在を認め合うと仲間内に結婚宣言をする。宣言したカップルはその足で歌舞伎町に向かいコマ劇場を二人で一周して戻って来る。フーテンの間ではこれを新婚旅行といい、新婚旅行を終えた二人には、以後、余計なちょっかいを出さない。そんな不文律が決められている。

ミノルはその確認をしたつもりだろう。

どこで知り合ったのかはともかく、大島が車を使っておでんを売っている現場を見た僕には、まんざら冗談には聞こえなかった。

それより、街を歩けば誰もが振り返りたくなるような美女を大島が手放さずに幸せを全うできるのか。そっちの方が心配だ。

何かにつけて軽薄なところもあるミノルだが取り柄もある。面倒見のいいことだ。いや、そうは言ってもまだ空気を読めていないと言ったほうが正解だろう。

「だったら、二人の将来を祝して一杯やろうよ」

アルコールの力を借り、一発逆転で自分に振り向かせようと計算している下心がその誘いの中に透けても見えるが、ミノルが奢ると言うから新宿三丁目の「どん底」に行くことになった。

ここは、役者の卵や芸術家かぶれの人種が集まる店だ。

店は混んでいた。低い天井の店内に、女装したゲイボーイや髪を染めたやたらと化粧の濃い女が威勢よくグラスを煽っている。

「あそこにいるのが状況劇場の唐十郎で、向こうが女優の緑魔子だよ」

ミノルの説明にマユミは珍しそうに頷く。型通りの乾杯はしたが二人の馴れ初めも聞いていないから話は盛り上がらない。

「本当に結婚するつもりなの？」

ミノルがマユミに確かめる。

「結婚します。私、何があっても彼に付いていくつもりです」

きっぱりと言い切った。ミノルの顔が横を向いた。

そんなことより、僕は気になっていることを聞いた。

「まさか、上落合で起きた爆発物事件に係わってはいないんだろ」

「少しだけだよ。爆弾造りに必要な薬品の手配は俺がしたけど、あのときはやばいと思って参加しなかったんだ。でも、あの事故の後で仲間に連絡を取ったら、パクられたWがメンバーに迷惑の及ぶことは一切自供《ゲロ》していないって言うから安心したよ。それより怪我したWのことが心配で」

「組織と連絡は取っているのか」

「いや、やばいから、あいつらとは手を切ったよ」

大島はいとも簡単に言い切った。


新宿から姿を消した大島は、ヒッチハイクで東京から東名高速で大阪に出て山陽路から九州を横断して鹿児島までを十日かけて辿り着いたという。

「俺がマッポに追われているといったって、公共の宿を使うわけでもなし通りがかった車を拾って移動していたわけだからマッポも手の出しようがないだろう。予想が外れたのは、冬の鹿児島は拍子抜けするほど寒かったってことだな」

真顔で言う。

鹿児島に夜到着した大島は、駅のベンチで夜を明かし何日か鹿児島で時間を潰そうと考えた。ジャズに飢えていた。市内の繁華街天文館にあるジャズ喫茶ブラック・キャッツを見つけて飛び込んだ。この店は、モダンジャズを聴かせてくれる店で地元の学生たちのたまり場になっていた。諏訪之瀬島に急遽行くことになったのは、この店で顔を合わせた「バム・アカデミー」創設からのメンバーであるポンと会ったことがきっかけだった。大島とポンは新宿で顔見知りの間柄だった。ポンは、信州の「雷赤鴉族」で暮らし、何カ月か前から諏訪之瀬島に移ってきたという。

諏訪之瀬島には、新宿から来たヒッピーが二、三十人いると言い、ポンが鹿児島にいるのは、島で貝殻を拾って細工した飾り物や畑を開墾するために切り倒した竹林の竹を利用して作った櫛《くし》と簪《かんざし》を市内の雑貨業者に買ってもらうためという。今回は、思いがけない高値で商品を買い取ってもらえたと言ってポンはご機嫌だった。

早速、市内の居酒屋に誘われそこで諏訪之瀬島の説明を受けた。

諏訪之瀬島は南シナ海に点在するトカラ列島のほぼ真ん中にある。鹿児島から南に二百四十キロ、周囲三十キロの活火山島で鹿児島から月五回の船便「十島丸《としままる》」が出ている。外海のため海が時化《しけ》ると波が高くなり欠航する。そんな交通の不便さから、島は人口が減り続け、土着の島民は七世帯三十六人いるだけという。

海岸線は切り立つ絶壁とサンゴ礁に囲まれ、標高八百メートルの山頂では活火山の噴煙が上がり、亜熱帯の森林は野鳥の宝庫のように多くの鳥のさえずりが聞こえてくる。

十世帯ほどの島民の住む島。車もなければテレビもない。商店もないという孤島だ。自給自足で野菜を植え海に潜って魚を獲る。

生きるために最低限必要な物を手にするとあとは働かない。

質素に生きることこそが人間の定められた暮らしと、原始の生活が人間の理想郷というのがポンの持論だ。

世間を恨んで体制からはみ出し、撥ねっ返りの破壊活動に自分を賭けている大島には、文明を捨てた原始の生活がどんなものなのか興味が湧いた。翌日、ポンは島に戻った。

大島も諏訪之瀬島に渡る気になっていたが、諏訪之瀬島に渡ると、説明された通りの世界がそこにあった。

島民が住む部落から一キロメートルほど入った竹林を切り開いたところに建物があり、ポンが迎えてくれた。丸太作りの小屋が竹藪を防風林のようにして建ち「がじゅまるの夢族」と書かれた板を刳りぬいた看板が掛かっていた。そこには大人子供総勢二十人ほどが暮らしていた。電気がない小屋の中は天井にランプが下がり、風通しのいい南側に台所があった。土間に丸太作りのテーブルが置かれている。周囲にはメンバーが開墾したという畑が広がり、サツマイモの苗が植えられていた。料理は男女を問わず当番制になっていた。

サツマイモや麦を炊いた御飯に野菜のおかずで食事を摂る。

「誰もが分け隔てなく接してくれて、食事も共同で作って大きなテーブルで囲んでみんなで食べるんです」

小屋の裏側には「バンヤン・アシュラマ」と名付けられた瞑想センターがあった。

衣類を除いての財産はすべてが共有で私有財産は完全否定されている。それぞれの寝床は、各々が竹の囲いで仕切った壁で作られていた。農作業に出るか、海に潜って魚を獲るかの食糧の獲得に当たる仕事の時間以外は個人の自由時間になっている。

「海に網を入れると、鯵やヒラメが面白いように獲れるから食料には不自由しないんだ」

「野菜作りは楽しいのよ。ジャガイモは種付けして三カ月で、サツマイモは五カ月で収穫できるの。キュウリや茄子は二カ月すると実が成る。そうして野菜の成長を見ていると、食料は神様が与えてくれた大地の恵みだって実感するんです」

現金収入は、島で手に入るものを加工して本土で業者に買い取ってもらうことと、本土から渡ってきた仲間からのカンパのみだ。

なるほど、そんな原始生活がそこにあったのか。

島には興味深い話が多様にあった。

一年前の夏のことだ。ベトナム戦争に従軍していた米軍の脱走兵三人が行き場に困っていた際、京都の禅寺に修行に来ていたゲーリー・スナイダーという人物がそれを知った。ゲーリーは、後にピュリッツァー賞を取った詩人だ。ゲーリーとつながりのあったベ平連（ベトナムに平和を！市民連合）の発起人である、同志社大学教授の鶴見俊輔の援助を受けて諏訪之瀬島に二週間ほど滞在していたという。

脱走兵たちは島民に歓迎された。

ベトナム戦争反対を訴え、捕まると軍法会議にかけられる脱走兵を巷では勇気ある反軍兵士と持ち上げていたからだ。

だが、男たちの暮らしをサポートした仲間によると、

「あいつらは、働かないくせに腹が減ると勝手に台所に入って食い物を漁ったり、放し飼いにしている鶏をナタを持って追いかけるんだ。挙句の果てには、現地民の家に勝手に上がりこんで冷蔵庫を開けたりするんだ。信じられないだろ。あいつら、島に来てもベトコンの家を襲うような感覚で暮らしていたんだ」

食料を自給自足している共同生活の場に、働かずして勝手に食料を食い散らかす脱走兵らは部族が期待していた精神を持ち合わせていなかった。

「やつら、反戦思想みたいな高尚な思想は持ってないよ。一人は上官に暴力をふるってやむなく脱走してきたゴロツキだし、もう一人は戦場での殺し合いが怖くて逃げだしてきた意気地なしさ。あんな連中を、日本の活動家が必死になって救援活動しているのを知るとアホらしくなったよ」

その兵士たちは、結局べ平連の手引きによって横浜港から「バイカル号」に乗ってソ連経由でスウェーデンに亡命した。

何となく部族の活動が分かってはきたが、二人はこれからどうするのだろう。

僕が風月堂のソファに腰を下ろすと、待ち構えていたようにミムラが来た。

「教授があしたの三時頃に来るそうなんだ。大島に連絡がつかないかなぁ」

教授が学会から帰ったようだ。僕は夕方を待ってマンモス交番に向かった。大島たちのおでん鍋が湯気を立てている。

ミムラからの伝言を大島に伝えた。

「よかった。早速行くよ。大したことがなければいいんだけど」

マユミが僕に頭を下げる。

「心臓の弁が通常の働きをしていないと言っても、普段の生活には別状ないんだからそんなに心配することないんじゃないかな。教授なら親身になって相談にのってくれるから大丈夫だよ」

僕はそうマユミに声をかけた。

マユミがサービスしてくれた大根とジャガイモを頬張った。

翌日の、風月堂に大島とマユミが約束の時間より早い二時前に姿を見せた。マユミと大島の心配の度合いが伝わってくる。マユミがいくぶん緊張しているように頬が強張っている。気分を和らげてあげたかった。「ほろ貝」で聴いたジミ・ヘンドリックスのギターのテクニックを話題に出した。マユミは知っていた。

「私も大好き。アメリカの兵隊さんに人気があるの」

そう言ってほほ笑んだ。ギターを口で弾いたりステージでギターを壊してしまう強烈な演奏が好きだとも言った。

「〝愛国心を持つなら地球を持て。魂を国家に管理されるな〟私はジミヘンが言っているこの言葉がすごく好きなんです」

マユミがいかに平和を望んでいるかが分かる。

教授が姿を見せた。昼寝から起き出したようなまとまりのない頭をしているが、カシミヤのベージュの背広が品格を表している。

大島が立ち上がると頭を下げた。

「聞いてるよ。僕に用事があるんだって」

「ちょっといいですか」

「いいよ、どうしたの」

聞かせたくないこともあるのか、並びの離れた席に二人で座った。教授が手帳を出してメモを取っている。教授にマユミの病気の説明を始めたようだ。しばらくするとマユミを手招きした。マユミが席を立って座ると教授がマユミの方を向いて話し始めた。

店内の曲がホルストの組曲『ジュピター』に替わった。

僕がトイレに立って戻ると話が終わったようだ。二人が並んで教授に頭を下げている。教授が立ち上がった。

「分かったね。じゃ、明日の二時に来なさい。検査をしてみよう。それからだ」

「よろしくお願いします」

「僕たちの仕事は患者の病気を治すことなんだ。何も心配することはないからね」

そう言うと二人の肩を叩いた。ツイッギー似の彫りの深いマユミの顔が教授に向かって小さく微笑んだ。大島は嬉しそうにマユミを見つめている。二人が席に戻った。

「よかったな」

「うん、病状を話すとそんなに心配はないと言われたよ」

それから一週間後。

風月堂に行くとミムラが僕を手招きしている。

「彼女、レントゲンを撮ってもらったら軽い心臓弁膜症で激しい運動さえしなければ命に別状ないと言われたそうだ。沖縄に帰って母親に報告したいということで二人は鹿児島に向かったよ。そうそう、高垣にはよろしく伝えてくれと言ってたよ」

結果さえ分かれば後は自分で注意すればいいだけのことだろう。

マユミの喜んだ顔が浮かんできた。長年気にかけていた心配事が消えた。となれば、母親に一刻も早く知らせたくなるマユミの気持も分かる。その後、二人は諏訪之瀬島に戻るのだろうか。

大島に連れられて国分寺の彼らの館に行ったとき、玄関を入った瞬間、重力から解放されたような不思議な空気が流れていた。彼らの生活を見ていると、本来、動物に備わっているはずの闘争本能を否定する暮らしを送っていた。ぬるま湯に浸かっているような緩い空気は悪くはないけれど、世間に対する物欲や上昇志向を本当に捨て去ることができるものなのか。

僕には生理的に馴染めなかった。


夏休みが終わり、ミノルと風月堂で雑談していると黒く日焼けした大島が入ってきた。南国を旅して来た印がそのまま残っている。

「マユミのことは聞いたよ、よかったな」

精悍に見える顔が近くで見ると覇気がない。

「一緒じゃないの?」

「あいつ、俺と鹿児島の港で分かれて沖縄に帰ったきり連絡が途絶えてそのまんまなんだ」

二人はヒッチハイクで鹿児島に辿り着いた。マユミと一緒に沖縄に行きたかったが大島はパスポートを持っていない。アメリカから返還前の沖縄はアメリカ領扱いで、本土との往来にはパスポートが必要とされている。そんなわけで、泣く泣く鹿児島から沖縄行きの船「黒姫丸」に乗るマユミを見送り、大島は諏訪之瀬島に渡った。

「母親の報告を済ませ次第、俺が待つ諏訪之瀬に戻ってくるということで待っていたんだ」

島には電話がなく連絡を取る手段がない。聞いていた沖縄の住所に手紙を書いたが一向に返事が来ない。連絡が取れず動きようもないままに時間だけが過ぎてしまった。

それから五カ月を島で過ごした。原始の生活を送る日々の中で、何の不満もないが自分がこのまま島の暮らしに埋没できるのか。

大島は形にならない不安を抱くようになったという。

「あの暮らしは、精神が解放された心地良さがあるんだけど、時々怖くなる時があるんだ。なにごとにつけても最後まで徹底的に無欲でいられるかってことがな。例えば、自分だけ莫大な親の遺産を手にしたとしたら平気で仲間内に全財産を供出できるのか。もし、マユミが他のメンバーに心変わりしたとき平静でいられるのか。そんなことを考えると、自信がなくなったんだよね。原始の暮らしと無欲との境界線の線引きが俺には曖昧で分からなくなったんだ」

それは僕が国分寺に投宿したとき、言葉にならない不思議さを感じたのと同じだ。ここでもミノルが余計なことを口にする。

「大島はあの女にうまく利用されただけだよ。心配していた病気も大丈夫と知った。そうなれば、流れ者の寄せ集めみたいなところなんかで暮らしたくない。世の中には面白いことがもっとある。要するに、用なしになって捨てられただけのことさ。歌舞伎町に居着く男と女の仲を見ていれば三カ月周期で変わっているよ。これって歌舞伎町に限ったことじゃなさそうだな」

したり顔で煙草に火を点ける。

「そうかなぁ」

大島はそう言って溜息をついた。その顔は、半分確信している諦めの気持も混ざっているようにも見える。

僕にはそうとは思えない。娘の帰りを喜んだ母親が、娘を手放す寂しさからマユミが本土へ戻ることを身を挺するようにして反対したのではないか。マユミも、母親のそんな姿に決断が鈍って戻れなくなってしまった。

きっとそのはずだ。やるせなさそうに俯く大島に掛ける言葉が見当たらない。僕たちの前で、力強く結婚宣言をしたあの時の大島はもう幻のようだ。大島は立ち上がった。

第二章　ピンク映画　男優誕生

カラーテレビの普及が街にエロ（ピンク映画）を氾濫させたわけだから、世の中何が起こるか分かったものじゃない。

それまで全国東映系映画館といえば高倉健主演『唐獅子牡丹』の『昭和残侠伝』シリーズや鶴田浩二主演の切った張ったの任侠ものを売りにした作品を上映してきた。

街の一等地にある映画館の前に掲げられた看板は、ヤッパを握った主人公の勇姿や男前の役者が勢ぞろいしたポートレートが並んで繁華街の風景の一翼を担ってきた。

ところが一転、繁華街のど真ん中にこれでもかというほどに男たちの欲情をそそる、全裸の女優のポスターが登場したものだから大騒ぎだ。

それは一九七一年七月三日のことだ。東映がエロ映画の製作を開始した。第一弾は『温泉みみず芸者』（監督・鈴木則文）で主演の池玲子が、小麦色に日焼した全裸を晒し豊満な胸を左腕で悩ましく隠し濡れた黒い瞳で、通行人に微笑みかけているポスターが劇場の前や街頭にデカデカと貼り出された。

あまりにも唐突な路線転換に、映画ファンは怒ったり喜んだりだったが〝街に女の裸体が降ってきた〟などと評判にもなった。

それから遅れて四カ月後。一九七一年十一月二十日付けのスポーツ新聞芸能面に「男の欲望に応え、日活ポルノ路線スタート」。そんな見出しの記事が載った。

それまでの日活といえば石原裕次郎と北原三枝をセットで売りにしたシリーズや小林旭と朝丘るり子をセットにして撮った青春物路線を売りにしてきた。

その日活が東映の後を追うように「日活ロマンポルノ」と銘打った路線でエロ映画に参入した。弟・弾封切作品は、白川和子主演の『団地妻　昼下がりの情事』（監督・西村昭五郎）と小川節子主演『色暦大奥秘話』（監督・林功）の二本のセットで公開された。『団地妻　昼下がりの情事』の白川和子は透き通るような柔肌に薄水色のブラジャーと同色のビキニのパンティー姿でなまめかしい肢体を惜しげもなくポスターに映していた。

『色暦大奥秘話』は江戸城の大奥が舞台で日本髪に白い襦袢姿の小川節子が髷を結った男に後ろから抱きしめられ深紅の口紅を塗った唇を悩ましげに空けている。どちらも男の股間を固くするには十分なエロさを提供していた。

それまでの大手映画会社は、弱小プロダクションが低予算で作るエロ映画に対しては、「あんなものは映画じゃない。人間の欲望を無為に増長させ性風俗を煽るだけの社会悪だ。そんな低俗な物にはさらさら手を出す気などない」

そう言って目を向けることがなかった。

そこまで蔑まされた〝成人映画〟と呼ばれるエロ映画は、繁華街の裏路地に隠れるように建つ、アンモニア臭がプ～ンと鼻をつく映画館で上映されていた。そこに大手映画会社が恥も外聞も捨てて参入したわけだ。それにはそれなりの理由があった。

ＮＨＫがカラーテレビの放送を開始したのは一九六〇年九月十日だ。放送に符合するように松下電器が「パナカラー」と銘打ったカラーテレビを発売した。その値段は五十万円とてつもなく高価な値段がついていた。あまりの高値にオリンピック開催の年にも需要は一向に増える気配はなかった。

発売開始十年後、一九七〇年でも大卒公務員の初任給が二万円台の時代に一台二十万円と高価なため市場の売れ行きが伸びることがなかった。

電器メーカーは消費者団体の度重なるダンピング要請を渋り、売れ行きは横ばい状態が続いた。メーカー側の儲け主義に反発し価格に風穴を開けたのが大手スーパーチェーンのダイエーだ。七〇年の暮れ十三型カラーテレビを「ＢＵＢＵ」と独自のブランドのたち上げで「茶の間でカラーを」を謳い文句に売りだした。

価格はなんと一台五万九千八百円と、既存の電機メーカーの四分の一という破壊的安値で売りだしたものだから爆発的人気を呼び、それまで庶民には高嶺の花だったカラーテレビは瞬く間に一般家庭の茶の間に行き渡った。

この普及が「カラーテレビ普及元年」と言われた年だ。

それまで一桁台でしかなかった、カラーテレビの家庭への普及率は、七二年には六一％にまで伸びた。そうなると「茶の間に座っていても色鮮やかなカラー画像が見られる」とあって逆に壊滅的な打撃を受けたのが映画会社だった。

映画ファンの足が一気に劇場から遠のいてしまった。

日活の映画製作本数を見ると、カラーテレビ普及の影響をもろに受けてしまったのは明白だ。六八年の三十五本から六九年は四十二本で月平均四本の新作を供給していた。七〇年は二十八本とまずまずの数字だが、カラーテレビが茶の間に進出した七一年になると十六本と急降下を辿り、六九年の約三分の一にまで落ち込んでしまっている。

それ以降は歯止めがかかることなく、目を覆いたくなるほどの落ち込みで出口の見えない未曾有の不況に襲われてしまった。

東映も一般映画の制作本数の減少は日活と同じで、高額な制作費が必要な一般映画では立ちゆかなくなってしまった。

千万円単位でかかる一般映画に比べると、エロ映画は三百万円から五百万円と十分の一近い低予算での製作が可能だ。

『温泉みみず芸者』の制作費は五百万円といわれ、これだけの低予算でまずまずの営業成績を残した。その営業成績を知った日活も素早く反応した。背に腹は代えられない路線の転換だった。

大手映画会社の驕りはどこへやら――。

カラーテレビが映画を駆逐した結果と言えるだろう。

社運を賭けた両社は、毎月コンスタントに二本から三本の作品を制作し自社の直営館で公開し始めた。言い換えてみればそれまでは裏路地にある映画館でしか上映されなかったピンク映画がようやく市民権を得ることになったともいえるだろう。

表舞台に躍り出たピンク映画は、日の出の勢いを得た。東映や日活からの委託制作も盛んとなり弱小プロダクション制作の作品を入れると、毎月十本以上の新作が市場に出回るようになっていた。

青く光った丸刈りの頭に、黒い丸縁メガネを掛け、五つボタンの詰襟を着た男が風月堂のドアを押して入ってきた。坊主頭に六角帽を被っている。足元は裸足に高下駄を履きカランコロンと床を叩く乾いた音が店内に響きわたった。まるで大正時代のバンカラ学生を気取っている。

傍らに寄り添っているのは、小柄な女でセーラー服を着たお下げ髪に深紅の口紅を塗っている。おまけにドーランのような白い厚化粧をしているものだから服装とは裏腹でチンドン屋にも見える。

風月堂に集まる人種は百花繚乱だが、二人の目立ちようは他の客の追随を許さない強烈さがある。蝶ネクタイを結びカウンターの前に立つ支配人の山口守男氏も戸惑った目で二人を見つめている。

店内に流れるモーツァルトの『フルート四重奏曲第一番』は、梅雨空の鬱陶しさを忘れさせてくれるように軽やかだ。

男は立ち止まり店内を見回している。誰かを探しているようだ。

「あれは狂四郎じゃないのか?」

ミノルが横目で男を見ながら言った。僕もそう思ったが確証が持てなかった。男は会話が聞こえたのか僕たちの前に来た。

「どう、ミノル元気している」

掠れ気味の渋い声は狂四郎に間違いなかった。狂四郎は浜松出身で父親が電子関係の会社の経営者で大学受験は理工学部を目指し浪人生の身でいた。予備校の代々木ゼミナール在籍中に「浪人生共闘会議」に名を連ね学生運動に首を突っ込み、ベトナム戦争反対闘争などに参加し逮捕歴を持っていた。

大学進学を諦めた狂四郎は、一転役者を目指し寺山修司が主宰する演劇集団・天井桟敷のオーディションを受け、劇団生として籍を置き、役者の卵として活動しているフーテンだ。

僕たちの知る狂四郎は、細面の顔で髪を肩まで伸ばしてナポレオンヘアーを売りにしている。それが丸坊主でガリ勉型学生の特許のような黒縁眼鏡とくれば見間違うのも当然だろう。

セーラー服の厚化粧女も、化粧を透かして見てみると鼻筋の通ったおちょぼ口とつぶらな黒い瞳に見覚えがあった。いつも画材を肩に下げている女子美術大生のミホだ。

父親が製麺店を経営する、四国の香川県は金毘羅山の麓にある町から上京したと言っていた。ミホは日本にミニスカート旋風を巻き起こしたイギリス生まれのファッションモデル、ツィッギーに似たスタイルで胸のぺちゃんこなツィッギーに比べると遥かにボリュームのある胸の膨みを持っている。

恵まれたプロポーションで、原色のグリーンや赤のミニスカートを上手に着こなしすものだから風月堂に姿を現すと誰もが振り向いた。そのミホが、持ち味の清楚なイメージを覆す化粧とセーラー服で登場したものだから誰もが頓珍漢な顔をして見とれるのも無理はないだろう。

「どうしたんだよぅ、その格好は」

店内の客を代表するようにミノルが訊いた。

「仕事の途中で抜け出してきたんだ。ここに座ってもいいかな」

二人は並んで腰を下ろした。周囲の好奇な目など気にする素振りをまったく見せない。僕の横に座ったミホの顔に塗られているツンとした化粧の匂いが鼻を突く。

「仕事って、何よ?」

「今は新宿の劇場に出ているけど、十日ほど前まで北海道から東北へドサ回りの旅をしてきたんだ」

「え、ドサ? ドサ回りっていえば、芸能人が地方に行って演《や》る興業のことだろ。狂四郎は人に見せるような芸を持っているのか」

ミノルの顔は納得していない。

「あたりまえだろぅ。俺たちには客が泣いて喜ぶ商売になる芸があるから仕事がくるんだよ」

狂四郎はそう言って胸を張った。

「まさか、自分で劇団を旗揚げしたわけでもないだろう」

「そうじゃないよ、二人芝居だ。天井桟敷の注文の多すぎる芝居より、自分で書いた脚本でミホと二人で好き勝手に演ずる。これって最高だぜ」

傍らでミホが小さく頷いた。

「今は歌舞伎町の映画館だ。映画と映画の上映の合間に舞台で実演ショーを演じてるんだよ」

「実演ショー」

「そうさ。ドサの仕事はストリップ劇場回りだ。踊り子たちのショーの合間に息抜きとして俺たちが芝居を演《や》るって寸法だよ」

「と言うことは、ストリップを見にきた客の前での実演ショーってことか」

「そうなの。踊り子さんたちって自分の体を武器にお客さんと向き合うでしょ。私たちはお客さんが最も見たいところは見せずにストーリーと演技で勝負するわけ。だからそこが難しいの」

ミホが澄ました口調で言った。

「ストリッパーが、俺たち学生の芝居に食われたなんてことになれば自分たちの沽券にもかかわるだろ。だから踊り子は俺たちに負けたくないから過剰なサービス精神を発揮して舞台を務めるわけよ。だから客は万々歳だ。俺たちを出演させているってことはそこが小屋主の狙いでもあるわけよ」

僕は黙って聞いていた。

「お客さんの生の反応が分かるから、芝居の稽古としては最高の経験なの」

あれ、油絵画家を目指していたミホがいつから女優志望に目標を切り替えてしまったのかな？

「ドサは面白いけど良いことばっかじゃないよ。劇場は楽屋がひとつしかないから、俺がちょっと油断するとミホが踊り子たちにいじめられるんだ」

「下着を隠されたり靴がなくなったりするの。でも、いじめは学校でもあるし。彼が守ってくれるから大丈夫」

　そう言って狂四郎の手に腕を絡めた。

　すっかり心酔した目になっている。

　四カ月前だ。光沢のあるリップクリームを塗ったミホが画材の入った布製のバッグを肩に下げて風月堂に入ってきた。

「どんな油を目指しているんだ」

「佐伯祐三かな。タッチの太い現代画風が好きなの」

　熱い思いで絵に対する自分の思いを語っていたミホ。そのミホがストリップ劇場のステージに上がっているなんて。

「ミホ、スケベ心丸出しの男たちの前で裸を晒して恥ずかしくはないのか」

「恥ずかしい恥ずかしくないじゃないの。芝居って芸術でしょ」

　狂四郎が常に口にしているフレーズを当たり前の顔で言った。

「こいつを舞台に上げて分かったんだけど、結構芝居に対する熱い魂を持っていたんだよな」

　狂四郎が包み込むような温かい目でミホを見た。

「ごめんごめん、事務所に余計な電話が入ったもんで」

　僕たちの会話を遮断するように、黒いジャケットに団栗眼で髪を七三に決めている男が僕たちの前に立った。スカウトマンとして街で手当たり次第に女の子に声を掛け、モデルや女優に仕立てることを生業としている芸能プロダクション「火石プロ」の社長・火石淑夫《ひいしとしお》氏だ。

僕は糊口を凌ぐため、時間を見つけては新宿東口地下通路に座って『さりげなく』と銘打ったタイトルの詩集を自費出版で作って売っている。僕が新作を作るたび、常連さんとなって地下通路で足を止め詩集を買ってくれる女の子たちが何人かいる。

その中の一人と詩人・宮沢賢治について話しているとき火石社長が通りかかった。そのときは軽い挨拶だけで通りすぎたが風月堂で顔を合わせるとこんなことを言い出した。

「地下通路で君と話していた女の子。あの子女優をしてみる気はないかねぇ。体の線と目の光が尋常じゃない。女優になれば絶対売れる資質を持っているわ」

そんな流れから、僕のお客さんである女子大生を社長に紹介したことがある。女優転身を説得された彼女は社長の力添えで女優デビューし、今ではピンクの映画界で女優を張るトップスターとして活躍している。この類の仕出屋は火石淑夫氏が主宰する「火石プロ」と「日宝プロ」の二社がピンク映画界の需要を支えている。

時代は少し前後するが武智鉄二監督の作品『白日夢』（一九八一年・富士映画）で佐藤慶と本番を演じた女優・愛染恭子は火石プロの所属で日宝プロには前述のように「日活ロマンポルノ」のトップバッターとして起用された白川和子と東映のポルノ映画で一世を風靡した宮下順子などが在籍していた。

狂四郎がこの店で待ち合わせていたのは火石社長だったのだ。

社長が狂四郎の横に座るとミホが小さく頭を下げた。

「ストリップ劇場と映画館とでは客の反応は違うだろうけど、どっちが演じやすいかな」

二人に向かって訊いた。

「出し物は同じですから、そんなに違いはないですよ」

狂四郎が答えるとミホが継いだ。

「お客さんが喜んでくれることが演じる側の醍醐味ですから、私にとってはどちらのお客さんも同じです」

「そうか、それはよかった」

キュートなミホの全身を社長の目が包み込む。

どんな経緯か知らないが話を聞いている範囲では、狂四郎は天井桟敷を辞めてミホと火石プロに籍を置き働いているようだ。

「社長さん、私ね、次の旅に出るときには彼が新しい脚本を書いてくれるって言うから楽しみにしているの」

「お前ら若いから、老若男女どんな設定の芝居でもこなせる。若いって得だよな」

「なんたって、毎日が踊り子との真剣勝負ですからね。それを考えたら手抜きの演技なんか見せられないですよ」

狂四郎の顔が意気込んでいる。

「お前たちの仕事は評判がいいんだ。出演した東北の劇場からまた出て欲しいって再演の注文が来ているんだよ」

「本当ですか、自信になりますよ。俺は、この仕事で大衆演劇のツボを掴んで劇団を立ち上げようと思っていますから」

ミホも同時に頷いた。

「狂四郎の顔も随分と役者らしくなってきたな。若いんだから夢は持ったほうが良い。二人が組んでいれば俺のところからの仕事は途切れることがない。ところで、ミホに急用ができたと言うから飛んできたんだけど、何か問題でも起こしたのかい」

ゴールデンバットを手元のバッグから出すと燐寸をすった。

「問題っていうほどのこともないんですが、こいつの田舎が四国の香川県のものですから西への仕事は名古屋止まりにしてほしいんです。大阪まで行っちゃうと顔見知りに見られる危険もありますんで。なんせ、この仕事をしているのは両親に内緒なものですから」

「そりゃそうだな、分かったよ」

火石社長が大きく頷いた。それから煙草の煙を吐き出した。

「社長さん、ドサもいいんですが、区切りがついたところで映画の仕事のほうもお願いしたいんです……」

「勿論さ。もう何社も制作会社にミホの写真を持ち込んでいるから次の仕事が終えたところで映画に進出だ。カメラの前で冷静に自分の演技ができるよう今は訓練の期間さ。君がそのつもりなら映画はすぐに決まるから安心しなさい」

狂四郎がミホの肩を叩いた。

「社長、次の出番が迫っていますんで俺たちはそろそろ」

「おっ時間か、穴を空けるわけにはいかないからな。ここの払いは私がしておくから急いで行きなさい」

二人は小走りで店を出ていった。

「仕事場って、狂四郎たちどこの映画館に出ているんですか」

僕は気になって尋ねた。

「コマ劇場の横に地球会館があるだろ。あそこの一階にあるピンク映画の上映館だ。先週の土曜日から始まっているんだ」

狂四郎が言っていた通りだ。

「興味があるようなら行って舞台を観たらいいよ。映画が一時間十分でショーが十分。今からだと六時からショーが始まるはずだ。俺はショーの終わる頃を見計らって顔を出すから行っていなよ」

「面白そうだよな、行ってみようぜ」

ミノルはすっかりその気になっている。

「じゃ、後で」

そう言うと火石社長は立ち上がった。

コマ劇場の正面から左手に曲がると新宿劇場、オデヲン座、ミラノ座、地球会館と大きな建物に囲まれている噴水の広場がある。

地球会館の前に来た。「地球座」は一階にある。ショーウインドーの中に貼られているポスターは『ゆけゆけ二度目の処女』（若松孝二監督）と『薔薇と讃歌』（向井寛監督）の二本だった。映画のポスターの脇に学生服を着た狂四郎とセーラー服の脇をまくりあげて乳房を露わにしているミホの姿が映っていた。そのポーズは風月堂に現れたそのままの格好で映っていた。

「イケない家庭教師のお兄さんと、淫乱におねだりする女子高生」

写真の横にこんなキャプションが書かれていた。

二人の演ずる芝居の内容はそれだけで想像できた。

「入るんですか入らないんですか。後ろのお客さんに邪魔になるから入らないんなら横に寄って下さい」

ガラス窓の向こうに座る厚化粧の年増女に窘《たしな》められた。

「入るから来たんだよ」

ミノルが面倒臭そうに千円札を放り投げた。

三百五十円の切符が二枚窓口から出てきた。

「実演ショーが始まるのは何時かな」

「十五分くらいしてからですよ」

年増女の答えはぶっきら棒だ。劇場内は映画の上映中で二百人も入ると満員になるだろう場内のスクリーンには、髭面の男がネグリジェ姿の女の子を後ろから羽交い締めにしてブラジャーを外しにかかっていた。スクリーンの明かりを頼りに場内を見渡すと客席は六割方の入りだった。

固唾をのむようにして静まり返った場内は、人息だけでなく饐えた匂いが漂っている。入口から二列目の席に並んで座った。

場面は女が全裸に剥がされ後ろから男に攻め入られていた。

小さく空けた口から呻き声を発する。顔をアップに長撮りしているところで映画が終わった。

場内に明りが点いた。薄明かりだが客のどの顔も上気しているのが分かる。

「さて、みなさんお待ちかねの狂四郎と可奈子による実演ショーの始まりです。今しばらくお待ちください」

ミホの役柄名が加奈子のようだ。

子供を宥めすかすような猫撫で声のアナウンスだった。

席を立つ者はいない。照明が消えて再び場内が暗闇になった。

芝居に使う小道具を運び込んでいるようだ。舞台の上からどたどたと忙しない音がする。足音が途絶えた。場内が静まり返った。

「どうして、こんなことが分からないの」

相手を宥めるような狂四郎の声が場内に響いた。

それを合図に照明が灯った。衝立《ついたて》で出来た壁に申し訳程度に並んだ本箱とイチゴ柄の入った白いセーターがハンガーに掛けられ、その横の蝶番《ちょうつがい》にピンクのパジャマが下がっている。舞台は女学生の勉強部屋の作りになっている。机を挟んで狂四郎とセーラー服姿のミホが座っている。風月堂に現れたそのままの二人が舞台にいる。

ミホは鉛筆を手にして俯いたままだ。

「こんなに親切に教えているのにどうして分からないのかな」

痺れを切らしたように狂四郎が立ち上がった。ミホの後ろに回ると背中からセーラー服の横のホックを外しにかかった。

「ほら、窮屈だろ。窮屈だから血のめぐりが悪いんだ。このボタンを外さなくちゃ問題は解けないよ」

ホックが外れると右手を胸の中に侵入させた。

「あっ、先生……こんなこと……」

ミホが悶えながらその手を外そうとする。

「こんな簡単な数学の公式が分からないんだろ。だったら、もっと分かりやすく先生が教えてあげるから」

そう言いながら両手をミホの胸のふくらみをまさぐる。

「あっ、先生、困ります〜」

細く糸を引くような声がミホの唇から洩れる。

声を洩らすミホの口を狂四郎の唇が塞ぐ。

ミホの体を椅子から床に倒して体を重ねる。スカートをまくりあげ薄いピンクの下着を剥ぎ取る。それを狂四郎が鼻に持っていく。

卑猥な笑いを浮かべる。それから客席に向かって力任せにそれを放り投げた。僕たちの座る三列後ろに落ちた。二人の客が両手を伸ばして奪い合いをしている。

「馬鹿野郎そんなに引っ張るなよ。使いものにならなくなるだろ」「俺が取ったんだから放せよ」

怒声が場内に響く。

ベルトを外した狂四郎がミホの両足を持ち上げ股間に体を挟んだ。ミホの白いもろ肌が照明の光に輝いて見える。腰にピストンを加える。半開きにしたミホの口から洩れた悲鳴が場内に響いた。客の耳はその声に釘付けになっている。家庭教師と教え子との恥態シーンだ。若い男女の生の痴態は確かに男の欲情をそそる。

「こら、俺の娘になんてことをしてるんだ」

舞台の袖から額の上がった灰色の背広姿が登場した。

明かりが消えた。スポットライトがミホを照らし出した。

露わになっている胸を両手で隠して立ち尽くすミホ。

「お前はなんていうことを」

「ごめんなさい、お父さん許して」

ミホがそう言ってひざまずいた。

「馬鹿野郎！」

娘の乳房を鷲掴みにした。悲鳴が上がった。ここでスポットライトが消えた。闇と化した場内にアナウンスが鳴り響いた。

「熱烈なご鑑賞誠にありがとうございました。次の上映は向井寛監督の『薔薇と讃歌』です。ごゆっくりとお楽しみください」

　確かに次の進行が見たかった。

「なんだ、もう終わりかよぅ。そこからが見てえんだよ～」

　揺れるようなざわめきが起きた。

　二人の演技が客のスケベ心を鷲掴みにしていた証拠だ。

　照明が再び点くと勉強部屋が様変わりしてスクリーンが張られていた。ミノルは感心したように深く頷いていた。

　後を振り向くと火石社長が立っていた。

「どうかなぁ、二人の寸劇の腕前は」

「二人の持ち味が否応なく客を引き付けますよね」

　これはミノルの感想だった。

　火石氏が黙って顎をしゃくった。黙って後を付いていった。トイレのドアの横にあるノブを押した。その先が楽屋になっていた。蛍光灯に照らされた狂四郎とミホが紺の厚地のガウンを羽織りなにごともなかったように煙草に火を点けていた。並んで座る父親役で登場した顎の頬がこけた白髪交じりは劇場の撮影技師と紹介された。

「いいねぇ、ミホの悶えぶりもすっかり板についてお客さんも随分喜んでたよ。あれだけのショーをすれば劇場も大喜びさ」

「社長さん、見てくれたんですか」

「ああ、見たさ。とても良かったよ。これだけ堂々と演じられるんならすぐにでもカメラを回せるよ」

「本当ですか」

「ミホは現役の女子大生だから学園ものがいいよな。今度は大阪をやめて静岡、浜松、名古屋の三カ所を決めるから、このスケジュールをこなしたところでミホの映画がクランクインできるように用意しておくよ」

「社長さん、お願いしま〜す」

狂四郎と並んで頭を下げた。

「彼女、ピンク映画に進出するんだ。だったらきっと売れるよ」

撮影技師が両手を叩いて太鼓判を押した。

「長年フィルムを回しているんだけど、興業収入の良いフィルムは女優さんの体に無駄な肉が付いていないことなんだ。背中から肩にかけてスッキリしたラインを持っている女優さんのフィルムは人気があって二回、三回と同じ客が足を運ぶこともあるけど、余分な肉が付いてしまうといくら表情が幼かろうと客受けはしないね」

そう言いながらミホの全身に視線を流した。

「女の子は背中の肉つきが清楚さを奪ってしまうんだね。この子の体はまったく贅肉がついていない。生活の乱れがなく酒もそんなに飲んでいない証拠でピンク映画にとっては宝物さ」

生活の乱れが女の体から清楚さを奪う。

撮影技師の説明は納得するものがあった。

一気に表舞台に躍り出たピンク映画だが、それまでの歴史を追いかけてみると映倫を通して映像の内容にいわれのない規制をかける国家権力に獅子奮迅で多くの侍たちが抵抗を続け渡りあってきたことが分かる。

『実録・連合赤軍　あさま山荘への道程《みち》』を撮った若松孝二監督は、この映画で二〇〇七年第二十回東京国際映画祭の「日本映画　ある視点　作品賞」を受賞して話題になった。若松監督の映画監督としての足跡を追ってみるとまさにピンク映画の歴史そのものであることが分かる。

若松監督は宮城県の地元の農業高校を中退して家出し上京した。新聞配達や職人の見習いをするが長続きせず、新宿を拠点に勢力を持つヤクザの組織に身を置いた。組同士の出入りで逮捕され懲役一年六カ月、執行猶予三年の実刑判決を受けた。ヤクザに嫌気がさし娑婆に出たところで映画の世界に飛び込んだ。

若松監督の初監督作品は六三年九月に撮った『甘い罠』だ。

監督経験がまったくないままにメガホンをとった。

〝事実はフィクションを凌駕する〟を持論とする映画論を持ち反体制の姿勢から描いた撮り方が成功してヒットとなった。

六五年の四月に撮った『太陽のヘソ』。これはピンク映画界初となる海外ロケをハワイで敢行した。このときのマスコミは「外国にまで行ってブルーフィルムまがいの恥ずかしい映画を撮るとは日本の恥だ」と監督を揶揄して強烈に批判した。

若松監督は意にも介すことがなかった。

「冗談じゃない。スキャンダラスな映画として騒がれるんなら上等じゃないか。スキャンダルは既成のモラルから外れたもので、失うべき権威を持たない我々アウトローにとって、規制のモラルに挑戦することが最も有効な革命的武器だろう。この騒ぎこそ、それを世間が認めた証拠だ」

一歩も引くことのない姿勢で対峙した。

『太陽のヘソ』を撮った直後の六月、世界の一流作品が参加される映画祭として知られている「ベルリン国際映画祭」に若松孝二監督の『壁の中の秘事』が日本の代表作品として出品されていた。日本から正式参加した『兵隊やくざ』（大映）と『にっぽん泥棒物語』（東映）はコンペションの予選で落選した。前もってドイツの輸入業者が若松プロから買い付けていた『壁の中の秘事』が、日本の映画関係者の知らないうちに正式参加作品として登録されていた。

「日本映画製作者連盟」は権力を笠にエロ・プロダクションの映画が日本の代表品として出品されるのはけしからんと因縁をつけた。現地の領事館を通じて映画祭当局に抗議を提出した。その際、監督は真っ向から反撃した。

「セックスであろうと東西の壁であろうと、我々にとってタブーはない。しかしベルリン映画祭はタブーだらけだった。映画祭に参加したアメリカやデンマーク、インドの関係者は俺の作品に讃辞を表してくれたんだ。映画祭の権威者たちやそれに迎合する日本の批評家のタブー論には吐き気がもよおしたよ。映画祭の権威とか伝統とか云々というけど、僕はそんなものは潰せばいいと思う」

この徹底抗戦が映画ファンの学生の間で話題になった。

六歳年下ではあるが偶然にも火石社長とは同郷だった。

火石社長は中学卒業すると地元の青果市場で働いていたが、子供のころ見た村祭りで上映された映画に触発され、役者を目指して上京したのが二十三歳のときだった。行商をしながら役者の道を探していたがコネもなく、目立った特徴のない容姿のためやむなく無理と諦めた。

しばらくした一九五八年四月、火石氏が二十八歳のときだ。売春禁止法が施行され、全国にあった赤線宿（政府公認売春宿）や青線宿（政府未公認売春宿）の娼婦街が街から姿を消した。

「男の下半身事情にお上が口出しすることはおかしい。世の中は男と女がいて成り立っているんだ」

その怒りに商売の発想が浮かんだ。エロが抑圧されるとなれば女の裸を売りにする商売が繁盛する。そう読んだ火石社長は、行商の下請けとして働いていた仕事を畳んで火石プロを立ち上げ裸になる女優のスカウトを始めた。女衒としてのスタートだ。

東北の田舎町の生活に飽き足らず、故郷を捨て上京した二人がピンク映画を媒介として新宿の街で出会い、持ちつ持たれつの関係で仕事をするようになった。

「監督は故郷を捨て東京に出てきた。数々の転職を重ねて落ち着いた先がピンクの業界だった。そこが俺と瓜二つなんだ。東京でコネも財力もない貧乏人が生きていくためには自分の決めた生きざまに徹底しなければ生き抜けない。監督は自分の信念に忠実に生き、自分の生きざまに邪魔をする者には徹底的に戦を挑んだ。東北人ならではの芯の強さを持つ監督に俺は共感しているんだ」

火石社長は、若松プロが制作する作品の出演女優のほとんどの相談を受けていた。若松孝二監督の生きざまは、新左翼系の学生にとって〝反権力〟の象徴的存在となっていた。

六八年の九月、新宿「蠍座」で「若松孝二のソウルなデモンストレーション」と題して、それまで撮り続けてきた若松プロの作品が連日上映された。劇場は左翼学生が詰めかけて大入り満員となった。注目度の高さに着目した劇場からの要請で翌年の五月にアンコール上映がなされた。「若松孝二のソウルなデモンストレーション」のパンフレットには、映像と反権力の構造を明確に捉えた若松監督の解説文があった。

――私の言う〝反権力〟とは、日本の歴史の中で常に抑圧され続ける者の〝権力〟への恨みの在り方であり〝権力〟への復讐を図ることを意味する。私の作品は、常に固有名詞のある第一人称のエネルギーが最も絶大なエネルギーとして無名化することを図る。

切迫した人間は、もっとも的確に自我と自我の敵である〝権力〟の構造を捉えるものだ。私は、生まれた東北の一百姓の生理で、キレイもキタナイもない。嬉しくも悲しくもない。そんな無意識の〝反権力〟の叫びを、詠み人知らずの歌として確実にうたいつづけるつもりだ。そんな映画があってもいいではないか。

若松監督の口から出てくる〝反権力〟は、学生運動に身を置くセクトの学生にとって〝反体制〟と同意語に近い捉え方をされていた。屈強な精神と体力とで権力に立ち向かう監督の生きざまは、学生運動に身を置く若者たちの共感を呼んでいた。

僕はこれまで気に留めることもなかったが、喫茶店風月堂にはピンク映画に携わる面々が多く顔を見せていた。

六二年、日本におけるピンク映画第一号と言われた『肉体の市場』を撮った小林悟監督は、早稲田大学部文学部で舞踏美学を専攻し、映画製作の現場でアルバイトをしながらメガホンを取った。

向井寛は九州大学経済学部を中退した硬骨漢で今井正、佐伯清らに師事した監督で、脚本からプロデューサーまで手掛けていた。

六九年五月『禁じられたテクニック』を撮ると、イタリアのバイヤーが買い取り、ローマでタイトルを『ナオミ』と主人公の名前に替えて上映した。これが過激だと地元の検察庁からクレームがついてイタリア全土で上映禁止となった。

「あの国の人間は芸術というものに疎いんじゃないのかな」

そう反論した向井寛監督は、意に介することもなく映画を撮り続けた。こうして歴史を辿ると、若松監督に限ることなくピンク映画に携わる面々が強烈な個性を発揮して権力に反抗し自己主張を盛り込んだ作品を撮り続けてきたことが分かる。

六八年、それまで京都で映画製作をしていた「プロダクション鷹」の木俣堯喬監督が東京に進出した。木俣監督の息子、和泉聖治は今や東映で水谷豊主演の『相棒』シリーズなどを手掛け同社のエース的存在として活躍するが、当時は父親の撮影するピンク映画の助監督を務めていた。二年ほど助監督を務めた後に監督となり〝親子二代のポルノ監督〟と言われるようになった親子だ。

僕と四歳違いの和泉ちゃんは、映画の撮影が終わると新宿に顔を出し〝風月堂一派〟として時間さえあれば風月堂のソファーを温め面子が揃うと誘い合って近所の麻雀に繰り出し卓を囲んだ仲間だ。

麻雀が終わるとゴールデン街に繰り出し、朝まで飲み明かした。エロ映画専門でカメラの照明に従事していた男もいた。

こうした映画関係者と交友を持つと、ピンク映画関係者の行動は一定のサイクルで動いていることを知った。撮影はどんなアクシデントがあろうが三日で撮了する。これは制作費の関係だ。制作費は一本三百万円と決められ胴元となる映画配給会社から支払われる。この額で撮り上げるには役者の出演料やスタッフのギャラを考慮すると撮影を三日で切り上げないと足が出てしまう。経費オーバーとなれば、何のことはない制作プロがそのまま損害を被ることになるから撮影時間の超過は絶対に避けなければならない懸案だ。

一本を三日で撮り終えるには、早朝から深夜までカメラを回すことになる。それを前提に映画界の役者とスタッフの契約内容は二十四時間体制となっている。早朝どんなに早くても撮影現場では役者を使うことが可能であり、撮影が深夜の十二時まで延びてもそれは契約の範囲となる。

撮影が開始されると現場は二十四時間体制だ。

役者はそこまで無理強いすることはしないが、スタッフはそうはいかない。翌日の段取りがある。ひとたび撮影に入ると三日三晩寝ずの作業に忙殺される。

撮影前の準備と撮影後の事後処理などを含めると、ピンク映画の撮影スタッフの実働は一週間となっている。僕は麻雀卓を囲みながらピンク界のそんな実情を知ることもできた。

クランクアップし仕事から解放された僕の飲み仲間の映画人は、その間の欲求をまとめて発散すべく新宿に繰り出して〝飲む打つ〟に神経を集中して遊んでいた。


新宿中央公園の百日紅が見事な赤い花を咲かせていた。

九月の中旬というのに、鯖雲を浮かべた青空から注ぐ日差しは眩しいほどに強烈だ。前夜、ゴールデン街を徘徊して飲み過ぎた頭痛を追い払おうと僕は新宿中央公園の木陰にある公園のベンチに体を横たえ午睡をとった。目を覚ますと西日が京王デパートの屋上の上にあった。

西口から地下道を歩いて東口に出ると風月堂に顔を出した。

黒い鳥打帽を斜めに被った火石社長が、ショルダーバッグを脇に置き分厚いアルバムを開いていた。二十ページ近くあるアルバムに女の写真がびっしりと並んで貼ってあった。僕が傍らに立ってアルバムを覗き込むと黙って横の席を空けてくれた。

「これは俺が契約しているモデルと女優の名簿なんだ」

そう言ってページをめくった。アルバムの最後の項に全裸で両手でバストを隠すミホの写真が貼られていた。写真の下に書かれた名前は姫岡ミホとなっていた。写真を指さし社長が言った。

「ミホも我が社と正式契約を結んだ」

団栗眼で耳たぶの厚い丸顔が柔らかく崩れた。

「静岡、浜松、名古屋と東海道を西に向かって仕事をこなして来た二人が、昨日から映画の撮影に入ったんだ」

アルバムから目を話して言った。

「ミホの女優デビューですか」

「国際フィルムさんからの話で『女子大生　学生課』がタイトルなんだ」

豊満な胸とミニスカートが似合うスリムな体に、容貌も申し分なしのミホなら一般映画でも通用するだろう資質を持ち合わせていると僕は思っている。その彼女が裸も厭わないとなればピンク映画界が放ってはおかないだろう。社長の説明を聞くとさすがで売り込みは抜かりがなかった。ミホの資質を知らしめるため、ストリップ劇場での出し物をビデオに収めて制作会社に持ち込んだという。

こんな説明もしたと言う。

「この子は正真正銘の女子大生で、画家を目指してひたすらデッサンに明け暮れていた子で酒もやりません。ピンク界で重要視される女の子の表情は顔も勿論ですが、背中から首回りの肉の付き具合も同等の重要性を持つというでしょ。余分な脂肪の付いていない子は演技をしなくても、いたいけな表情を背中がしてくれる。この〝いたいけなさ〟こそが男たちのスケベ心を刺激する。

この子はその要素を十分に持っているんですよ」

あれ、これは地球会館の撮影技師が言っていた説明と同じだ。

ビデオを観た映画会社は二つ返事で主役を約束した。先方の足元を見た社長は公開する劇場の軒数から映画のストーリー、ポスターの図柄まで注文を出しその条件を受け入れた会社を選んだという。

初めて臨む撮影だが失敗は許されない。共演者を気心の知れている狂四郎に決めて押し込んだ。

火石社長の行き届いた心配りで女子大生ピンク女優が誕生だ。

「最近はピンク映画繁盛なおかげで、営業に出向かなくても先方から注文が来るんだ。あと二、三人の女優を緊急に派遣しなくちゃならないから今急いでその人選をしているところよ」

ピンク女優製造工場といったところだ。鼻息が荒い。

組織もなければ広告を打つ原資もない。火石社長のスカウトは街を歩きながら片っ端から声をかけていく。その成果がこのアルバムに貼られた写真の女の子たちだ。

「現状に満足している人間はいない。人は常に新しい何かを求めている。女の子の場合は自己顕示欲が強い。そこを見越して容姿を褒めてモデルの話をすれば大抵は心を動かす。なに、慌てる乞食はもらいが少ないというだろう。せかして決めさせることはないんだ。気が向いたら連絡をしてほしいと言って名刺を渡す。連絡がなくて元々。そんな手法で集めた女の子で、俺のところには常に百人を下らない女の子が登録しているんだ」

アルバムをめくりながら説明する。貼られた写真には全裸の子もいる。バストだけ露出させた子もいる。美人もいれば十人並み、いやそれ以下の子もいる。

「デブでも痩せてても良いのよ。美人だけでは映画は撮れないし舞台だって十人十色、個性を持っている子が集まるからその物語が動きだすんだ」

こうして語りかけられれば、自分に自信のない子でもその気にさせてしまうだろう。そんな話術に感心させられた。

「俺はスカウトのためにはどこにでも出没するんだ。デパートの社員通用口に行って帰りのデパートガールを観察する。現状に不満を持っている子は顔に出ている。そんな子を見ると話しかける。話しかけて露骨に嫌がる子はいないよ」

これまで伊勢丹デパートや京王デパート、丸井、三越と新宿にあるデパートに勤務する女の子を何人もスカウトしたと自慢する。

「ミホは去年の秋、女子美術大学の学園祭に行ったとき売店で焼きそばを売っていたんだ。スタイルが申し分なしだからモデルをする気がないかと声をかけたんだ。あまり乗り気じゃなかったけど名刺を渡したんだ」

それは初耳だ。ミホが風月堂に出入りしていることは知らなかったようだ。僕はてっきり風月堂でスカウトしたのかと思っていた。

「仕事をしたいって電話が入ったのは正月が明けて早々だったよ。歌舞伎町の喫茶店で会ったんだ。条件は五万円まとまったお金が欲しい。それ以上何も言わなかった。長年この仕事をしている俺はピンときたよ。お腹にわけありの子供がいるんだろうとね。必要な金額を用意してあげるから心配いらないよと言ったんだ」

やんわりと切り出すと図星だった。歌舞伎町で声をかけられた男と付き合った。妊娠した。事実を知らせるとそれ以来連絡が取れなくなった。慌てたミホは火石社長の言葉を思い出して電話した。

「五万円といえば大金だ。俺の仕事を手伝うことで返してくれてもいいんだ」

ミホの立場を踏まえた社長の申し出は的を射ていた。

時期を同じく、狂四郎は天井桟敷をやめて自分の脚本で芝居ができる劇場を紹介してほしい。そんな相談を社長に持ち込んでいた。

「オンナのエロで勝負する芝居なら、仕事場はないこともない」

ミホは狂四郎と社長の会話を同席して聞いていた。

借金の前借りを申し出ていたミホは、借金返済を念頭に置いての申し入れだった。思わぬミホの申し入れに狂四郎の心はときめいた。

「その芝居って、私でもできますか」

「よしミホ、俺と二人芝居をしよう」

武骨な狂四郎と清楚なミホのアンバランスが商売になると読んだ社長はその場で引き受けた。

狂四郎はミホの抱える事情を知ると心中を察して病院への同行を申し出た。無事に難題を乗り切った。

早速、狂四郎の書いた脚本で二人芝居の稽古をはじめた。芝居は男女の痴態がテーマだ。二人の仲が完成するのに時間はかからなかった。ミホはそのまま狂四郎の部屋に同居するようになった。

二人のストリップ劇場回りはこうして始まっていた。

「人間は誰もが注目されたい目立った存在でいたい。そんな願望を持っているんだ。ミホ君は自分の個性の発揮手段として絵画を選んでいたわけだけど、舞台に立ったことで女優として注目される醍醐味を知ったんだな。最初は肌はあまり晒さない。ミニスカートの中に狂四郎の手が滑りこむ。その時の必死で逃げる幼さを売りにする。劇場主とはそんな話をつけての出演だったが、ストリッパーのいさぎよい生きざまに触発されて脱ぐことに罪悪感を感じなくなった。朱に染まれば赤くなる。ミホ君の変心はそんなところだよ」

地球座で見た二人の出し物は凝った演技があったわけではない。

ともあれ、女子大生ピンク女優が誕生したわけだが社長の口を通るとそれが当たり前のような説明が付いている。

二人が共演する映画も脚本は狂四郎の書いたものという。

広告代理店の人事部長に面接に行く女子大生。新規オープンするホテルの宣伝広告のキャッチ・コピーが出題された。名案が浮かばない女子大生にホテルへの実地検分を誘う。ホテルに同行した人事部長が女子大生に突然襲いかかる。就職を熱望する女子大生の弱みにつけ込んだ雇用の実権を握る部長の執拗なまでの猥褻行為。

「天井桟敷で織り込む済みの狂四郎の演技と、素人の域を出ないミホとの絡み。良い味が出ているんではと楽しみにしているんだよ」

映画は七十分物の作品だという。

そこまで喋るとアルバムを閉じて立ち上がった。


僕は夕暮れ時を待って、東口地下通路で二時間ほど座り詩集『さりげなく』を売った。ポケットの百円玉を数えながら歌舞伎町に向かうと歌舞伎町公園の前にあるつるかめ食堂に入った。甘い醤油ダレのたっぷりかかった、かき揚げとキスの天婦羅が載った九〇円の天丼を腹に詰め込んだ。食堂の斜め向かいに名曲喫茶スカラ座がある。蔦がステンドグラスの窓を隠すように絡まり三階建の屋根まで伸びて葉を広げている。まずは一服だ。

ドアを押すと右手の階段の下の席に和泉ちゃんと上杉がいた。

上杉は淀橋警察署の裏に、自宅兼スタジオを持つカメラマンで『平凡パンチ』など男性週刊誌のヌード写真を得意としている。

和泉ちゃんはピンク映画の制作会社プロダクション鷹を主宰する木俣堯喬監督の息子さんで父親の撮影する映画の助監督だ。

藁半紙に印刷された冊子がテーブルに置かれていた。表紙には「フルートの鳥子」と書かれている。映画の台本だろう。

「和泉ちゃん、新作の撮影に入るんだ?」

野球帽にジージャン姿の和泉ちゃんは、三日後に山梨県の石和温泉に移動して撮影に入ると言う。面白そうだ。その台本をめくった。主演は氷室奈美。彼女は雑誌の〝ポルノ映画特集〟の記事が組まれると常にトップにランクインされている売れっ子女優だ。二番手の女優の欄は青山ゆかりとある。男優は久保田万太郎。監督は和泉聖治となっている。僕は聞いた。

「和泉ちゃん、監督やるんだ」

「そうだよ。今回は木俣監督が総監督で、和泉ちゃんの監督デビュー作になるんだ」

上杉の説明だ。映画の台本を見るのは初めてだった。

——窓の外、八ヶ岳の嶺が広がる。

部屋の中で、愛子と穣二の愛し合う場面。穣二、愛子の乳房への愛撫。乳首へのキス、徐々に攻め上がる。

愛子は体を弓なりに反らせ喘ぐ。

トルコ風呂の一室。ベッドの上で愛子、穣二の足の指と戯れる。穣二、愛子の性技をじっと見つめる。

書かれているのは至極簡単な筋書きだけだった。

「高垣、助監督で手伝ってくれないかなぁ」

唐突な話だった。

「三日で終わるんだけどな」

助監督とは撮影現場のこまごましたことを手伝う雑用係だ。これまで麻雀仲間の何人かが和泉ちゃんに声を掛けられて、撮影に参加していたことは知っていたが、僕が声を掛けられたのは初めてだ。ピンク映画の撮影ってどんなものなんだろう。興味津々だ。

「難しいことないよ。撮影に使う女優さんのパンティーのゴムをお湯に浸して伸ばしたり、前張りに使うテープの用意とかの雑用だ」

和泉ちゃんの説明に上杉が言葉を挟んだ。

「パンティーのゴムが強すぎると女優さんの胴や太腿にゴムの跡が付いてしまう。そんなのがついたら撮影が止まっちゃうから重要な役目なんだ」

先輩ぶった口ぶりになっていた。

「お前は余計なことを言わなくていいんだよ」

そう言って和泉ちゃんが上杉の腹部に指鉄砲を食らわした。

「いていていて」

大袈裟に上杉がのけぞった。

「手伝ってもいいけど、どうしたらいいの」

「集合は新宿駅西口正面のスバルビル前だ。六時に来てくれればロケバスが待っている。仕事はその時の指示でギャラは一日三千円。飲み過ぎの二日酔いだけは困るからやめてよ」

そう言いながら台本の助監督の欄に僕の名前が書き込まれた。

当日、僕は約束の時間にジーンズにコットンのジャンパーを着て出かけた。まだあたりは薄暗かった。スバルビルの前に行くと銀杏の街路樹の脇にクリーム色の中型のマイクロバスがライトを点けて停まっていた。車内には何人かの人陰が見えた。和泉ちゃんがバスから降りてきた。

「おお、ご苦労さん。仕事の指示は上杉から聞いて。車の中に二人女優さんがいるからまずは挨拶してよ」

そう言って顎でバスを指した。

上杉は、運転席の後ろの空間に置かれた照明用器具や三脚などの撮影機材の確認をしていた。カメラを抱えてレンズの調節をしている角刈りの男はカメラマンだった。

「高垣、とりあえず女優さんに何か飲み物を用意してあげて」

振り返ると、サングラスにハンティングの恰幅の良い中年男が立っていた。総監督をする木俣総監督だった。

「君かね、新しく働いてくれるという助監督さんは」

「はい、高垣です。よろしくお願いします」

「頑張ってよ」

僕は狭い車内で直立不動になって頭を下げた。最後部の窓際の席に座っているのが週刊誌のグラビアページでよく見かける氷室奈美だった。茶髪のロングヘアーに大きなサングラスをかけていた。

小柄だが、胸の膨らみが厚地の木綿のパープルのワンピースの胸の部分を押し上げていた。顎の丸みが顔全体の作りを引き締めている。厚みのある唇にルージュの口紅がマッチして輝いている。

傍らに四角い大きな化粧バッグが置かれていた。

「何か飲み物を用意しますが何が良いでしょうか」

「コーヒーをお願いします」

反対側の席に白いブラウスを着た細身の女の子が座っていた。

「何か飲み物を……」

そこまで言ったところで僕は言葉を詰まらせた。

僕の顔をしげしげと見ているのがミホだったからだ。

「どうしてここに……」

僕は思わず訊いてしまった。

「高垣さんこそ、どうしてここに」

僕が簡単な説明をすると半信半疑な顔で頷いた。

「私ね、社長さんが女優として一人立ちするには他流試合をすることが大事だってこの仕事を入れてくれたんです」

確か台本には青山ゆかりと書かれていた。その件を聞いた。

「劇場での仕事は名前なんか関係ないけど、映画だと女優の名前が出るでしょ。本名が出てしまうと田舎の両親や友達に一発でばれてしまうんで社長に相談すると、この名前が私のイメージに合っていると言って決めてくれたんです」

芸能人の連絡先を網羅した芸能本に『タレント名鑑』がある。この本に限らず人名を扱う本の編集方針はあいうえお順で始まるケースがほとんどだ。仕事に起用する側は名簿を開いて早く登場する名前のほうが目に留まりやすい。そうなると仕事の依頼の確率も高くなる。〝青山〟は名簿の最初のページに登場する。火石社長らしい抜け目のない計算だ。これは後から聞いた話。

飲み物は奈美さんと同じでいいと言う。僕はバスを降りて近くの自動販売機に走って缶コーヒーを二本買って二人に渡した。

ロケ隊は監督と和泉ちゃんと助監督の僕。女優二人とカメラマンと上杉、男優を含めた総勢八人だ。ここまではよかった。六時集合六時半出発と聞いていたが男優の久保田万太郎の姿が見えない。腕時計は七時に近づいていた。和泉ちゃんがしきりに時計を見る。女優が揃っていても男優がいなければ映画にならないだろう。

奈美さんは缶コーヒーを飲みながら朝日の当たりだした西口のビル街を眺めている。

「またゴールデン街あたりで飲んだくれて酔い潰れたんだろう。プロ意識のねえ野郎だなぁ」

和泉ちゃんの声に怒気が含まれている。上杉は運転席に座って男優が現れるはずの歩道に目をやっている。和泉ちゃんと監督が時計を見ながらなにごとか言葉を交わした。

「上ちゃん、出発しようや」

和泉ちゃんの合図でバスが動きだした。男優はどうするのか。

もっとも僕が気を揉んだところでどうすることもできない。

上杉がハンドルを握るバスは、重たいエンジン音を響かせて中央高速を石和に向けて走る。車窓から見る山間の景色は紅葉には少し早く深い緑で覆われている。後ろの席で同じ空気を吸っている氷室奈美さんはカメラの前でどんな痴態を演じるのか。

勝手に艶めかしい彼女の裸が浮かんでは消える。

監督の傍らにいた和泉ちゃんが僕の横に来た。

「高垣、頼みがあるんだ」

背中を丸めて申し訳なさそうな顔をしている。

「分かっているとは思うけど、男優がいないからこのままじゃフィルム回せないんだ。男優が来るまで代わりに役者をしてほしいんだけど、どうかなぁ」

「え、俺が役者を……」

僕は素っ頓狂な声を出していた。

「久保田が遅刻して……。撮影を遅らせるわけにはいかないから久保田が到着するまで高垣が代わってくれると助かるんだ。久保田には連絡を取って明日の朝までには石和に来てもらうことにするから、それまでの間代役を務めてほしいんだ。台詞は少ないし難しい役じゃあないからさ」

撮影が長引くと経費が跳ね上がる。予算がオーバーした分は制作会社が被らなければならない。そんな裏事情は火石社長に聞いていた。撮影に参加するからにはどんな仕事もこなす覚悟はできていたが、芝居などしたこともないから出演など想定外もいいとこだ。

戸惑った。返事のしようがない。といったところで役者がいなければ撮影は始まらない。頭の中が錯綜して答えが出ない。

ロケバスは、中央高速道を相模湖から猿橋を通過して笹子トンネルの手前まできていた。深い山吹色をした尾根がどこまでも連なる山並み。その眺めを楽しむ余裕などなくなっていた。

トンネルを抜けると石和温泉だ。

映画の制作現場は全員が一致団結して動くんだ。

火石社長の言っていた声が蘇った。

「俺にできるのかな? できるんならやってもいいけど」

出たとこ勝負と腹を括った。和泉ちゃんの顔が緩んだ。

「芝居は総監督の指示通りやってくれればいいんだ。ギャラは助監督の倍で六千円にする。それでどうかな」

僕は総監督に向かって頭を下げた。

「奈美さん、久保田の到着が明日になるようなんで、到着するまで彼の起用で撮ることにしますんでよろしくお願います」

改めて和泉ちゃんに奈美さんを紹介された。

「そうなの、いいわよ。よろしくね」

てらいのない返事が返ってきた。

当世きっての人気ポルノ女優との絡みだ。僕の頭はそれだけで爆発寸前になった。和泉ちゃんはゆかりの席に移った。

「風月堂に出入りしてるんだから高垣のことは知っているだろ」

「ええ、風月堂で何回も……」

そう言ってウインクを送られた。

「最初の絡みは高垣になった。彼に任せて自然の流れでいってよ」

あ、れれ。俺に任せろとは話が違うじゃないか。

「分かりました、よろしくお願いします」

ゆかりは僕に向かって頭を下げた。ということは奈美さんとゆかりの二人との絡みをこなさなければならないということなのか。複雑すぎて胸の内の整理が追いつかない。

度胸や根性だけで乗り切れるものではないだろう。頭の中がでんぐり返し状態になった。総監督が台本を持って僕の横に座った。

「早速だが本を直すよ。久保田より高垣君のほうが若いから男をヤクザから新宿の遊び人の設定に変える。高垣君がグリーンハウスでハントしたゆかりをトルコに沈める。ゆかりにトルコ嬢のテクニックを仕込むため自分がトルコに通う。ここでトルコ譲として接客するのが奈美さんだ。ゆかりは高垣君からテクニックを仕込まれる女で、初心な女が男の手で熟れた女に成長していく。この過程での女の変化を売りにしよう。どうだい、面白いと思うんだが」

台本に書き込まれている台詞の部分に、赤いボールペンで次々にバツを入れる。その光景を奈美さんもゆかりも見つめている。

真っ赤に書き直された台本を渡された。眼を皿にしても読めそうにない字が並んでいる。バスは石和で高速道路を下りた。小さな温泉旅館の前にバスが停まった。僕はバスを降りる前に奈美さんにもう一度頭を下げた。

「初めてですけど一生懸命頑張ります。よろしくお願いします」

「頑張ってね、良いもの作りましょう」

撮影機材がバスから運び出される。僕も撮影機材を持った。

「高垣はいいから、台本を読んでなよ」

上杉に言われた。そう言われても乱雑な監督の字は判読不能だ。

女をトルコ風呂で働かせるために性技を仕込む。そんな役をカメラの前で演じろというわけだ。どう演じろというんだ。皆目見当がつかない。それより僕がセックスの秘技を受けるのは奈美さんだ。

どんな性技を受けるのか。考えるだけで目眩がする。


撮影は温泉宿の和室の客室が用意されていた。

八畳の部屋の真ん中に蒲団が敷かれている。最初の撮影はゆかりとの絡みだった。スタンドに乗せられた照明が点灯して白熱の光が布団を照らす。前もって役者にはストーリーに対しての演出は説明されていたようだ。ゆかりが羽織っているタオル地の白いガウンを脱いで横になった。しなやかに伸びた前張りなしの全裸を照明が照らす。目の前にあるその肢体を眩しすぎて正面から見ることができなかった。ブラウスの上からでは分からないバストの膨らみが見事な形状を作っている。右側の乳房の横に黒子がある。

カメラマンが、露出計を腰から上半身に当てながら移動させる。

「ちょっと明るすぎるな。そこの窓を閉めてくれる」

明るさを調整する。スタンドを移動させ再び露出計を当てる。

「ゆかり君、恋人に愛されるシーンから入るからね。男と女が住むアパートの一室。部屋の中で何するかは説明する必要はないね。自然の成り行きでいいんだから」

総監督の指示にゆかりが頷く。僕には何の指示もない。

「俺も脱いだ方がいいんですか」

「流れに添って脱いでもらうよ」

和泉ちゃんがこともなげに言う。カメラテストが始まった。

ゆかりに一本のソーセージを渡した。握ったソーセージに対して指と舌の使い方を和泉ちゃんが指導する。

「普段している要領ですればいいんだ」

ゆかりの顔に恥じらいが浮かんだ。

言われた通りにゆかりがソーセージを口に含む。カメラが回る。総監督が僕の横に腰を下ろした。

「この前、東映の大部屋俳優を使ったけど大失敗だったよ。仕事を欲しいって来たものだから起用したんだけど、撮影に入ったら全然駄目。使いものにならなかったんだ」

ソーセージを出し入れするゆかりの唇が悩ましい。

「東映も不況で任侠映画の制作本数が大幅に減っているようで、大部屋役者の仕事がないんだな。撮影には慣れているだろうから使ってみたけどそれが大誤算だったんだ。演技の心得があっても女優との絡みに慣れていないから、絡みが始まったら興奮しちゃってチンコが勃っちゃうんだよ。男がその状態だと、女優さんが嫌がって絡むことができないからカメラが回せないんだ。収まるのを待ってカメラを回すとまた勃っちゃう。ピンクの男優は演技云々の前に、絡んでも勃たないことが最低条件なんだ」

そんなことを言われても答えようがない。

ゆかりの一人芝居が終わった。

「じゃあ、こんどは絡みのテストから本番ね」

総監督の声で現場の空気が引き締まった。ゆかりが薄いブルーのシーツ上に横になった。肌理《きめ》の細かい白い肌に汗がにじみ出て光っている。乳房の横の黒子と陰毛の黒さとがアクセントを付けて肉体を引き締めている。

「高垣は、両手でゆっくりとゆかりの乳房から乳首へと移動させてよ。そこから攻め上がって重なり合う。ここは、自分の女を仕込む前段階というシーンで楽しみ合う感じでいいんだ」

そう言われると衣類を着ているわけにはいかない。僕も脱いだ。

横になるゆかりに体を重ね抱きしめた。汗ばんだ肌が密着した。

「はい、スタート」

一瞬の静寂からカメラが回る音がした。僕は指示された通り掌でゆかりの乳房を弄ぶ。反応するゆかりの喘ぎ声が部屋中に響く。

「カメラ止めて」

突然怒鳴った。僕は固まった。ゆかりの体から離れた。

「ちょっと違うんだなぁ。ゆかりの役は初《うぶ》な素人娘。男に教え込まれる前段階の女を演じてくれなくちゃ」

僕への注文ではなかった。胸を撫で下ろした。ゆかりが困惑した表情を浮かべる。初《うぶ》さを演じるには演技を抑えろという。撮り直しはゆかりの抑えた演技にＯＫが出た。

「次のカットが大事なんだ。ゆかり、頑張ってよ」

和泉ちゃんの声が鋭い。ゆかりがその声に応じて頷いた。

「映画を観るお客さんに尺八を連想させるシーンだ。本物の尺八なんかさせたらたちまち映倫でストップになってしまうから、それを連想させる舌技で相手の足の指を使ってのシーンだ。これならどんなに艶めかしく撮っても映倫は文句のつけようがない。映画の売りになるカットだから、な、しっかり頼むよ」

ソーセージを使っても撮れるカットではないのか。そんなことを考えながら逆向きになって重なりあった。照明とカメラが僕たちの体の位置を確認する。ゆかりが僕の足を両腕で抱きこんだ。小柄なゆかりの足が僕の顎の前にある。全身が密着状態だ。

「スタート！」

和泉ちゃんの声が響いた。僕はゆかりの動きに任せる。ゆかりの唇が僕の足首を這う。生温かい感触が微妙に伝わってくる。そのまま唇が僕の指を包み込むはずだ。目を瞑ってゆかりの動きを待った。重なり合っている僕たちの体がこれ以上ないほどに密着して絡み合っている。照明のライトの熱と緊張感からか、ゆかりの汗が全身に滲み出してきた。

唇が足首で止まったままで進まない。どうしたのか……。

「カット」

カメラが止まった。

「ゆかり、どうしたんだ。映画を売るためには大事なカットだと言っているだろ。指を口に含んで愛おしそうに唇を動かす。そのためには舌も使わなくちゃ。分かっているだろッ」

和泉ちゃんが怒鳴った。

「プロとして恥ずかしくない仕事をしろよ」

付け加えるように言った。総監督は腕組みしたまま動かない。

何回カメラを回しても唇がそれ以上は進まない。

「何でもするからと言って、火石社長が推薦してきたんだ。俺たちが期待する絵が撮れないんなら降りてもらうしかないだろう」

ゆかりは顔を上げない。和泉ちゃんが腕を組んで考え込む。

「ゆかり君、もういいよ。次に移るから」

総監督の言葉は冷たかった。撮影を変更して、トルコ嬢役の奈美さんが僕にサービスするシーンを撮ると言う。ロケ隊が移動の準備に入った。僕は急いで服を着た。照明器具がバラされてバスに機材を積み込み込んだ。

遠くに見える山裾から広がるブドウ棚が、温泉街との区切りをつけるように延びる道路によって遮断されている。トルコ風呂の建物はその道路脇に建っていた。

赤く塗られた三角屋根は、スイスのアルプスにある山小屋を連想させる造りになっていた。営業前の空き時間を借り受けているのだろう。入り口で待っていた支配人と呼ばれる男はジーンズに黄色のトレーナー姿で客室に案内してくれた。客室にはスチーム風呂とベッドが置かれていた。

奈美さんは朱色のガウンを着替えていた。カールの掛かった長い髪とアイシャドーでアクセントの付いた大きな瞳が、売れっ子女優の貫録を十分に備えている。

「私に任せてね。いいものを撮りましょ」

緊張する僕の心中を見越すように奈美さんが声をかけてくれた。

台本を片手にした和泉ちゃんが奈美さんに言った。

「アップで長回しするんでよろしくね」

「分かりました」

阿吽《あうん》の呼吸というのだろう。それだけで打ち合わせは終わりだ。

カメラと自分の位置を確かめながらベッドに腰をおろした。

奈美さんを中心にスタッフが動く。ガウンを脱いだ。少し瘠せ気味の肉体は引きしまった肌をしている。僕たちは逆方向に体を重ねてカメラの前に横たわった。

「じゃ行きますよ」

ジィーッとフィルムが回る機械音が室内に響く。カメラが奈美さんの顔に近づくのを僕は横目で盗み見していた。奈美さんの腰が僕の下腹部で波のようにうねる。唇のねっとりした柔らかさが足首から指に移動する。唇が僕の右足の親指に含まれた。親指に粘膜の柔らかさを感じた。舌が指に纏わりつく。舌を転がす微妙な感触が伝わってくる。

台本のタイトル「フルートの鳥子」は、奈美さん演じる鳥子がフルートを吹くように舌技を使いこなすという設定だろう。

奈美さんの愛撫を受けながら、僕はそんなことをぼんやりと考えていた。奈美さんの太腿の内側に汗が光っている。前張りなしのわずかに開かれた股間に照明が当たる。複雑な形状の肉片がわずかに開いている。学生の身の僕には殺生過ぎる。僕は爆発寸前になった。

「東映の役者は、大切なカットの時になるとチンコが勃って使いものにならなかったんだ」

耳の中で総監督の声が呟いていた。

足の指に伝わる唇と舌の感触が堪らなく柔らかい。唇を通じて奈美さんの体内に僕の全身が吸い込まれていきそうな快感が襲う。

僕は焦った。絶体絶命だった。その時だ、奈美さんの唇が僕から離れてベッドに座った。

「監督、一寸いいですかぁ」

まるで僕の心中を見透かされているようなタイミングだった。

「どうしました」

「男優さんの指と、私の口紅の色とが重なりません。もう少し、紅色を濃くした方が色のトーンが出ていいと思うんです」

奈美さんは化粧バッグから強い紅色を選んで出した。

塗られている口紅と並べて判断を仰ぐ。

「確かにその色の方が映えるね」

カメラマンが言う。撮影が再開した。再び舌が魔法のように絡んで蠢く。奈美さんの指が僕の左足の指をまさぐる。その感触がソフトだ。頭が真っ白になった。気を紛らわせたかった。顔の前に伸びる奈美さんの両足を抱きしめた。足の指は奇麗にマニュキアで手入れされている。それも僕にとってはとてつもないエロだった。

駄目だッ、鎮めろ鎮めろ。口の中で叫び声を上げ抱きしめた両手に力を入れた。目の前に奈美さんの足の指が並んでいる。

その指を見ると、人差し指と中指の間の皮膚が爛れたように変色していた。皮膚が崩れかかっている。水虫だ。その瞬間、僕は格好の助け船を探し当てた。

中学時代の夏休み、サッカー部の合宿に行った先で仲間と入った風呂が原因だったのか水虫に感染してしまった。その時の指と指の間の痛みをともなう堪らないほどの痒みを思い出した。触ると指と指の間の皮膚が皹《あかぎれ》のように割れていた。薬を付けてもしばらくは完治することがなかった。夏休みが終わるまで痛みと痒みに悩まされた。その苦痛の思い出が蘇ってきた。

脳味噌が、奈美さんから与えられる快楽からサッカー部の厳しい練習と水虫の苦い思い出に切り替わった。真夏の太陽に照らされて必死にボールを追う自分がいた。カメラはそんなことには無頓着で回っている。

「ハイ、カット」

監督の声が軽やかに響いた。

奈美さんの粘着力のある唇から僕はようやく解放された。

「いいね、よかった。これだけ長回しで撮れるといろいろなカットに挿入できるから編集作業が助かるよ」

総監督の口から吐き出された煙草の煙が室内に緩やかに流れた。

「高垣君、君は役者としていい資質をもっているよ」

総監督の褒め言葉は、僕の下半身が何の変化も示さなかったことを指していた。カメラマンの視線が僕の下腹部に注がれている。

上杉は露骨な視線を僕の下半身に注いでいる。僕は複雑な気分でその視線を受け止めた。

僕が衝撃を受けたのは奈美さんのプロ根性だ。仕事とはいえ初対面の男の足の指をてらいなく口に含んだことだ。仕事と言ってしまえばそれまでだが、なかなかできる芸当ではないだろう。

ゆかりにはそれができなかった。

女という生き物は、何時何どきでも男女の秘めごとは男のリードに任せる恥じらいを持ち合わせていると、思い描いていた。そうであってほしいという願望も持っていた。奈美さんのプロ根性が僕の女性に対する認識を打ち砕き跡かたもなく溶かしてしまった。

陽が落ちていた。弁当が用意された。行き場を失い小さく佇んでいるゆかりに和泉ちゃんが弁当を渡した。

躊躇しているゆかりの傍らに総監督が座った。

「ゆかり君も一緒に食おうよ」

ゆかりの顔がほころんだ。

「奈美さんの仕事見ていて分かったと思うけど、女優ってのは台本の中の役柄を理解する。理解した役を自分流に解釈する。その解釈をどう表現するかが役者の仕事なんだ。足の指を口に入れられるか入れられないか。そんなことは問題じゃあないんだ」

奈美さんが柔らかな表情でゆかりの横に座った。

「いい、よく聞きなさい。私たちは、出演契約を結んだ時から、自分を〝モノ〟として監督さんに差し出しているのよ。監督さんはその〝モノ〟をどう使いこなすのか。それは監督さんの自由。そこに女優と監督さんとの信頼関係が成り立っているのよ」

感情を捨てる。自分の持つ意思を切りはなし、求められる動作に合わせて感情を移入し演ずる。それが役者の演技の原点という。

奈美さんの演技論は分かりやすい。

「私の考えが甘かったんです。私にもう一度チャンスを下さい」

頭を下げたゆかりは覚悟を決めた顔になっていた。

再び温泉宿に戻っての撮影は、ゆかりの積極的な演技がカメラを回し滞りなく終わった。上杉が現地特産「勝沼ワイン」を用意していた。遠慮がちにグラスを出したゆかりに監督がなみなみ注いだ。

渋みのあるワインが場を和める。

「新人で、あれだけの絡みを平気のへいざで演じるってのはなかなかできる芸当じゃない。君は役者としての素質があるよ」

僕は総監督に肩を叩かれた。上杉も和泉ちゃんも頷いた。

「明日は久保田が来る。助監督としての雑用をしてもらうけど役者の道も考えてくれないかな」

僕は答えようがなかった。


朝一番の列車で久保田万太郎が来た。細身で角刈りの髪型は三十代前半に見える。鼻筋の通った深みのある眸は小林旭似の渋みのある男だ。バックスキンの黒のコートが似合っている。総監督にも和泉ちゃんにも頭を下げるが悪びれる様子もない。

「監督、台本もだいぶ書き直したようですね。俺の役柄がはっきり浮かんできたところじゃないですか」

呆れたが遅れたのは計算通りといった口ぶりだ。

ピンク業界では名の売れた役者のようだ。

ストーリーの説明に久保田は飲み込みが早い。

「じゃあ、俺は少しチンピラ風のワルでいいわけね」

奈美さんの顔を見る。

「最近はすっかりグラビア誌のアイドルじゃないですか。売れっ子は街に出ても注目されるから大変でしょう」

軽口を叩く。助監督に回った僕に上杉が紙袋を持ってきた。

中には赤、白、紫、ピンクと色とりどりの下着が入っていた。

「お湯に浸してゴムを伸ばしてよ。ゴムが伸びすぎても緩くなっても使いものにならないから湯加減に気をつけてよ」

お湯を沸かして洗面器に注ぐ。下着をお湯に浸して一枚ずつゴムを伸ばす。少し熱いぐらいの湯でゆっくり伸ばすことが肝心だということはこの仕事を受けたときに聞いていた。

撮影は、久保田と奈美さんの住む部屋の設定から始まった。

二人は当たり前の顔で演じカメラが回る。

ゆかりの出番だ。ガウンを脱いでカメラの前に立つ。前日の表情と一変している。役者としての魂が覚醒したように久保田の要求する絡みに応えて反応を示す。深夜までの撮影が続き、予定通り三日目の夜に終わった。全員が澱みなく仕事をこなした結果だ。

誰の顔にも仕事を成し遂げた満足感が溢れている。

「よくやってくれたね、女優の仕事というものが分かったかな」

ロケバスに乗るゆかりに総監督が声をかけた。

「はい、ありがとうございました」

ゆかりは丁寧に頭を下げた。

バスが新宿に到着した。奈美さんはスタッフに深々と頭を下げてバスを降りた。上杉が停めたタクシーに乗る。監督も和泉ちゃんも一列に並んで奈美さんを見送る。

「ゆかり、次は主役を用意するけど、出る気ある」

和泉ちゃんが声を掛けた。

「よろしくお願いします」

ゆかりはここでも丁寧に頭を下げた。

第三章　フーテンの無縁仏

フラワー・ムーヴメントの影響を受けて、グリーンハウスはサイケデリックな柄のシャツで着飾ったフーテンが目に付くようになっていた。頬に唇の絵をペインティングしている女の子もいる。アパッチを真似た化粧をした男も地べたに座って通行人を眺めている。

自由という言葉を誰もが強く追い求め、皆がそれぞれの生きざまで自由を主張しているようでもあった。グリーンハウスの右手の地下に通ずる階段には、コンクリート造りの雨除けの屋根がかかっている。夜になると、この屋根によじ上って眠るフーテンが多くいた。

屋上は、風通しも良く新宿通りを挟んだ向こう側にネオンが広がり、煌びやかに輝くネオンと歩道を歩く人波を見下ろしながら眠ることができるわけで塒《ねぐら》としては一等地だ。

ドタドタと息を切らしながら三人の警察官がアルミニウムの梯子を抱えてやってきた。雨避けの屋根に梯子を掛けると一人が屋根に上っていく。

「どうだ、まだ脈があるか？」

梯子を支える警察官が屋根に上った同僚に問いかけた。どうやら屋根の上に人が倒れているらしくその救助に駆け付けたようだ。

見上げると、倒れている人間の腕を握って脈を確認している。

「駄目だ、仏になってるわ。終わってかなりの時間が経ってるな」

首を左右に振りながら言った。

「だったら、とにかく下さなくちゃ」

一人が梯子を上っていく。チェッ。路上の警察官が舌打ちした。

屋根の上の警察官が重たそうに体を引きずり寄せる。死体は泥で汚れた地下足袋をはいていた。屋上と梯子を五段まで上った二人で藁人形のように力の抜けた男の死体を滑らせながら降ろした。

工事現場から帰ったばかりのようなニッカボッカ姿で肩まで伸びた髪、紫色の斑点が浮かんだ顔が地べたに横たわった。

底に少しシンナーの残ったビニール袋が右手に握られている。

男の顔を見て僕は驚いた。互いに知り合って一カ月ほどになるフー太だった。昨日の夕方も地下通路で詩集を売っている僕の前に来て、遭遇した悲惨事をひとしきり嘆いたのだった。

あの時、フー太は確か鮮やかな絨毯柄の布で出来たショルダーバッグを肩にかけていた。何も話さず、しばらくするとグリーンハウスに向かう階段を上っていった。あのまま屋根によじ上って死んでしまったんならバッグが置かれてあるはずだ。僕は警察官に尋ねた。

「屋根の上に、バッグはありませんでした」

「え、何もなかったけど。君はこの男を知っているのかね」

「ええ、知っています」

「こいつは誰なんだ」

「誰と言われても……。一緒に住んでいる彼女がいますが」

「彼女？ その子はどこにいるのかね」

「この先にある『ピット・イン』というジャズ喫茶で働いていますよ。もっとも、この時間にいるかどうかは分かりませんけど」

「名前はなんて言うのかね」

「ミーコです。今、僕が呼びに行ってきますよ」

ピット・インは紀伊國屋書店の三軒並びの木造二階建ての二階にある。僕が走り出すと警察官も付いてきた。階段を駆け上がると顔見知りのボーイがコーヒーを運んできたところだった。

「ミーコは来ていますか」

「彼女は遅番だからまだ来ていないよ」

警察官を後ろに従えている僕を怪訝な顔で見ながら答えた。

「その子は、どこに住んでいるか分かるかね」

今度は警察官が前に出て訊いた。

「分からないですよ。そんなこと聞いたことないから」

「分からないって、従業員として使うときには住所くらい書かせるだろうが」

「店長なら知っているかもしれませんけど、俺は知らないよ」

「居ないんなら仕方ない。店長が来たら東口の交番まで連絡をくれるように伝えてくれないかなぁ。人が死んでいるんだ」

「人が死んだ。高垣、死んだのは誰？」

「ミーコの彼氏だよ」

「えっ、本当に！」

「遺体の処理があるから俺は戻るよ」

警察官は僕たちの会話に取り合わずに引き返した。

僕も後を続いた。

「君は、あの男の住まいは知っているのか？」

「中野坂上ですけど、詳しいことは……」

「その彼女とは、結婚はしているのかな」

「それはないと思いますけど」

「ちぇ、単なる女なんだろ。だからフーテンの連中てのはわけが分からないんだよな」

通行人とフーテン仲間とが混ざって骸となっているフー太を取り囲んでいた。顔に新聞紙が被せられていた。黒い鞄を下げた男が駆け付けた。検視で来た医者だった。骸の前にひざまずくと新聞紙をめくって目を開き瞳孔を調べている。体をうつ伏せにすると背中をめくった。背中の肉がうっ血したように黒ずんでいる。仰向けのまま死んだ人間は、背中に血液が集まるため、血液の変色状態で死亡日時が推定できると聞いたことがあった。

「亡くなって、十時間は経っていますね」

「死因は何ですか？」

「見ての通り、シンナーの吸い過ぎによる呼吸器の麻痺でしょう。心不全ということにしておきますから」

事務的な言葉だった。

カシャー、カシャー。鋭くシャッターを切る音がした。振り返るとカメラを構えているのは上杉だった。上杉はグリーンハウスにやって来る女の子に声を掛けて写真を撮り、雑誌社に持ち込んで商売にしているカメラマンだ。フーテンの仲間内では面倒見がいいことで知られている。

場所を変えながら何枚もシャッターを切った。

「お前何やっているんだ。勝手なまねするんじゃあないよ」

見かねたように警察官が上杉を押しやった。

「勝手なんかじゃあないよ。俺たちの仲間が死んだんだ。その写真を撮って何が悪いんだ」

上杉がフー太の体の前にひざまずいた。

「人が死んだんですよ。少しは温かい言葉のひとつもかけてあげたらどうですか」

警察官を睨みつけた。

「そうだよ。いくら仕事だからと言って、あんたたちには人の心というものがないのか〜」

フーテンたちが言い寄る。気後れした警察官が一歩下がる。

「分かったよ、こっちも困ってるんだ。君、この男の本名とか出身地を知らないかね」

少しの敬語を使われたことで上杉の肩の力が抜けた。

「大阪生まれで、べ平連の活動をしていたとは聞いていますけど」

「それだけじゃ分からないよ。何かもっと情報を持ってないか」

「全国を股にかけて旅していると言ってはいたけど。立ち入ったことの話まではしたことがないんだよね」

確かにそうだ。フーテン同士、本名を知る者はほとんどいない。ほとんどが通称で呼び合っているからだ。

「しょうがないな。この骸は淀橋署に運ぶから、君がさっき言ってた一緒に住んでいるという彼女と連絡が取れたら署に連れてきてくれないか。何も分からないと無縁仏になっちゃうからな」

無縁仏。僕にはその言葉が言いようのない不気味さに聞こえた。

濃いグレーのバンが停まった。運転手が降りると仏に向かって両手を合わせた。観音開きの扉が開かれて中から台車を下した。

鼠色の毛布を出してフー太の遺体を包んだ。手際がいい。

医者の姿はすでに消えていた。

「フー太はどうなってしまうんですか」

上杉が訊くとフーテンたちも聞き耳をたてる。

「一緒に住んでいる女と連絡が取れてからだな。出自が分かれば引き渡せるけど、風来坊じゃな身寄りの分からない場合が多いんだ。この前のもそうだったけど、どこの誰だか分からずに司法解剖した後、大学病院に献体されたんだ。その後は、無縁仏として近くのお墓に葬られた。無縁仏は新宿署管内だけでも今年に入ってから四体目だ。警察だって困っているんだよ」

「そうですか。これじゃフー太が可哀想なんで仲間のために俺たちで線香の一本も上げてやりたいんですよ。警察の遺体安置所に行ってもいいですか」

「それはいいけど、取りあえず書類上の手続きを取らないといけないから淀橋署に持っていくよ。線香を上げてやりたいならその後になるよ」

迷惑千万という顔で扉を閉めた。

車は天井の回転ライトを回しサイレンを鳴らして走りだした。

「みんな、フー太が良い往生できるように手を合わせて冥福を祈ってやろうじゃあないか」

僕たちは移送車に向かって両手を合わせた。

「親族が見つかって遺体が引き渡せればいいけどな。とりあえず遺体があってもなくても俺が簡単な祭壇と線香を用意するからフー太の葬式をしてやろうじゃないか。明日の四時頃、みんなここに集まってくれよ」

反対する者はいない。

「俺たちフーテンにとってこの場所は家であり応接間みたいなもんだ。葬式もここがいいだろう。袈裟と花と蠟燭は俺が用意するよ」

どんな葬式になるのかはともかく、こんな死に方をしたフー太は天国に行けるだろうか。僕は、まずミーコに知らせなくてはと思いピット・インに向かった。

一カ月ほど前になる。ゴールデン・ウィーク明けのグリーンハウスに顔を出すと、一人の男がギターをつま弾き澄んだ通る声で唄っていた。

How many roads must a man walk down
Before you call him a man

ボブ・ディランの『風に吹かれて』だった。日焼けして彫りの深い顔にテンガロン・ハットが似合っていた。茶褐色のバックスキンのベストと色落ちしたブルージーンズの着こなしのセンスも申し分なしだった。肩の力が抜けた歌唱とウエスタン調のルックスがボブ・ディランを彷彿させた。手前には黒いマジックインキで書かれた段ボールの看板が置かれていた。

「僕は、旅を続けている吟遊詩人です。理解をいただけた方々にカンパをお願いしています」

開いたギターケースの中に、通行人が投げ込んだ幾つかの百円玉が転がっていた。西口広場のフォーク集会で集まった群衆を前にギターをかきならしている風景は何度も見ているが、街頭でカンパを募るギター弾きは初めてだ。

僕は男の前を通り過ぎて地下通路に降りた。詩集を並べたが客が立ち止まってくれなければ話し相手もいない。電車で拾った新聞を広げていると、汚れたバスケットシューズが僕の前で止まった。

背中にギターを背負ったテンガロン・ハットが立っていた。カンパ活動をしていた男だ。長いグレーの綿のスカートに洗いざらしの生成りの麻のシャツを着た女の子も一緒だ。

「おたく、ここに座っているのを何回か見かけたけど、新宿に腰を落ち着けて旅には出ないんだ」

男の問いに僕は答えた。

「新宿が気に入っているし、この街そのものを塒にしているから居心地が良くてどこにも行くつもりはないけど」

「そうなんだ。時間があるんなら、旅に出ていろいろな風景を見て、自分の知らない人に出会ってみるのも創作活動には必要だと思うんだけどなぁ」

男はフー太と名乗り女の子はミーコと自己紹介した。

二人は爽やかな雰囲気を持っていた。

「さっき聴かせてもらいましたよ。あなたが歌っていたディランの曲最高ですね」

「どの曲かなぁ」

「〝風に吹かれて〟が僕好きなんですよ」

「ああ、あれね。あれいいでしょ。歌詞が俺の生き方そのもので好きなんだ」

人は行動することで自由が得られる。

確かそんな内容の歌詞だった。

「歌っているこの曲の詩が、僕の人生のテーマでもあるからね」

「だから、旅しながら歌っているんですか」

「格好良く言っちゃえばそうかな。歌っている詩が、自分の生きざまに密着しているとその曲の魂を呼び戻せるってことを知ったのさ。旅に出る前からディランの曲は歌っていたけど、途中で知り合った仲間と話すうちに今の歌い方ができるようになったのさ」

彫りの深い顔が人懐っこく笑う。

「吟遊詩人と看板に書いてありましたけど、曲も作るんですか」

「旅をしながら胸を揺さぶる風景が目の前に現れると、フレーズが自然に浮かんでくるんだ。そんなときは即興で詩をつけて歌うよ」

「フレーズが自然に浮かんでくるんですか」

「うん、景色だけじゃないよ。人との出会いで感銘を受けたときにも浮かんでくるんだ。だから、俺は旅の途中での人との出会いを生き甲斐にしてるんだ」

鈍行列車に乗って、気の向いた街で降りギターを抱えて歌うと言う。フー太が口にする旅のイメージが僕には浮かんでこない。

ギターを背中からおろし僕の横で歌い始めた。

青空に立ちあがる噴煙が　街の色を変える　路面電車を停め　畑を覆う
島の噴火を嫌うものはいない　誰もいない
自然の力よ　桜島
今日も噴火が上がり　噴煙が街を覆う
僕らは桜島と共に生きている

フォーク調のリズムで乗りがいい。

「これは、初めて鹿児島で桜島を見たときに浮かんだ詩だよ。いつも噴煙を上げているから、火山灰が降り注いで暮らしに邪魔になるんじゃないかと思っていたけど、地面に積もる灰は有機物を含んで農作物にとっては格好の栄養素になるって教わってね。それって自然と人間との融合だよね。凄いと思わない」

鹿児島湾に浮かぶ桜島は、年間を通じて噴煙を上げる活発な火山であることは知っているが僕は行ったことがなかった。

「日本全国を旅しているんですか」

「そうだな、旅を始めて一年半になるよ。鹿児島には一年前に行ったんだ。俺のホームグラウンドは関西で、十日前に東京に出てきたばかりだよ」

新宿のフーテンとは重力の方向が違うフー太に興味が湧いた。

「よかったら酒でも飲みに行きませんか」

「お、いいね。俺たちも酒飲む相手を探していたんだ。おたくならこの近辺で安くて美味い店を知っていると思って話しかけたのさ」

僕が酒飲み仲間として彼らの目に適っていたわけだ。

いつも行く丸井デパートの裏手にある「公明酒蔵」の階段を降りた。三十円の合成酒と、同じ値段の塩サバやモヤシを注文した。

「この店の経営者は懐の貧しい人間の心を良く理解してくれているね。探せばどこの街にもこういう店が何軒かあるんだよな」

美味そうに酒を飲みながらフー太は心地よさそうに店内を見回す。大学をドロップアウトし、詩集を売りながら新宿の街でフーテンをしていると僕は自己紹介をした。

「大学なんか捨てちゃって、組織に組み込まれて働くことも拒否しているところはフー太と同じだね」

ミーコが三十円の塩サバをつまみながら言った。二人の持つ空気感がいい。ミーコの所作を見ていると、新宿のフーテンカップルにはない奥ゆかしさを感じる。

「一緒に旅してるんだ」

「違う違う。私たちが知り合ったのはまだ六日前なの」

僕はちょっとのけぞってしまった。

「グリーンハウスで俺が歌っていたところに、こいつが声をかけてきたんだ」

ミーコが頷いた。

「私、ピーター・ポール＆マリーが好きなのね。高校時代に友達と組んでピーター・ポール＆マリーをコピーして歌っていたの。学園祭に出たこともあるのよ」

ベトナム反戦のメッセージを全世界に発信したフォーク・グループがピーター・ポール＆マリーだ。ピーター・ヤーロウ、ノエル・ポール・ストゥーキー、マリー・トラヴァースの三人組で、一九六一年に結成された。代表的な反戦歌『悲惨な戦争』をはじめ『５００マイル』『花はどこへ行った』『パフ』などをリリースし、アメリカの公民権運動や社会的正義を訴える運動の前線に立ち続けたグループでもある。

「こいつ、四年前までロンドンに住んでいたんだって。それなのに、ビートルズとローリング・ストーンズは好きじゃないんだって」

「ビートルズなんて下層階級の出でしょ。若い子たちに媚びるようなステージングだから嫌い。ストーンズはヤク中で不潔でしょ。私の好きなのは歌詞とメロディーの奇麗な曲。ピーター・ポール＆マリーは最高でしょ。イデオロギーや社会性が入っていない曲は駄目よね」

なかなか手厳しい。

「私、身分は浪人生なの」

そう言って悪戯っぽく笑った。

ミーコの父親は外交官をしており、ロンドンの日本大使館に勤務していたが、現地のハイスクールの二年生の時に両親が離婚した。それが五年前という。

「五年間住んだイギリスから母の実家のある神戸に帰たの。その家は古くからの造り酒屋で、地元の私立の女子学校に転校したんだけど、制服とか学則とかがやたらと厳しくて。家に帰ると女の子は酒蔵に近付いてはいけない。二言目にはお嬢さんらしくしていなさいって言われたの」

うんざり口調で話す。

「しかも、一人娘の私が養子を取って家業を継げって言うのよ。そんなことってあると思います？受験に失敗して、東京で浪人生活を送ることにして出てきてから三年。予備校もつまらないから辞めて好き勝手してんの」

新宿に出てきたミーコは、歌の勉強を兼ね歌舞伎町の歌声喫茶「灯」でバイトを始めた。

「歌声喫茶って歌の好きな人たちが集まって楽しい店だと思っていたの。だけど、働き始めると経営者もスタッフもそうじゃなくて、二言目には政治的なイデオロギーを口にして共産党への入党を勧めるの。それが嫌で辞めちゃった」

今はジャズ喫茶ピット・インでウェイトレスをしているそうで、出会いはグリーンハウスを通りかかったミーコがフー太の歌唱に耳を奪われたことがきっかけという。

「フー太の歌には暖かい心と、自分の主張を伝えようとする何かがあるの。こんなに血の通った歌を聞いたの初めてだったの」

フー太はミーコを優しく見つめる。

「自分の歌を理解してくれる人間と一緒にいられることが、すごく嬉しくて癒されるんだ」

「歌っていうのは、その人の内面が感じられなければ単なる雑音だけでしょう。フー太の歌にはフー太の心が聞こえるのよ」

「こいつは、俺がこうして旅に出るきっかけを作ってくれた友人と同じことを言うんだよね」

フー太も大学受験に失敗していた。

予備校の通い道である大阪駅の梅田地下街を通るとギターを抱えた若者たちが歌っていた。それは〝大阪べ平連〟のメンバーが、反戦を旗印に掲げ歌っていた反戦フォークゲリラだ。

関西で六八年の秋口からその運動が始まった。岡林信康や高石友也がギターを肩にフォークソングを歌って通行人に対話を呼び掛けての反戦運動だった。フォークソングがブームになっている折から多くの通行人が彼らの歌に耳を傾けた。

岡林信康や高石友也が街頭で歌う姿に感動したフー太は、ギターに夢中になった。通行人の一人として歌の輪に加わるうちに人前で歌う心地好さを知った。

ベトナム戦争における日本の役割。公害の訴訟問題。それらを論じ始めると生きる自由とは何か。自分の存在理由をどこに求めるのか。自分と同じ問いかけをしていることを知った。

大学に入る。一流企業に就職する。両親から口酸っぱく言われ続ける日常に疑問を感じるようになった。地下街で仲間と過ごす時間が増えると、これまで知らなかった玩具を与えられた子供のように政治問題や沖縄返還問題、三里塚新空港建設問題などに興味を持ち反対運動に参加するようになった。

大学への幻想が崩れ進学への意欲は失せてしまった。

「親父は、勉強をしない俺に激怒して衝突するようになった。当たり前だよね」

父親と衝突すると梅田の地下街に足が向いた。その日は一人で路上に立った。イライラを解消するようにがなりたてた。勢いだけで歌う反戦ソングに、通行人のコツコツという足音が停まることがなかった。無視されているようで余計寂しさが募った。

ギターを仕舞うと仲間と集まる新阪急ホテル脇の新梅田食堂街にある居酒屋に向かった。

そんなある日、自分がいつも立つ場所に、汚れた麦藁帽子と伸び放題の髪の男がギターを抱えて立っていた。

静かな音調のフォークソングを歌っている。その歌声がフー太を惹きつけた。悲しみと憂いだけでなく心の景色までを歌い込んでいるように聴こえた。フー太の目に風貌とメロディとが見事に一致していた。

男の前に置かれた缶詰めの空き缶に、通行人からの百円玉が投げ込まれている。横に置かれたリュックには寝袋が括りつけられているところを見ると旅の途中なのか。自分の歌とは何もかもが違っている。打ちのめされた気分でいつもの居酒屋に向かった。

有線から流れる演歌を聞きながらビールを飲んでいると男が暖簾を押して入ってきた。男は店内を見回しながらビールを注文した。

フー太のギターを見ると興味あり気に声をかけてきた。

「君も音楽をやるんだ」

「ええ、いつも梅田の地下通路で歌ってます」

「じゃべ平連（ベトナムに平和を！市民・文化団体連合）のメンバーなんだ」

「一緒に歌っているうちに行動を共にするようになったんです」

「そうなんだ。学生が政治闘争に首を突っ込んで安保闘争や反戦運動に参加するのはいいことだと思うよ。自分が信じたことに賭ける。大切なことさ。俺だってそんな時代があったもの」

リュックに結ばれている寝袋を見て質問すると、旅の途中だと言った。仲間と六〇年安保を闘った。デモで国会に突入したとき仲間の女子学生が警官に棍棒で叩かれて撲殺された。闘いは犠牲者だけを出しただけで結局何も変わらなかった。

それに絶望して学校をやめ放浪をはじめた。

「今日も、ギター一本で酒が飲めて飯を腹に詰めるだけのお金が手に入ったからここに来た、それだけだよ。関西人てのは俺に対して財布の紐が緩いようだからこの街は好きになれそうだ」

そう言って掌を出した。かなりの量の百円玉が握られていた。

酒が入るとボブはよく喋った。

「人間には奇麗な風景や心を揺さぶられる人との出会いが大切なんだ。それがあると、言葉は自然に編み出されるものなんだ。それにメロディを付ける。それがフォークソングの真髄じゃないのかな」

ボブの歌は心を揺さぶる。自分の生活空間にはそれがない。

フー太はそう思って聞いていた。

「これから東京に戻って貨物船に乗るんだ。ヨーロッパに旅に出るのさ。君も、ギターという武器を持っているじゃないか。戦争反対もいいけどもっと自分のために時間を使うべきだよ。できるだけ多くの人に会って広い考えを持つことさ。いざとなったら人間誰も面倒見てくれないよ」

ボブの言葉が心地よく胸に響いた。

電気屋を営む父親との口論で家を飛び出したフー太は、それから旅に出た。新宿まで流れ着き、グリーンハウスでミーコと出会ったフー太はその日からミーコのアパートに住みついた。

昼間はギターを弾いて食い扶持を稼ぎ、夜はミーコの働く店に寄って一緒に帰る。そんな生活が始まった。

日曜日の午後。僕は歩行者天国を歩いていた。

青空に白い綿雲が浮かんでいた。デパートのアドバルーンが風に吹かれながら揺れている。長閑な休日の午後だった。

紀伊國屋書店の前まで来ると、路面に茣蓙を敷いてブリキの玩具の車やコーヒーカップ、古い置時計、赤い石の入った指輪、銀色のネックレスなどが置かれていた。なんと、露天商のような茣蓙の前に座っているのはフー太とミーコだ。

「気に入った物がありましたら、お持ち帰りください。お心付けのカンパをいただけると嬉しいです」

こんな看板を置いていた。僕が近づく前に二人の警察官が来た。

「君たち、ここでこんなことをされたんじゃ困るんだ。歩行者天国は物品の販売は禁止されているんだから」

高圧的な口調だった。フー太が立ち上がった。

「どうしてですか。僕たちは、廃品回収で集めた物を再利用してもらいたくってここに並べているだけですよ。何も売っているわけではありませんけど」

「売ってないって、ここにお金が置いてあるんじゃないかね」

「看板に書いてある通りですよ。気にいった物があったらお持ち帰りください、それだけ。これはお客様からの心付けですよ」

路上では二輪車に曲芸師が跨り見事なペタル捌きで走りまわっている。拍手が湧く。置かれている小箱にコインが投げ込まれる。

「だったら、あれも駄目なんでしょ」

フー太はその小箱を指さした。

警察官が曲芸師のペタル捌きに目を向けた。

「しょうがねえなぁ。とにかく、ここは商売を禁止しているんだからな」

文句を言い足りなさそうに顔をしかめた。

立ち去る後姿を眺めながら僕はフー太の前に立った。

「このガラクタ、どこから持ってきたの」

「あ、見ていたんだ。ガラクタとはひどいなぁ。資源の再利用と言ってほしいな」

ミーコは膝小僧を抱えて曲芸師の二輪車を眺めている。

「この置時計かなり古くてアンティーク感があるわよね。本当にいただけるの」

「いいですよ。どうぞお持ち帰りください。よろしければこの通りでして」

フー太は、ちゃっかり看板を指さす。

「そうよね、タダっていうわけにはいきませんものね」

日本髪を結った女性は、納得顔で財布から千円札を出した。

「ありがとうございます」

ミーコの声が明るい。

「これ、ひょっとしてマイセンのカップじゃないかしら」

今度は新婚さん風の二人がコーヒーカップを手にしている。

「その通り。お姉さんの目は高いですねえ」

フー太が一言褒める。

「そうよね、いただいていくわね」

新聞紙に包んで渡すと三個の百円玉が茣蓙の上に置かれた。

僕が合点のいかない顔で見ていると、フー太がポケットからもみくちゃにした新聞の切り抜きを出した。

「屑屋《くずや》　金田商店随時募集、地下鉄丸ノ内線・方南町駅スグ、自家用車（リヤカー）無料貸与。運転資金前貸し。労働時間、朝八時頃から二時頃まで。時間は自由。宿泊施設あり」

新聞の求人広告だ。

「知っているでしょ、住宅街でリヤカーを押して、クズ〜クズ〜物はありませんか〜って言いながら歩いている小父さんを。フー太が、その屑屋を始めたの」

ギター弾きが今度は廃品回収業ときた。

「俺もね、少しは社会に貢献する仕事をしてみようと思って仕事探していたらこの広告が目に入ったんだ。捨てる物の中にまだ使える物があるはずだ。それを再利用することは、やたらと浪費社会になっている世の中のためになるんじゃないかと思ってね」

住所を探して求人先に行ってみると即採用だった。

「集めてきた物はうちで買い取る。もし、使えるぼろが出たとき、それは自分の物だから自分で使っても問題なしだ。古雑誌も、読みたい物があれば俺に売らなくても良いんだ。買い取った物は買人《かいこ》の物だからどうしようと勝手だ」

自分でリヤカーを引いて住宅街を回り、家庭で不必要になったものを買い集める人足のことを買人と言うようだ。経営者の説明は、集めた屑品の中で気に入ったものがあれば持ち帰って自分で商売してもいいということのようだった。

早速、買人となってリヤカーを引いて、歩行者天国に店開きをすることになった。

家庭から出た廃品の再利用。なるほど、発想が面白い。社会の常識に捉われないフー太の発想がこの行動に結びついていると見た。

「この通り、結構面白い物が出るんだ。親方に大方の回収品は売るけど再利用可能と思ったものをここに持ってきて並べる。これだと二段重ねで儲かるわけだ。乞食じゃないけど三日やったらやめられないよ」

褐色のベストは相変わらずだが、左腕に二本の白い編み込みが入った紺のセーターを着ている。これも回収品だといって自慢する。

フー太がリヤカーを引く姿を想像すると意外すぎて笑える。

選別して使えそうなものを持ってきて、こうして座ればミーコと一緒に仕事ができる。フー太の発想は抜け目がない。

その日の夕方、フー太がズタ袋を肩に掛け、僕の座る東口の地下通路にやって来た。ミーコの姿がない。訊くとミーコはピット・インの遅番のバイトに行ったと言う。

「今日は結構儲かったんだ。俺の奢りで一杯行こうよ」

向かった先は公明酒蔵だ。

フー太が一枚のパンフレットを出した。

「夏は、涼しい北海道に行こう」

旅行社が拵えた北海道への旅を紹介しているパンフレットだ。

野花が咲き乱れる根室湿原の原生花園が映っている。

「ミーコがこのパンフを見て行きたいと言うものだから、二人で北海道に向かおうと思って」

屑屋と露天商の二股も旅立つための資金作りという。

「あいつは、ロンドンの郊外に長く住んでいたらしくて日本のこのせせこましい暮らしに辟易しているようなんだ。この風景が、イギリスの田舎の自然を思い出すと言って涙ぐんでいるから、そんな姿を見たら放っておけないだろ。ロンドンから帰って以来、飛行機にも乗っていないから飛行機で行きたいって言うんだ。だったらかなりまとまったお金がいるもの」

フー太のミーコに対する優しさが滲み出ている。

「最北端の稚内に行くと、宗谷岬から樺太が見えるんだってな。根室に行けば国後島が見えるっていうし。この際、戦争のどさくさにまぎれてソ連に乗っ取られた自国の領土を見てみるのも悪くないと思った」

フー太の胸に刻み込まれる風景がきっとあるのだろう。

絶景を前に、浮かんだ詩にメロディーを付けて歌う。それこそ街頭詩人の真骨頂と言うところだろう。今度はズタ袋から真鍮で出来た煙管のような形状をした物を出した。

「これは矢立《やだち》と言ってこの中に筆が入っているんだ。昔の俳人が持ち歩いたもので気に入った風景や感動を覚えたときに取り出して書きとめる。これはきっと俺の宝物になると思うな」

そう言って眩しそうに眺める。

「高垣君もやってみないか。その日の気分任せ風任せで歩きまわればいいんだから。俺のように売れると思うものがあったら持ち帰って詩集の横に並べておけば二重の儲けになるだろ。それだけじゃない。あそこには、住み込みで働いている風来坊もいて日常にない別の世界があるんだ。人間関係も含めて何もかもが新鮮なことばかりだよ。高垣君の創作活動にも役立つと思うけどなぁ」

誘いは渡りに舟だった。

詩集を売り始めて一年以上が経っていた。詩を書くことに行き詰まりスランプを感じていたところだった。

仕事場所は中野区方南町ということで、僕の住む新中野のアパートから中野通りを歩けば二十分とかからない。この時、二人が住む部屋が新宿からの丸ノ内線で、僕の住む新中野の一つ手前の中野坂上にあることを知った。

翌朝九時、方南町駅の改札口で待ち合わせした。

「屑屋　金田商店」は、中野通りと方南通りの交差点を一筋入ったところにあった。鉄骨がむき出しの二階建てで、建物は古いトタン板で囲まれていた。入り口には《銅鉄、高価買い入》と看板が掛かり、敷地の中は集めてきた屑の集積所になっていた。金属片や瓶類、古雑誌、新聞、布物と区分けされて積み上げられていた。

錆びの染みだろう。赤くしみついたジャンパーと黒いしみが斑についたズボンをはいた男が新聞と本とを仕分けをしていた。小柄だが骨太の骨格をしている。半分禿げ上がった顔と濃い睫の下に開かれた濁った目が一筋縄ではない人生を表している。

僕たちが入っていくと、

「今日も頼むよ。天気も良さそうだしクズ集め日和だな」

そう言ってフー太の肩を叩いた。フー太に紹介されて社長であることを知った。

「働きたいの。分かったよ」

僕の顔を見てそれだけ言うと、

「仕事内容はリヤカーを引いて屑を集める。リヤカーが満杯になったら戻ってくる。それを私が買い上げる。それだけのことよ」

フー太が壁際に四台停まっている一番左のリヤカーを引いて出てきた。随分とタイヤの太いリヤカーだ。重い荷物にも耐えられるように改造したものかもしれない。僕はその隣のリヤカーを使うことにした。

煙草をくわえた三人が並んで入ってきた。頬にある傷がそれだけで与太者に見える男。つんつるてんのスキンヘッド。眼鏡をかけ肩まで髪を伸ばした男。共通点は草臥《くたび》れ汚れた作業服を着ていた。

古参であることの匂いが漂っている。

「兄ちゃん、やる気満々なのはいいけど、その日に決めた縄張りをあんまり荒し回らないでよ」

スキンヘッドが慇懃な口調でフー太に言った。

「今日から働かせていただくことになった高垣です」

僕は軽く頭を下げた。

「あんたも働くの？ 俺、龍治っていうんだ。よろしくな」

愛想のない声だった。

壁に拡大したカラーの地図が貼られてある。地図の中心がこの建物で、蜘蛛の巣のように広がる道路に赤線や青線、緑の線と六色のラインが引かれている。道路が地図から消えるところに①②③と番号がふられ、その日営業をかけたいコースの番号に自分の名前を書いた札を貼る。

「仕事場所が重ならないように、各々がその日に歩く区域を自分で選ぶんだ」

フー太は、杉並区和田と書かれた地名に延びる道路の④と番号がついたコースに自分の札を貼った。

男の言っていた縄張りとはこのことを指しているのか……。

社長が僕に大まかなシステムを説明してくれた。客からの買い取り値段と店の買い取り値段の差額が買人の儲けになる。

「この世界は『屑五割』と言ってな、店の買値の半額以下で仕入れてこないと儲けにはならないからな」

仕切り値はキロ当たり古新聞（ブン）、古雑誌（コタ）が七円。段ボール六円。白ボロ（色のない布。シャツやパンティー）三十八円。赤ボロ（赤い色のついた衣類）八円。紺ボロ七円、一升瓶四円。瓶ビール四円。色鉄（缶詰めの缶類）三円。鉄四円。銅が三十円。リヤカーと品物を量る天秤量り、空き缶やボロを入れる麻袋、金属片を縛る荒縄の商売道具一式は無償で貸してくれるという。

「うちは良心的なんだよ。余所はリヤカーの貸し出し金を取るんだけどうちは無料《タダ》、無料なんだ」

この時はいくぶん胸を張った。

「どこの家にも不要で邪魔になっている物が必ずある。いや、あると思って語りかけるようにセールスの声をだすことだ。この仕事は先輩も後輩もない。多く屑を掻き集めてきた者が勝ち」

社長は仕事の手順を口にしながら、窓の向こうに山のように積まれているぼろ布や廃品の金属片を宝物のように眺めた。

「高級住宅街でも貧乏人長屋でもいい。とにかく時間をかけて歩き廻れば必ず実入りがあるよ」

セールスの掛け声という口上まで教えてくれる。

「えー、くずー、おはらい！　くずはありませんかぁー。おはらいものはありませんかぁー」

最後の音をなるべく引きずるように響かせるのがコツだ。

そこまで教わると、仕事道具一式を積んで送りだされた。

慣れない足取りで車道の路肩すれすれにリヤカーを引いていると後から走って来た貨物車が横

でスピードを落とした。

「馬鹿野郎、そんなもの引くんだったら歩道を歩けよ」

赤ら顔の運転手に窓を開けて怒鳴られた。

片側一車線の道路では、リヤカーを引いていると大型車は対向車線にはみ出さないと走れないことを知った。歩道に移動した。今度は歩道を占拠しているみたいでどうも按配が悪い。細い路地に舵を切った。静かな住宅街が続いていた。

時折乗用車が走るくらいで閑静な住宅街は物静かだ。社長に教わった廃品回収の声を張り上げなければ買人は務まらない。

「くず〜おはらぁい、くず〜おはらい〜」

教わった通り語尾を少し上げて叫んでみた。住宅街に自分の声が響く。屑集めをしている自分の姿を想像すると、恥ずかしさで頭の中が真っ白になった。出たからには空荷で帰るわけにはいかない。

リヤカーを引きながら夢中で声を張り上げた。あたりは静まったままでどこからも声が掛からない。ギーコ・ギーコとリヤカーの軋んだ車輪の回る音だけが聞こえる。力が抜けて声も湿ってしまう。

情けなさで声が小さくなった。

「クズ屋さ〜ん、お願い」

前掛け姿の女性が、門扉の中から手招きするように僕を呼んでいる。分からないものだ。ただ力を入れると効果があるというものでもなさそうだ。リヤカーを向けると、旦那の転勤に伴い引っ越しをするといい、奥さんが一人で片付け物をしていた。

「今度越す家が狭いのよ。思い切って要らない物を捨てないと置き場所がないみたいで」

愚痴とも諦めともつかない声だ。布団や衣類が玄関先に積まれていた。本箱やかなり年代物の電化製品も混ざっている。

その家だけで積みきれないほどの廃品が回収できた。

「こういう仕事って疲れるでしょ。お茶の一杯もいかが」

庭に面した廊下でお茶を御馳走になった。

「商社勤務なんて仕事が忙しすぎるのよ。引っ越しの前日というのに主人は仕事なのよ」

奥さんの愚痴も分かる気がする。

「引っ越しの手が要るようでしたら手伝いに来ましょうか」

「え、本当に。そうしていただけると助かるわ」

商売になると踏んで翌朝の十時に約束した。

帰り道、坂道に差し掛かると屑の重みでリヤカーが暴走しそうになり懸命に踏ん張る。集積場で買い込んだ屑を仕分けすると社長さんが算盤を持ってそれぞれの計算をはじめた。

初仕事は六千三百円で買い取ってくれた。僕が買い取り先に払ったのが二千円だ。初日としては上々だろう。翌日出勤すると、フー太を含めて四人の買人が出かける準備をしていた。

「どの方面に誰が営業を掛けるか、くれぐれも被らないよう打ち合わせしてから出てくれよ」

この日も社長の訓示があった。リヤカーを引く道筋が重なると、後から歩く者は商売にはならない。互いの営業利益を守り合うためと知る。僕は前日のコースに自分の名前を貼った。

「昨日は女房が世話になったみたいで。今日も手伝っていただけると聞いて待っていましたよ」

主人の丁寧な挨拶を受けた。段ボールに詰めた本も、引っ越し先にはスペースがないという奥さんの反対でほとんど捨てることになっていた。本と古雑誌の買い取り価格を提示すると、持っていってくれるだけで嬉しいと言って料金を取らない。

「二人の息子は北海道と東北の大学に行っているんですよ。うちの息子たちが着た物なの。捨てるのももったいないから、良かったら使ってほしいわ」

若者の間で流行しているアイビールックの超高級ブランド「VAN」のジャケットやセーターも含まれている。昼飯の引っ越しそばまで御馳走になり二日続けて満杯の屑を買い込み引き揚げた。

社長は、帰還が早い僕に振る舞い酒だと言ってコップ酒を奮発してくれた。買い取り先の話をすると社長の顔がにやけた。

「人間みな寂しいのよ。声を掛けてくれた奥さんに家の中に招かれたら遠慮しちゃあ駄目。出されるボロもだけど相手が何かを欲しがっている場合もあるからな」

その先を口に出さない。社長の淫靡な笑いを含んだ顔が言わんとする内容を語っていた。

「この仕事はボロだけが回収じゃあない。発散させたがっているおこぼれを回収してやるのも仕事というものだ。だから、あんまり汚らしい服装をしていちゃ駄目だ。もらえる物はみんなもらわないとな。君はその素養があるとみた。この仕事の面白み美味しさは十日やったら止められない。それが分かるまで続けてみなさいよ」

髪に白いものが目立つ五十絡みの口髭をたくわえた男が戻ってきた。

古参の一人だ。社長は男にもコップ酒を渡した。

「この父ちゃんは、帝大出のインテリなんだ。買人としても儲けているけど古本の専門書が出ると神保町の古本屋に持っていく。それも、高く売れる本の目が利くからできる芸当だ。その儲けでかなり貯め込んだんじゃないの。ここじゃあ一番のお大尽と言われ、俺たちは、大将のことを博士と呼んでいるんだ」

掛けっ放しのラジオから、水前寺清子の威勢のいい『いっぽんどっこの唄』の歌が流れてきた。

〜ぼろは着てても　こころの錦〜

あまりにもタイミングが良すぎる。

「当たり前だ。人間外見なんて関係ないよ。要はここさ」

そう言って、博士と呼ばれた男が指で頭を突いた。

「それぞれの役目を終えた品々は、こうして集められると再利用として使える物に加工される。ボロも鉄屑も、俺たちのリヤカーに乗せられると再び活躍する場を与えられるんだと大喜びで鼻歌を歌っているような声が、俺の耳には聞こえてくるんだ」

博士が屑の山を見ながら言った。

僕はその表現に感心させられた。社長の振る舞い酒もだが、ここで交わされる会話には社会の底辺で働きながらも潤いがある。

社会の枠に収まりきれない、新宿のフーテンたちとはまた違った味わいのある人間模様だ。

「この稼業は気楽なのがいい。一発いい山に当たるとその日の仕事は終わりだ。思いがけない賭けの要素も含んでいるから、とりわけこの仕事は俺の天職だよ」

博士が屋根の向こうに沈む西日を眺めながら言った。

僕がこの日集めた古本の中には大江健三郎の『個人的な体験』や安部公房の初版本『砂の女』などがあった。ＶＡＮのジャケットとセーターとそれらの本をバッグに入れて集積所を出た。

公明酒蔵で飲んでいるとフー太が階段を下りてきた。

フー太も良い山に当たったようだ。

「今日でようやくミーコの飛行機代を稼ぎ終えたよ。後は俺の分。鈍行列車で行けばそれなりの楽しみもあるんだけど、あいつは言い出したら聞かないところがあるからなぁ」

半ば呆れ口調だが、それでも嬉しそうだ。

翌日も仕事に出た。

「昨日は、俺が東に舵取ったから今日は西だな」

「じゃあ俺が東に廻るよ」

博士と頬に傷を持つ男が流す先を決めていた。

気長にリヤカーを引いて声を張り上げる。用宅が出ると立ち止まる。出された屑物を秤で量って買い取る。それだけだから気楽な仕事だ。

雨が降ると仕事は休みだ。僕は新宿に出てジャズを聴き酒を飲みながらノートにボールペンを走らせる。違う世界の空気に触れているせいだろう滑らかに言葉が出てくる。一冊分の詩を書き上げると印刷だ。かつて顔を出していた学生運動のセクトの先輩が、中野区役所に勤務して労働組合にいた。

ガリ切りした用紙を持っていくと、有難いことに印刷の輪転機もだが〝わら半紙〟まで無償で提供してくれた。詩集が仕上がれば東口の地下通路に座ることもできる。

仕上がりの良い詩集に気を良くして何日か続けて地下通路に座った。屑屋の仕事をしても時間がずれているのかフー太と顔を合わせない何日かが続いていた。

地下通路に座っているとフー太が重そうな足取りで僕の前に立った。唇に絆創膏を貼り顔が腫れあがり目の下に青痣《あおたん》ができている。

「どうしたんだ」

その剣幕に僕は驚いた。

「あいつらにやられたんだ」

歪めた顔で忌々しげに吐き捨てた。

「俺、東京の地理がよく分からないから行き当たりばったりでリヤカーを引いていたら、そこがスキンヘッドの流すコースだったんだ。俺は知らなかったけどこれまでも何回かそんなことがあったみたいで、事務所に戻ると屑置き場の裏に連れていかれ何人もに囲まれてこの通りだ」

関西生まれのフー太が都内の地理に疎いのも頷ける。

スキンヘッドと初めて会ったとき、

「縄張りをあまり荒し回らないでよ」

フー太に強い口調で言っていたのを思い出した。

「仕事場所が重ならないようにしてよ」

社長がいつも言っていたのは、仲間内でのいがみ合いを恐れての注意勧告が含まれていたんだ。それもだが、新入りの僕たちがリヤカーを引くたびに満載の買い付けをして帰還する。それだけじゃない。その屑物の中から街でも売れそうな骨董品を持ち帰る姿を、スキンヘッドとその仲間が快く思わず嫉妬心が募ってフー太への暴力となったのかもしれない。

複雑な気持ちでフー太の顔の傷を見た。

「もうあそこには行けないから、日雇いでもしようと思って」

フー太の頭には、ミーコと旅立つ北海道のことしかないようだ。

僕が初めて会ったときの、吟遊詩人としての大らかさがフー太の顔から削り取られている。絆創膏の貼られた顔を見るのは辛いがどうにも仕様がない。

「池袋の西口と高田馬場の公園が、日雇いの寄せ場になっているっていうんで行ってみようと思うんだ」

男は、惚れた女のためにはそれまで培ってきた自分の生きざままで変えてしまうものなのか。

ニッポン・ノワール2021

日本現代史からニュースを読み解く60篇

岡本萬尋＝著　四六判　272ページ　定価1540円（税込）

「歴史が正しく書かれるやがてくる日」のために——

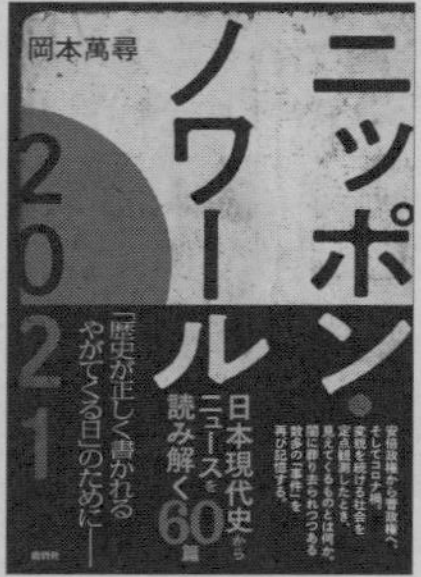

安倍政権から菅政権へ、そしてコロナ禍。変貌を続ける社会を定点観測したとき、見えてくるものとは何か。闇に葬り去られつつある数多の「事件」を再び記憶する。

好評発売中!!

塀の中のジャンヌ・ダルク

Paix²プリズン・コンサート五〇〇回への軌跡

鹿砦社編集部＝編
A5判／総184ページ（本文176ページ＋巻頭カラーグラビア8ページ）／カバー装
定価1540円（税込）

こういう人たちがいる限り日本にもまだ未来はある!

華奢な体で20年に渡り北は網走から南は沖縄まで全国津々浦々の矯正施設（刑務所/少年院）を回り獄内コンサートをやって来た女性デュオPaix²（ぺぺ）——遂に前人未到の500回達成! 日本の刑務所は全所踏破、海外のメディアも紹介!　誰もが驚嘆する、その全活動を克明に記録し顕彰する!

好評発売中!!

BOSS

一匹狼マネージャー50年の闘い

上條英夫＝著　四六判／180ページ／カバー装　定価1222円（税込）

西城秀樹、ジョー山中、舘ひろし、小山ルミ、ゴールデン・ハーフ、吉沢京子…。数多くのスターを見出し、育てた「伝説のマネージャー」だけが知る日本

芸能界薬物汚染 その恐るべき実態

鹿砦社薬物問題研究会　A5判／212ページ／カバー装　定価1320円（税込）

とどまることなく繰り返される芸能人の薬物事件ー最近の事例を列挙し、芸能界の薬物汚染の深刻さを追及!

【内容】

のか――今から五十年前、「よど号」
きた年＝一九七〇年。
る！　当時若かった多くの人たちの

身の一冊!!

談会　〝革マルVS中核〟
三島由紀夫蹶起――あの日から五十年の「余韻」
暑かった夏が忘れられない
我が一九七〇年の日々
九七〇年に何が起きたのか？
「7・6事件」に思うこと
『続・全共闘白書』評判記
ジェクト　出版のご報告とお礼

書店、アマゾン、小社にご注文お願いいたします!!

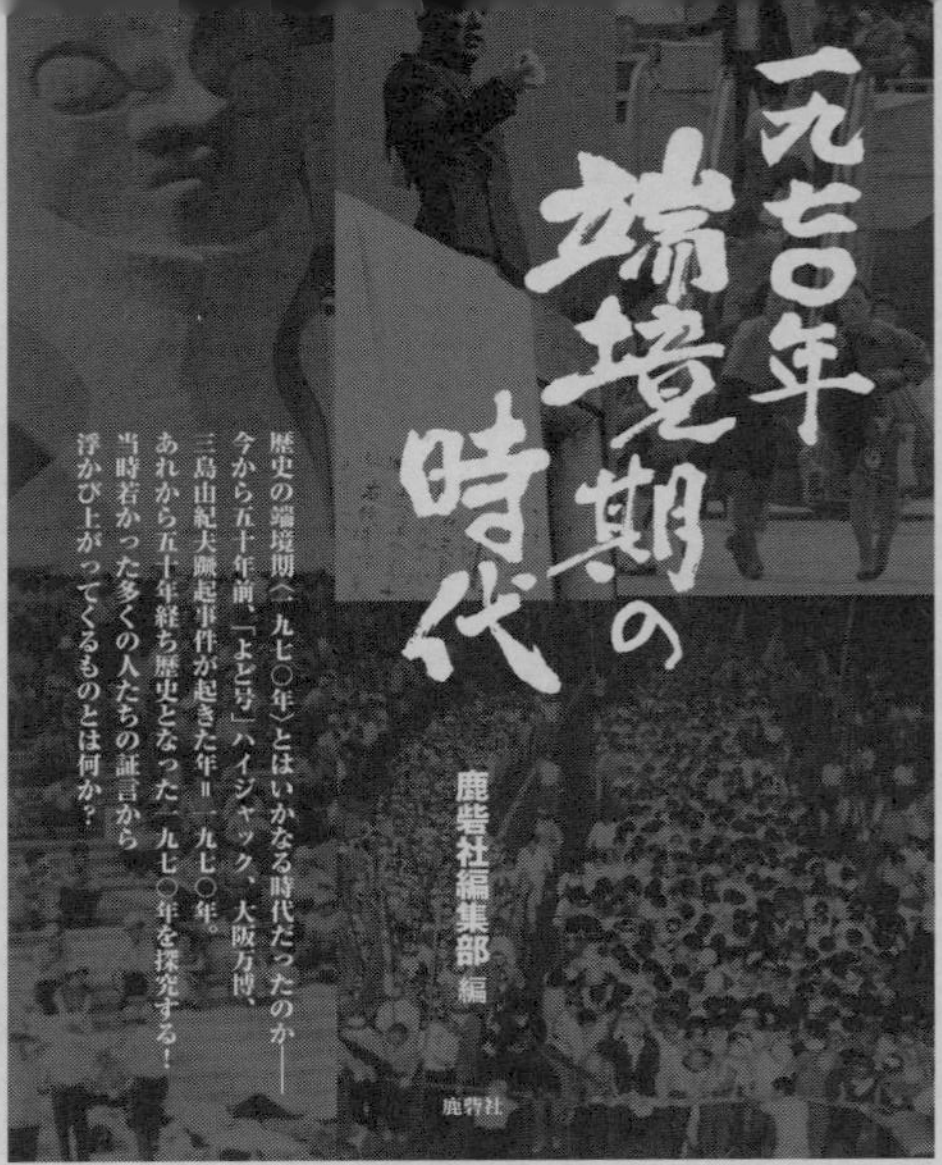

一九七〇年 端境期の時代
歴史の端境期〈一九七〇年〉とはいかなる時代だったのか――
今から五十年前、「よど号」ハイジャック、大阪万博、
三島由紀夫蹶起事件が起きた年＝一九七〇年。
あれから五十年経ち歴史となった一九七〇年を探究する！
当時若かった多くの人たちの証言から
浮かび上がってくるものとは何か？
鹿砦社編集部 編
鹿砦社

図書出版 鹿砦社《ろくさいしゃ》

[本社／関西編集室] 〒663-8178　兵庫県西宮市甲子園八番町 2-1-301
TEL 0798(49)5302 FAX 0798(49)5309
[東京編集室／営業部] 〒101-0061　東京都千代田区神田三崎町３丁目 3-3-701
TEL 03(3238)7530 FAX 03(6231)5566

◆書店にない場合は、ハガキ、ファックス、メールなどで直接小社にご注文ください。
送料サービス、代金後払いにてお届けいたします。
メールでの申込み sales@rokusaisha.com　●郵便振替＝01100-9-48334

「街角に立って歌えばいいんじゃないの」

「この顔じゃ、そんなことできないでしょ」

そう言って俯いた。

「寄せ場の立ちん坊だって大変だよ」

「とにかく、ミーコと約束した額を稼がなくちゃ。屑屋は高垣君には関係ないから今まで通り続けなよ。あれは面白い商売だもの」

未練があるような口ぶりだ。

フー太を酒場に誘ったが、アルコールを飲むと傷口が沁みるからと断られた。社長はフー太の受けた暴力沙汰を知っているのか。そんなことより、暴力をふるう輩のいる仕事場ではいつ僕にとばっちりが飛んでくるか分からない。ここに座れば酒を飲み仲間と麻雀を打つことぐらいはできる。屑屋の敷居を跨ぐことを諦めた。


五時を少し回っていた。地下通路に腰を下ろしたときだ。ニッカボッカの作業衣姿で格子柄で出来た布のショルダーバッグを肩にしたフー太が顔を見せた。

日雇いをしているとすればまだ仕事は終わっていない時間だ。

まだ顔の青痣疵は少し残り瞼が落ち込んでいた。

「ここまで人間が狭く、汚くなれるものかなぁ」

フー太は溜息をつきながら僕の横に腰を下した。話を聞いてみるとこうだった。前日、池袋駅西口の寄せ場で仕事を得て江戸川橋の地下鉄・有楽町線の工事現場に行った。仕事を終えて日当を受け取る段になると、手配師からこんな声が掛かった。

「みんなよく働いてくれるから、良かったら御馳走したいけど」

誘われるまま、一緒に働いた五人の仲間も喜んでライトバンに乗った。神楽坂の居酒屋だった。モツ煮込みと焼き鳥が何本か出た。

勧められるまま、空っ腹にホッピーをガブ飲みさせられた。

奢り酒だけに勧められると断るわけにもいかない。

酩酊するまで飲んだというより飲まされた。

仲間の誰もが酩酊していた。手配師の運転手とその助手に肩を担がれ、車に乗せられると全員が新宿駅西口で降ろされた。走り去る車を見送りながら胸のポケットに手を当てると、あるはずの財布がなくなっていた。フー太だけではなかった。仲間の財布も消えていた。すべてが後の祭りだった。安酒を武器に財布を掠め取られた。

フー太の嘆きが痛いほど伝わってきた。

「財布には、それまで稼いだ全財産が入っていたんだ」

悲憤慷慨《ひふんこうがい》するフー太の顔を正面から見ることができなかった。

「ミーコは知っているの」

「こんなとんまなこと言えないよ。昨夜は、お金がなくて帰れなかったし仕方なくフーテンしたんだ」

「じゃ、ミーコとも会っていないんだ」

「会ってないというより、どんな顔をして財布のことを言えばいいんだよ。それより、飲まされた安酒のおかげでまだ頭の芯がずきずきと疼いて響くんだ」

「飯は食ったのか」

「文なしにさせられちゃったからな」

両手でズボンのポケットを叩いた。

僕は百円玉を三つ渡した。これだけあれば西口のハーモニカ横丁でビールと天丼を腹に詰められるはずだ。

「本当にいいの」

頭を下げると頼りない足取りで雑踏に消えた。

僕がフー太と会ったのはそれが最後だった。僕の渡した百円玉で天丼でも食ったのか。夜中に息を引き取ったとなればフー太にとってそれが最後の食事になったはずだ。

僕はピット・インの階段を駆け上った。ミーコがコーヒーを盆に載せて運んでいた。僕の顔を見ると走り寄ってきた。

「二日前からフー太が帰ってこないの。どこに行っているのか知ってる」

そう言って肩を揺さぶられた。いつもは手入れの行き届いている肩まである髪がねじれて外側に撥ねている。落ち込んだ目をしたミーコの顔を見ると事実をそのまま切り出せなかった。逃げ出したい気持ちになったが逃げるわけにはいかない。

「コーヒーを飲ませてよ」

コーヒーを注文した。一口飲んだ。動悸が治まらない。

顔を見ずに言った。

「え、ということはフー太が死んじゃったということ」

「今、見てきたところだよ」

「嘘でしょ。どうして？」

「フー太の手にアンパンの袋が握られていたんだ。警察の見方はアンパンの吸いすぎだと言っていたよ」

「そんなのあり得ない……」

そう言うと通路に座り込んでしまった。

「だって、フー太はアンパンなんかやらないわよ。アンパンをすごく嫌っていたんだから。そんなはずない、絶対そんなはずは……」

受け入れられない事実を振り払うように顔を左右に振る。

ようやく貯めた北海道行きの資金を失ったショックがアンパンを握らせたと僕は思っている。

顔を押さえて号泣するミーコを見つめているだけだった。

しかし聞かなければならないことがある。

「フー太の両親なり親戚に連絡を取れる方法はないのかな」

顔を僕に向けた。

警察官の言っていた無縁仏になってしまう件を説明した。

ことの重大さが悲しみを押し潰したようだ。

「え、フー太が無縁仏に……。両親が大阪にいるとは言っていたけど詳しいことは知らないの。私が作ってあげたショルダーの中に手帳が入っているはずよ。それに連絡先が書いてあると思うけど、部屋にはショルダーなかったから持って出ているると思うわ」

東口の交番に寄る前に僕たちはミーコの部屋へ向かった。

グリーンハウスを通らないルートを選んで地下鉄に乗った。

フー太の持ち物を調べる方が先決だった。

「フー太は北海道行きを楽しみにして働いていたんだ。稚内から見える樺太の島影を一緒に見たいと言っていたよ」

地下鉄に揺られながらミーコにそれだけは伝えた。

「え、ほ・ん・と・う・に……。そんなに私のことを想ってくれていたの」

中野坂上の山手通りから一筋入った路地裏に部屋があった。平屋で廊下の両側に四つの部屋が並んでいる六畳間だ。女の子の部屋らしく小さな三面鏡が正面の壁に置かれ、壁のハンガーに茶褐色のバックスキンのベストとテンガロン・ハット掛けられていた。

僕が初めて会ったときフー太が着ていたものだ。

壁に立て掛けられているギターから、再びあの『風に吹かれて』を聴くことができないのか。

そう思うと部屋の空気が一気にしぼんでしまった。

「これって、夢じゃなくて本当よね」

部屋の隅に置かれている登山用の薄いクリーム色のリュックの紐を解いた。飯盒やコッヘルなど炊事用品の他に色落ちしたブルージーンズとTシャツ、トレーナー。それにフー太お気にいりの腕に白い三本線の入った紺のセーターが詰まっていた。

「ないわ。いつも持っている日記帳と電話帳がない。フー太がいつも使っているショルダーバッグがないから、きっとそれに入れて出掛けたのね」

僕と別れる時に持っていたあのショルダーバッグのことだろう。

僕の心配が当たっていた。頭を並べて寝ていたフーテンが、朝起きて冷たくなっていたフー太のバッグを持ち去ったに違いない。

親族と連絡の取れる唯一の望みが失われてしまった。ミーコにそのことは言わなかった。仲間の泥棒行為を、彼岸に旅立ってしまったフー太はどんな顔をして見ているのか。切なすぎる。

「淀橋警察署に遺体が運ばれたんだ。取りあえずフー太に会いにいった方がいいよ」

ミーコを促して新宿に引き返すことにした。

「こんなことになるんなら、嫌がられてもいいからフー太のこともっといろいろ聞いておけばよかった」

そう言ってまた両手で顔を覆う。

轟音をあげて走る地下鉄。窓の外に流れるコンクリートの壁をミーコは魂の抜け殻のように黙って見つめている。

僕は慰める言葉もなく淀橋警察署に向かって歩いた。青梅街道沿いにある警察署の玄関を入ると受付に婦人警官が座っていた。

グリーンハウスから運ばれた遺体に対面したいと申し入れた。

綿の長いスカートに洗いざらしの麻のシャツを着たミーコと、ジーンズに古びたTシャツの僕を見る目は確実に蔑んでいた。

「あなたたち、仏さんとはどういう関係ですか」

冷たく事務的だった。

「私と、音楽の意見が合った同志です」

「音楽の同志？　何ですか、それって。身内なんですか」

「いえ、違いますけど」

「じゃ、あの仏さんの身内の連絡先でもわかったというんですか」

「いえ、彼の実家のことが書いてあるはずの手帳を本人が持っていたはずですが、それが入っているバッグがなくなってしまって」

「なくなっている、って？」

「本人が私の部屋から出掛けた時、そのバッグを持って出たんです。でも死んでいた場所にそのバッグがなかったようなんです」

「一緒に住んでいたあなたは、仏さんのことに関して何も分からないってことね。本名と仏さんの実家さえ分かれば調べる手立てもあるんですが。名前くらいは分かるんでしょ？」

「橋本健介です」

「橋本ですか。で、生まれたのは」

「大阪とだけ聞いています。それ以上は……」

「確か実家は電器屋さんをしていると言っていました」

「店の名前と実家の本名が電話登録と一致していれば調べる手立てもあるけど、両方とも分からないんでしょ」

見開いたミーコの目が婦人警官を睨みつけている。

「大阪のどこか分からないのね。橋本といっても、同じ名前は掃いて捨てるほどいるからね」

その口ぶりは他人行儀だった。

「ともかく、仏さんは明日までここに置いておきます。親族の連絡場所でも分かったら連絡をください」

それだけ言うと立ち上がって背中を向けた。

「会わせていただけないんですか」

「具体的に親戚関係か縁者であることが分からない限り、会わせるわけにはいきません」

僕は泣き崩れるミーコの肩を抱いた。グリーンハウスは、昼間の出来事が嘘のように通行人の往来が続いていた。

歌舞伎町のクラシック喫茶スカラ座に向かった。

慰める言葉が見つからない。ミーコの涙が涸れていた。

「明日、グリーンハウスで上杉が葬式をしてくれるというんだ」

「えっ、あの上杉さんが」

「そう、フーテン仲間も大勢来てくれるみたいだよ」

ミーコが僕の顔を見た。

「フー太のために……」

テーブルに置いた両手を見つめている。

「新宿の人たちって優しいのね。私、明日、大阪の電話帳を探して橋本姓の名前の家に全部電話してみるわ。高垣君も手伝ってくれないかな」

「それはいいけど、見つかるかなぁ」

ミーコは黙って俯いた。口を付けないコーヒーが冷めている。

「でも、私、日本に帰ってきてからこんなに優しくされたのって初めて。有難う。神戸で入った高校も近所の友達も、私が自分の思っていることを口にするとみんな意外な顔をして遠ざかっていったの。それに比べると、フー太もこの街で出会った友達も私の何もかもを受け入れてくれたの」

そう言ってステンドガラスの窓を見つめている。

ミーコは真っ赤な目を僕に向けた。

「高垣君、やっぱりフー太は無縁仏になっちゃうのかな?」

僕は言葉に詰まった。

「でも、自由人として生きたいと言っていたフー太にはそれが似合っているのかもね……」

僕は、フー太の言葉を思い出した。

「奇麗な風景を見る。人と人との出会いを楽しむ。それが人生じゃないのかな」

フー太は人を信じ、人との出会いを楽しみにして生きてきた。

皮肉なものだ。その信じたものに裏切られ、無縁仏にされようとしているなんて。優しい目をしたフー太の顔が浮かんできた。

東の空が明るくなっていた。始発電車が出る時間だ。

僕たちは始発電車を「山手ホテル」と呼んでいた。空調の効いた電車に乗り込んで目が覚めるまで眠ることができるからだ、
ミーコは一人になった部屋が怖いと言って僕の後を付いてきた。


東口駅前にある「二幸デパート」の時計が二時を回っていた。

上杉がギターを抱えて歌っているフー太の顔写真を黒枠の額に入れて持ってきた。この広場の花壇に腰かけて歌っていたフー太を上杉がシャッターを押したものだろう。

「よかったよ、ミーコに連絡がついて」

上杉はミーコの姿を見てほっとした顔をした。

「で、フー太の身寄りは何か分かったの」

「それが、フー太が死んだとき持っていたバッグに入っていたはずだけど、そのバッグを誰かが持っていっちゃったみたいで……」

「ということは、フー太のバッグを盗んだ奴がいる。俺たちフーテン仲間にそんな根性の悪い奴がいるということか」

上杉の顔が歪んだ。

「じゃ、あいつは無縁仏になっちゃうんだ……」

ミーコがよろけるようにしゃがみこんだ。

「ごめん、そんな気で言ったんじゃないよ」

上杉がミーコの肩に手を置いた。

僕は、一人で淀橋署に走った。前日の婦人警官が窓口にいた。

「何か分かりましたか」

事務的な言葉遣いは変わらなかった。

「いえ、何も分からなくて……」

無念を押し殺して言った。

「あの仏さんは、署としても手掛かりを求めて探したんですが、調べる手立てが見つかりませんでした。このままだと無縁仏の手続きを取って献体として大学病院に運ばれることになります」

僕の顔を見ようとしない。手元で開いた書類は落し物の一覧だった。これ以上粘っても無駄だと言っているようでもあった。

グリーンハウスに戻ると、集まったフーテンたちが上杉とミーコを取り囲んでいる。上杉が用意してくれたものだろう、ミーコの腕に白い菊の花があった。僕は淀橋署の窓口でのやりとりを話した。

「血も涙もないんだな。淀橋《どばし》署に行って堅苦しいところで焼香なんかするより、あいつが好きだったこの広場でみんなで送ってやった方が喜ぶはずだよ。とにかく葬式だ」

花壇の前に段ボールの箱で祭壇を作った。遺影を立て缶詰の空缶に蝋燭を用意して火を点けた。ミーコが遺影に花を添える。チベットの修行僧が着ているような煉瓦色の布地を上杉がバッグから出して体に巻きつけた。

ヨガのポーズで座ると数珠を手首に巻いた。

誰が用意したのか焼酎の四合瓶も供えられている。

「色不異空《しきふいくう》　空不異色《くうふいしき》　色即是空《しきそくぜくう》　空即是色《くそくぜしき》」

般若心経のようだ。インチキなのか正しいお経なのかは分からないお経を上杉が唱え始めた。雑踏の騒音を抑えつけるような迫力があった。上杉の読経がグリーンハウスに響き渡る。ミーコが線香を出し蠟燭の前に置いて焼香をして両手を合わせた。フーテンたちが次々と焼香の列に加わる。グリーンハウスは通行人と野次馬も加わって黒山の人だかりだ。東口の交番から警察官が駆け付けた。

「無届デモなら、すぐに解散しなさい」

ハンドマイクを使ってがなりたてる。

新左翼系学生のデモと勘違いしているようだ。

「デモなんかじゃないよ。見りゃあわかるだろ」

焼香を終えたフーテンたちが警察官に詰め寄る。

蠟燭の炎と線香の煙が立ち上り。坊主のなりをした男が座り込んでの読経をしている。警察官はハンドマイクを口から離して首を傾げている。

「これは何の真似なんだッ」

若手の警察官が居丈高に唸った。

上杉が振り向いた。

「見れば分かるでしょうが。葬式だよ葬式」

座ったまま睨み据えると唸った若手が半歩退いた。

「誰の葬式なんだ」

「あんたも知ってるんじゃあないの。昨日ここで死んだ仲間の葬式だよ」

蠟燭の炎が厳《おごそ》かな雰囲気を出して揺れている。

「こんなところで葬式なんかされたんじゃ、通行人に迷惑がかかる。早いとこ終わりにできないのか」

警察官の数が増えていた。

「早くやめないと、強制退去にするぞっ」

その言葉で僕は弾けた。

「あんたらは血も涙もないんだな。このグリーンハウスをこよなく愛していた一人の青年が死んだんだ。あいにく、身寄りが見つからないから無縁仏になってしまう。それなら葬式のひとつもあげてやりたい。これって、人間としてあたりまえの感情じゃあないですか」

上杉がきっぱりとした強い口調で言葉をつないだ。

「とにかく、厳粛な葬式なんですよ」

警察官が一歩下がった。再び上杉の読経が始まった。

焼香の列が短くなると通行人も列に加わった。

「亡くなった子が、どこの誰だか分からないなんて可哀相ね。天国で幸せになってほしいわよね」

買い物帰りのようだ。焼香を済ませた中年女性の言葉に警察官は黙ってしまった。上杉が読経を終えるとミーコに遺影を持たせた。

「これで、僕たちの仲間フー太も天国で喜んでくれていると思います。皆さん、今日は本当に有難うございました。これをもって葬式を終わりにしたいと思います」

二人が通行人に向かって深々と頭を下げる。

「ここは俺たちフーテンの大好きな応接間なんだ。家で不幸があれば家族や仲間が立ち上がるのは当然だろ」

フーテンたちに語りかける上杉の目から一粒の涙が落ちた。

「あいつは、俺たちの家族だったんだよな」

僕の隣にいたフーテンが目頭を押さえながら呟いた。

「ミーコも辛いだろうけど、気を落としちゃ駄目だよ」

「上杉さん有難う。そして皆さん有難う。私、このことは一生忘れません」

涙声がようやく言葉になっていた。いつも喧騒の中にあるグリーンハウスが、気のせいなのか一瞬静まり返った。

「私はこれからも新宿の街で生きていきます。皆様これからもよろしくお願いします」

ミーコが頭を下げると大きな拍手が起きた。その拍手の音が止むとグリーンハウスはいつも通りの喧騒な街に戻った。

ミーコは遺影を両手に抱え帰り仕度をしている。

フー太のリュックはどうするつもりなのか。

ギターは誰が弾くことになるのか。

僕は何も聞かずに見送った。

フー太が無縁仏になってしまうのかは分からない。分かっているのは、突然の死はフーテンの僕たちにだって起こり得るということだ。

第四章

新宿にも脱走兵がいた

〝不夜城〟とも呼ばれる新宿・歌舞伎町は、夕暮れ時を迎えると飲食店の看板にネオンが灯り、眠りから目覚めた街が再び勢いを吹き返す。この時間になると人と人、男と女たちが新たな出会いと未知への化学反応を求めて新宿駅に降り立つ。

僕は歌舞伎町通りと靖国通りとが交差する信号を渡り、コマ劇場に向かって大和銀行の前を歩いていた。

「おっ、高垣君じゃないか。いいところに来た」

太い声の持ち主が背中から僕に声をかけてきた。振り返ると薄い緑色の黒縁サングラスをかけた三宅さんが立っていた。三宅さんはこの周辺一帯を縄張りにしている風俗店のプラカード持ちの手配師で、この街の夜の演出家とも言える御人だ。

僕がフーテンの面白さを知り、新宿の街にどっぷり嵌り始めたころ東口のグリーンハウスで声をかけてくれたのが三宅さんだ。

「君、四時間で二千円の仕事があるんだけど仕事する気ないかなぁ」

サングラスと、着古したツィードのジャケットに青光りする禿頭を鳥打帽子で隠しているおっさんだ。刑務所の囚人は有無を言わせず坊主頭にされる。ヤクザの坊主頭は刑務所帰りに間違いなしと、テレビの深夜番『11PM』で司会者をしている藤本義一が言っていたっけ。ということは、このおっさんは刑務所帰りの前科者ということになるのか。

そんなわけで、てっきりその筋の人間と思ったが話口調を聞いているとそうでもなさそうだった。僕は時間を持て余しているし、遊ぶ軍資金が欲しかった。話に興味を示すと花壇のへりに腰を下ろし煙草を勧めてくれた。

「仕事は繁華街の案内人ってところかな」

物は言いようでプラカード持ちだった。

「なに、難しいことはないよ。歌舞伎町にやって来たお客さんに少しでも楽しんで帰ってもらいたい。そのための案内人さ。やる気があるんなら仕事は五時からスタートだ。歌舞伎町通りと靖国通りの交差する角の大和銀行前にその十分前に来てくれ」

僕は言われた時間に行った。

「キャバレー処女林」「レンタルルーム憩」「純喫茶軽井沢」「パチンコ歌舞伎町」「コンパ　ニューハワイ」「トルコ風呂　源氏」など夜の街を彩る業種のプラカードが銀行の壁に立て掛けられて、仕事人たちが集まっていた。

虫の食った前歯に半分禿げ上った男。背中に汚れがこびりついたジャンパーを着た奴。白眼が分からないほど濁って斜に構えた目で通行人を見ている一癖も二癖もあるような風貌の男などが十人近くいた。この界隈での三宅さんは、手配師として名前の通った小父さんであることを後で知った。

僕は「レンタルルーム憩」と書かれたプラカードを渡された。

それには男と女が抱き合った写真と店の地図が印刷され、個室喫茶で「一時間五百円」と書かれている。

「この街にやってくる女連れの男は、自分で口には出さないけどとにかく二人っきりになれる場所に行きたがっているんだ。君だって女といればそうだろ。旅館に行きたいんだけど言い出す度胸がない。そこで、カップルを見たら男の側に立ってこのチラシを渡してやるんだよ」

渡した男に質問されたときの取りなし方も教えられた。

「コーヒー代金で個室が使えるんですよ。二人だけの時間が存分に満喫できる、こんな良いことないでしょ」

僕がチラシを渡したカップルは三宅さんの言う通りだった。男は自分の言わんとしていることがそこに書かれているわけで誘い言葉を省略できる。女は首を横に振るタイミングを外されて、二人はそのまま体を寄せ合って店に続く通りの角を曲がって消えていった。

その後ろ姿を見ていると、確かに僕たちのしている仕事は夜の街の案内人なのかもしれない。かれこれ半年ほどこの仕事を続けた僕は、仕事を辞めても三宅さんと顔を合わせると挨拶を交わすようになっていた。僕が仕事を辞めて一年も経っていないころだった。新宿の大和銀行の前を通ると三宅さんは僕に仕事を斡旋してくれたときと同じスタイルで各自にプラカードを渡しているところだった。三宅さんを囲む何人かは僕と一緒に働いていた見覚えのある顔だった。

三宅さんに呼びとめられて僕が立ち止まると、三宅さんはＡ４サイズの紙を僕の前に広げた。

四角に折られた用紙の折り目が少し擦り切れて薄汚れていた。

その紙面には英文が書かれていた。

「Escape from USA army」

冒頭がこのスペルから始まる十行ほどの英文だった。最後に日本語で「べ平連」とあり、住所がお茶の水になっている。べ平連の事務所は、御茶ノ水駅の神田川を挟んだ対岸の小さなビルにあることは知っていた。

「この外人さんたちが、これを持ってティールーム・フーゲツドウに行きたいと言っているんだ。この名前の喫茶店を高垣君は知っているかい」

三宅さんの後ろに白人と黒人の男が立っていた。二人とも大きなボストンバッグを右手に持っている。黒人の男は陸上競技の選手のように筋肉の引き締まった体型で天然パーマの頭は短く刈られている。グレーのフィッシュボーンのジャケットを着た白人の男は、ガラス玉のようなスカイブルーの目で、神経質そうに眉をひそめ上目使いに僕を見ていた。

プラカードを持った男たちは、三宅さんが持っているチラシを覗き込むがチンプンカンプンのようで肩をすくめ、仕事場となる東口駅前のグリーンハウス前やコマ劇場横の噴水広場に散っていった。

「この店は歌舞伎町じゃ聞かないから、案内のしようもなくて困っていたところなんだ」

歌舞伎町の案内人を自認する三宅さんは、分からないことを尋ねられたら答えなければならない。そんな責務を感じて僕を呼びとめたようだ。理解できる単語をつなげると、べ平連が米兵に除隊と脱走の勧めを書いたチラシであることが分かった。

「英文なんて苦手で、ちょっとしか分からないけどａｒｍｙってのは軍隊だろ。兵隊をやめて逃げろ、逃げるんなら手助けをする。そんな内容で、このチラシを配ったのはここに書かれているべ平連とかいう組織なんだろうな」

三宅さんは英文が分からないと言うがそんなことはない、それなりに解読しているではないか。

六七年十一月十三日。独り暮らしをしていた高校三年生の僕は、学校から戻ると晩飯の支度に取り掛かっていた。米を研いで電気炊飯器のスタートボタンを押すと、駅前のスーパーで買ってきた秋刀魚をガス台の金網に載せて火を点けた。

子供の健康問題を解説していたテレビの番組が、突然ニュースに切り替わりアナウンサーの緊張した声が流れてきた。

「べ平連の組織を挙げての援助で、四人の米兵が日本から脱走に成功したもようです」

ブラウン管には、脱走の手助けをしたというべ平連の代表である小田実《まこと》、作家の開高健、大学教授の鶴見俊輔と日高六郎が並んで席に着き記者会見が始まるところだった。金網の秋刀魚がジリジリと煙を上げ焼けていた。僕は急いでガスの火を消しテレビの前に胡坐をかいて座った。後で知ったことだが、脱走兵四人がカメラの前に座ったのはこんな裏事情を経てのことだった。

一カ月前、ベトナムから横須賀港に帰港したアメリカの航空母艦「イントレピッド号」の乗員だった航空兵のジョン・バリラ、クレイグ・アンダーソン、マイケル・リンドナー、リチャード・

ベイリーの四人が、十月二十五日朝にベトナムのトンキン湾に向けて出航したイントレピッド号に戻らず脱走した。

新宿の「アートシアター」で芝居を見た帰りの東大生が、風月堂前を通りかかったところで店から出て来た男に「安く泊まれるところはないか」と声をかけられた。事情を聞くとベトナム戦争に反対した脱走兵と分かった。

学生は反戦運動に加担しているわけでもないが、男たちをそのままにもしておけず、知り合いのベ平連の関係者に相談した。ベ平連は各方面に連絡を取り第三国に向けての亡命の方法手段を探した。

相談を持ち込まれたソビエト大使館では、脱出支援に積極的だったわけではなかった。十一月十一日横浜からナホトカに向かうバイカル号に乗せナホトカに向かい、それまでに四人の脱走が発覚しなければ日本の外務省や米軍に通知することはしない、との約束を取りつけて計画が進められた。

ベ平連が慎重を期したのは、亡命が本人たちの自由意思によるものでありベ平連の主導ではなく、その証拠を公にしておくため日本を脱出する前に四人をカメラの前に立たせた。このとき撮影されたフィルム『イントレピッドの四人』を記者会見の席上で上映した。カメラに向かって四人が読み上げた声明はこうだった。

「脱走兵という名称は卑怯者、裏切り者、余計者という冠をかぶせられてきた。我々はカテゴリーや呼称に関心がない。アメリカがすべての爆撃を中止しベトナムから撤退し、ベトナムをベトナム人自らに決するところに任せなければならない。我々は自らの信念のために日本もしくは戦争に関係していない第三国に政治保護を求める」

カメラに向かっている四人の表情は終始不安気だった。

「我々が軍隊を脱走するという行動を公にすると決めたことは、それによって他のアメリカ人、特に軍隊にいるアメリカ人や他の国の人々が、この戦争をやめさせる行動に立ち上がることを願ってのことである」

と結んでいた。四人の亡命があくまでも本人たちの意思であり、ベトナム戦争に反対する立場からべ平連は彼らに対しての支援をしたものであることを強調して記者会見を終えた。

翌日の新聞各紙の見出しはセンセーショナルなものであった。

「米兵四人が脱走、横須賀に停泊中の空母から。北爆反対訴えて、べ平連発表」

「脱走米兵積極的に匿うべ平連。16ミリを見せて記者会見」

「べ平連、四人の脱走兵への一問一答公開。どこに？ 追及は？ 鋭い質問、慎重な受け答え」

これを受けた日本政府の見解は、

「逮捕の要請があれば協力、脱走米兵、政府、亡命認めぬ」

「警視庁、逮捕に協力、米空母脱走兵、米軍の要請で」

「渦巻く熱気、疑惑」

「欧州では約七百人が脱走」

「欧州各国に地下組織、脱走兵援助、ひそかに連絡」

この四人の脱走について、アメリカでの反響を、時を同じくして佐藤栄作首相のワシントン訪問に同行していたニュースキャスターの田英男はこう伝えていた。

「テレビのニュースも佐藤首相に関するものより脱走米兵の方が大きく扱われていた」

米兵の亡命に一役買ったべ平連に対し、警視庁の動きは表向き一切なかったようだ。べ平連はぬかりなく事前に弁護士に相談していた。

「日本人の脱走米兵援助はいかなる日本法令にも違反しない。合衆国軍隊の構成員及び軍属並びにそれらの家族の日本への出入国は、日米安保条約に基づく米軍の地位協定によって、旅券及び査証に関する日本国の法令の適用から除外されることになっている」

こうした日米両国間の取り決めを精査したうえでの決断だった。

一週間後の二十日、ソ連の「タス通信」がイントレピッド号からの脱走米兵がモスクワにいると発表した。翌二十一日、現地のテレビに出演した四人は、あくまでも自分たちの意思で脱走したことを表明。その模様が日本のテレビニュースでも流れた。

十二月二十九日、彼らはソビエトからスウェーデンに入国しスウェーデン政府が居住許可を発行し亡命を認めた。

『べ平連ニュース』はこう伝えている。

「四人の脱走兵を守るために使った費用は六十万円になります。今回の彼らへの支援で、全国から寄せられたカンパは二十五万円になりました」

アメリカやヨーロッパから流れてきたヒッピーは、外国航路の貨物船や飛行機の安いチケットの入手方法や日本国内の旅の穴場情報を求めて風月堂に顔を出す。彼らが旅するために必要とする世界の情報を網羅した案内書の中には、アジアの拠点として風月堂は欠かせない重要なポイントで「日本のグリニッチ・ヴィレッジ」だ、と紹介されている。

例えばフランスでの拠点となっている〝シェ・ポポフ〟はこんな紹介のされ方をしている。

「パリはセーヌ河のほとりにシェ・ポポフがある。ここに行けばマリファナも手に入る」

そんなわけで、風月堂は外国からやって来るヒッピーには欠かせない情報源の場となっている。僕は風月堂に集まるヒッピーを見慣れていた。だが、目の前に立つ男たちはヒッピーが持つ大らかさを感じられない。

時折ベトナムからR&R（レスト・アンド・レクリエーション＝短期休暇）を利用して観光旅行でやって来る兵隊は、日本に降り立つと二十ドル払ってベースに用意されているシャツやネクタイ一式をレンタルで借り身軽になって遊び回る。

ところが、この二人は私服のようで荷物を持っている。

二人に向かって簡単なことを訊いてみた。

「Do you want to go Fugetsudo?」

「Yes, Do you know Fugetsudo?」

「I know that is a tearoom」

僕が答えると二人の顔がほころんだ。僕は東口の地下通路で詩集を売る時間になっていた。

「風月堂には何人かの顔見知りがいますから、僕が彼らを引き受けてもいいですよ」

沖縄から来ているフーテン仲間のカミューの顔を浮かんだ。僕たちの麻雀仲間でもあるが、英語が流暢で世界を股に旅をしているヒッピーたちの相談にのっている姿をよく見ていた。

カミューに引き合わせれば済むことだろうと簡単に考えた。

「頼むわ。でも、脱走兵だとすればその喫茶店に行くことで彼らが無事に逃げられるルートが確保できるものなのか。もしくは確実に逃亡の手助けをしてくれる関係者がいるものなのかね」

そう端的に聞かれると答えられない。夕闇の迫った歌舞伎町は人の往来が増え、ネオンが不夜城の街に衣替えしていた。

「今の段階じゃ分かりませんが、風月堂には英語の達者な奴がいますから、この二人が何を考えどうしたいのかを聞いてもらってから次を考えることになると思いますよ」

「でも、こうして聞いている範囲じゃ簡単じゃなさそうだな」

僕もこれまで風月堂で何人かの脱走兵を見かけたが、切羽詰まった問題意識で接したことはなかった。

「高垣君に任せるのもいいけど、この街に来て迷っている人間を見ると、俺の性分としてどうも見捨てるわけにはいかないんだよな。どんな状況になるにせよ彼らは腹が減っているだろう。俺の奢りで飯でも食いながら決めるってのはどうかな」

柔らかな温かみを含んでいる。

「Are you hungry?」

二人は顔を見合わせて頷いた。

「よし、だったら行くぞ」

雑踏の中をコマ劇場方面に向かって歩き始めた。帳《とばり》の落ちた街に輝くネオンが僕たちの顔を照らしている。僕は詩集売りを諦めて三人の後ろに続いて歩いた。三宅さんが選んだ店は歌舞伎町公園の並びにある名曲喫茶店「王城」だった。

煉瓦造りの古城を思わせる五階建ての建物は、この時期になると壁全体を覆う蔦が新芽を出しているが暗くてよく見えない。店内にはチャイコフスキーの『ピアノ協奏曲第一番』が流れていた。

二階の窓際の席に腰を下した。

「いつものやつを人数分頼むわ」

それだけ言うと盆を手にしたボーイは引き返した。

ここでも三宅さんは顔が利くようだ。

「食事の前に名前でも聞いておかなくちゃ。名なしの権兵衛じゃ進む話も進まないからな」

「What is your name?」

ここでも三宅さんの口から英語が飛びだした。

黒人の方が人懐っこい顔でケビンと答えた。

片方が一呼吸置いてスミスと小さな声で言った。

以前、三宅さんの口から聞いていたのは、世田谷にある徳川家ゆかりのある古寺で六百年以上続く由緒ある寺の住職ということだった。父親の跡を継いで寺仕事をしていたが、修業を終えた息子さんが引き継いでくれたことで自由な時間を持てるようになった。

歌舞伎町に来てプラカード持ちの手配師になったのは、檀家総代にヤクザの親分がいることから始まったと言っていた。檀家会議の宴席で酒の入った親分が三宅さんにこんな話を持ち出した。

「方丈さん、寺に籠っているだけじゃ社会の底辺に住む恵まれない人間たちの苦しみなど理解できないんじゃないですか。水商売に身を崩して繁華街の片隅で必死に生きようとしている人間の苦しみや望みを知らなければ幅広く正しい説教は説けないんじゃないですかね。どうですか、これを機会に俺の縄張り《シマ》のある歌舞伎町で夜の仕事でもしてみては」

長年にわたり、寺を守ってきた三宅さんには親方の誘いが新鮮に聞こえた。

「面白そうですねえ」

前のめりの住職に勧めたのがプラカード持ちの手配師だった。

そこまでは僕も知っていた。

「いやぁ、今日は久々に昔の杵柄を思い出しちまってな。これでも四十代までは中学の教壇で英語を教えていたんだよ」

そんなことを口にした。三宅さんが注文したのはハンバーグ・ステーキとナポリタンのトマトソースだった。

「仕事の後で食う、これがまた美味いんだ」

そう言ってチーズの粉末を惜しげなく振りかける。

「さ、食おうよ。腹が減っては戦もできんだろう」

住職であり英語の教師だったという三宅さんの懐の深さが、その声に籠っていた。二人は嬉しそうにナイフとフォークを手にした。

「ビールでも飲むのかな」

追加注文でビールが運ばれた。

「You are lucky to meet me.」

頷きながら二人の顔は緩んだ。

腹を叩いて満足感を示す二人に煙草を勧める。深く吸い込んで吐き出す煙を見ながら三宅さんは僕に顔を向けた。

「彼らが軍隊から逃げ出したのはいいけど、海外に脱出できない場合このまま日本に留まって仕事でも見つける気なのかね」

順序を追えばそういうことになる。

「物事は慎重に考えることに越したことはないだろ。この時間に行って、その店で面倒を見てくれる人間に出会えるとは思えないんだ。彼らの身の施し方が決まるまで、誰かが面倒を見ないといかんだろう」

「風月堂に連れていくことで済むと思っていたんですが、そう言われると……そうですね」

「うちの檀家総代がこの街で何軒かの飲食店を持っているんだ。彼らの処遇が決まるまで、事情を説明してそれらの店で働きながら待つという手もあるんだけど、それは本人たちの考え方次第だな」

二歩も三歩も先を読んでいる。

二年前になる。べ平連主導で進めた脱走兵士亡命事件があった。米航空母艦イントレピッド号から脱走した四人の兵士の件で三宅さんにその経緯を話した。

「彼らはこのチラシを頼りに来たということは、べ平連の携わってきたこれまでの実績を信用しての脱走でしょうから、ヨーロッパへの亡命を考えているんじゃないでしょうかね」

「そのときの兵隊さんも、風月堂という喫茶店に逃げ込んでスウェーデンに渡ることに成功したんだ」

僕は頷いた。三宅さんはようやく二人の目的が理解できたように目を見開いた。

「べ平連という組織は、日米両政府を敵に回してそんなに大胆なことを企てているんだ」

小さく頷きながら呟いた。

「何の理由もなくベトナムに戦争を仕掛けたアメリカが無法者であることは知っていたが、日本の民間団体が組織的にルートを作って亡命を斡旋している。いやぁ大したものだ」

今度は両腕を組んで感心している。

「徴兵制度で戦場に連れていかれ、武器を渡されて人間同士の殺し合いを強いられてきた。それが嫌になって逃げ出した。そう考えればこれは敵前逃亡なんかじゃない。良心ある人間の当たり前の行動じゃないか」

そう言って大きな目で天井を睨んだ。

「脱走が発覚すれば、有無も言わせず軍法会議にかけられて重罪が待っているんだろ。脱走ってのは随分勇気と覚悟を持たないとできないわけだ。勇気のあるこの二人を日本政府や米軍の手に渡すようなことをしては断じてならないな」

スピーカーから、フランスの作曲家モーリス・ラヴェルの『ボレロ』の勢いあるリズムが流れてきた。僕はこの曲が三宅さんの気持ちを言い当てているように思えて耳をすませた。

「どんな店だか知らないが、とにかく風月堂って店は面白そうだ。べ平連が斡旋する亡命っての は金銭が絡んでくるのかね」

「いや、それはないですよ。べ平連は全国に組織している仲間たちが個人や街頭でカンパを募って運営していますから、誰もが手弁当ですよ」

「何の得もないのに危険を顧みず人を助ける。この殺伐とした社会に、そんな善人がいるんだ。だとしたら、この世の中も捨てたものじゃない。そうと知ったら乗り掛かった船だ。俺もこのまま引き下がるわけにはいかないわな。彼らの力になる人物がいるんなら俺も会ってみたいんだがね」

言い出したら聞かない響きを持っている。べ平連の組織的な正義感と脱走兵の勇気が、三宅さんの肩をぐいっと固く掴んだようだ。

新宿駅前の中央通りを明治通りに向かった右側に風月堂はある。三人を案内する形で靖国通りを渡り中央通りに向かった。

風月堂は大きなビルの谷間にひっそりと佇む二階建ての四角い建物で、屋上に「FUGETS

UDO」と一文字一文字が区切られたたスペルの看板が並んでいる。店の前に来ると、看板を確認したケビンとスミスが勢いよくドアを押した。

夕刻の七時を過ぎると、麻雀に繰り出す奴や酒場に消える客が多くて店内は比較的空いている。三宅さんは、天井が吹き抜けになって贅沢な空間を造りだしている店内を珍しそうに眺める。僕たちは入口の正面の壁際の席を取った。

さて、連れてきたのはいいがカミューの姿は見当たらない。そうなったら誰にどう話を振っていいものなのか。ここまできたら分からないでは済まされない。顔見知りのボーイを呼んだ。

「彼らはベースから逃げてきた脱走兵らしいんだ。ここに来たいっていうから連れてきたんだけど、カミューは見当たらないし、客で誰か英語の得意なのとべ平連に精通している奴いないかなぁ」

ボーイは口に人差し指を立てると耳元で囁いた。

「駄目だよ。奥の席にグレーの背広を着たのがいるだろ。あいつらコレだからそういうことは小さい声で言わなくちゃ」

そう言って窘《たしな》められた。ボーイが親指と人差し指で丸い輪を作り額に当てたのは私服の公安刑事を指している。この店には刑事が開店から閉店まで交代で張り込んでいることを僕は忘れていた。

「いないこともないけど、こいつら本当に脱走志願兵なのかなぁ。最近は、食い詰めた性格《たち》の悪い不良外人が脱走兵を装って支援を求めてくるけど、何日か世話になるとそのまま姿を消してしまうってカミューが言ってたよ」

ここでカミューの名前が出た。僕は胸を撫で下ろした。

「今日、カミューは?」

「二階でこれしているよ」

マリファナを吸う仕草をしながら二階を指した。カミューは宮古島の漁業長の息子で、沖縄空手の指導者でもある父親の教えで小さい時から空手を習っていたと言う。英語も堪能で水道橋にあるN大学に籍を置いているというが確かなことは分からない。

ベトナム戦争が激しくなるにつれて、沖縄で活動していたべ平連のメンバーの多くが上京していた。現地の基地返還反戦闘争で政党組織との運動方針の食い違いから分裂し、本土での運動に活路を切り拓くべく新宿に集まってきているようだ。

沖縄の活動家にとって、新宿で根を張って生きているカミューは何でも相談できる頼もしい先輩だろう。カミューにとっても彼らの上京は好都合だった。沖縄と本土を行き来するにはパスポートを必要とするが、郵便物は何の検査も受けることもなくやり取りすることができた。そんなわけで、沖縄の基地で手に入るマリファナが簡単に郵送で送られてくる。

カミューは、それをいいことに沖縄からやってきた後輩たちにマリファナや舶来の洋酒を送らせていた。

マリファナが自由に手に入るカミューは、いつも二階のこの席で各国から流れてくるヒッピーとマリファナを吸いながら流暢な英語で話をする国際派だ。

「何だか分からないけど、客もボーイも力の抜けた顔をしていて歌舞伎町では見かけない店の雰囲気だなぁ」

三宅さんが拍子抜けしたように言った。

僕が二階に上がると、一番奥の窓際の席に髪が伸び放題で髭を生やした外人ヒッピーを正面にカミューがマリファナを口に運ぶところだった。

沖縄出身のカミューは長身で彫りの深い顔をしている。褒めすぎるわけでもないが、肩まで伸びた髪を後ろに纏める仕草を見ていると十字架に手足を縛られたイエス・キリストに似ている。誰が言い出したのかは定かでないが〝カミュー〟と呼ばれる愛称が的を射て聞こえる男だ。

マリファナの煙に包まれていると、カミューの持つ神秘的な雰囲気が一気に加速して見える。素足に擦り切れたビーチサンダルをはいて街を闊歩すると誰もが振り返る。

預言者グル・マハラジャを教祖とするインド密教に精通した哲学を語り、気が向くとグリーンハウスに胡坐をかいてマントラを唱える。その姿は近づきがたい修行僧のようにも見えるが、僕たちが麻雀に誘うと喜んでのってくる茶目っ気も持っている。

カミューは僕を見ると右手を出して握手を求めてきた。

フーテン同士の挨拶だ。

「カミュー、少し時間ないかなぁ」

階下の壁際に座る三人を指しながらそう言った。大きなボストンバッグを持つ黒人と白人の男はこの店には不似合いだ。

「なんだ、また脱走兵か」

僕が説明する前に言った。

「アメリカの負け戦が続いている証拠だろうけど、最近は脱走兵がやたらと多いんだよ」

そう言ってマリファナをくわえると煙を深く吸い込んだ。

「アメリカがどんなに優れた武器を使ったって、人の道に外れた戦争なんか仕掛ければ神が許すはずがないさ。いずれ米軍が負けるのは分かっているんだから、早いとこ降参すればいいんだけどな」

立ち上がると僕たちは階段を下りた。

背筋を伸ばして店内を見回している三宅さんに紹介した。

「英語も堪能でいろいろな窓口を持っているんです。彼らの相談にのってもらうには適役だと思って……」

カミューの姿に三宅さんは意表を突かれたようだ。何度も瞬きをした。流暢な英語でカミューが二人に話しかけた。何回かやり取りを交した。カミューは二人の希望を理解したようだ。

「OK, that is no problem.」

両手を広げた。その仕草にケビンとスミスが勢いよく立ち上がりカミューの手を握った。三宅さんの手が僕の手を掴んだ。

「君が脱走兵の面倒を見ているという青年かねぇ」

押され気味の空気を押し戻すよう三宅さんがカミューに訊いた。

「面倒を見ているというより、相談されると相談にのる。それだけのことですよ」

涼しい顔で言った。

「自分たちの安全を保障してくれる国に逃げたいと言って、ここにやって来る外人が多いんですよ。それはいいんですが、二カ月ほど前にやってきた連中は日本政府とアメリカ政府の放ったスパイで、身柄を預かって面倒を見た京都のべ平連の事務局が家宅捜索を食らったんです。脱走兵が多くなった最近は、日米両政府が神経を尖らせて脱国ルートを探ろうとしてスパイを放つんですよ。そんなわけで偽物と本物がいるから慎重に見分けないと面倒なことになるんです。兵隊がなぜ戦場から逃げ出すのか。その根幹を考えないで、捕まえたら強制送還して軍事裁判に引っ張り出す。こんなんじゃナチスがユダヤ人を強制収容したアウシュビッツと同じでしょ」

哲学者的風貌のカミューの言葉が重みを増す。

「確かにそうだ」

「イントレピッド号の兵士脱走事件のとき、政府のとった行動は茶番でしたよ。アメリカの要請があれば脱走兵の逮捕に協力すると宣言した。戦争中立国を放棄して戦争加担国としての宣言をしたようなものでしょ。ところが脱走兵を匿ったり逃亡の手助けが公になっても現行の法律では逮捕状が執行できないんですからね」

カミューが哲学を説くように続ける。

「米軍の逮捕に協力すると言っても、具体的な捜査も逮捕状も執行できない。マスコミは、政府の垂れ流しの記事を書くだけでそのあたりの矛盾点を突いているところがない。この国はいい加滅極まりない国ですよ」

三宅さんは、カミューの口から出る言葉の一つ一つを噛みしめるように聞いている。

カミューが、二人に向かって質問をした。カミューの問いかけにまるで双子のように顔の筋肉を引き攣らせながら同じ所作で「Ｙｅｓ」と答えＩＤカードをバッグから出した。名刺より少し大振りのカードだ。写真と本人とを注意深く見比べる。

「一年前に発行されたもので、彼らの言っている所属部隊名も確かだ。軍人であることは間違いないですね」

カミューの目が柔らかくなった。

「サイゴンから神奈川の座間基地にＲ＆Ｒで着いたのが五日前で、厳密に言うとあと二日は正規の滞在期間は残っているんですね。彼らの目指している国はスウェーデンだと言っています」

三宅さんに説明すると二人が出したチラシを見た。

「これはべ平連が二年ほど前に配ったもので、コピーしたものが戦場の部隊で密かに出回っているようなんだな。この前も、ここに来た兵隊が持っていたよ。Ｒ＆Ｒで日本に向かう兵隊に上官が極秘で手渡すそうなんだ」

ということは、米軍の指揮官の中にも反戦思想の持ち主がいるということなのか。カミューが付け加えて三宅さんに説明する。

「べ平連は、戦場に飛び立つ兵士だけにじゃなくて、基地で働く軍属にも反戦を訴える目的で作ったものなんだ。このまま戦争が続くとソ連や中国をも巻き込んで第三次世界大戦が始まるかもしれない。こんな無謀な戦争はやめなくちゃいけないんだ。そこで上官や大統領に手紙を書いて兵役拒否をすることを奨励する。この文面にはそんなことが書かれているんだ」

六六年十二月十日、横須賀基地ゲート前。六七年三月十二日、立川基地周辺。二カ月後の五月二十一日、岩国基地（山口）前でベ平連が撒いたものと、カミューは正確な配布の日時まで知っていた。二人に質問をするカミューは、聞き取れない言葉には二度三度と念を押すように聞き直す。そんなやり取りが続くとスミスが頭を抱えて突っ伏した。

「ベトナムを発つ前に仲間が行方不明になり、目玉を刳り抜かれ爪を剝がされた遺体がサイゴンの空港に置き去りにされていた。ベトコンだけでなく共に戦う南ベトナム軍兵でさえアメリカ軍に対しては友好的な感情を抱いてはいない。だからベトナムに戻ると、戦場だけでなく仲間であるはずの南ベトナム兵にいつ狙われて殺されるか分からない。そう言って怯えているんだ」

カミューの説明はおぞましすぎる。

新聞が、ベトナムでの米軍の死者が三万三千六百四十一人に達したと報じ、この数字は朝鮮戦争時の死者を超えたとも言っている。

「これじゃ不幸の連鎖だよな」

カミューが付け加えた。壁の時計が八時を指している。

「俺が連れてきた手前、君に押し付けてこのまま帰るわけにはいかないんだけど。どうしたらいいのかね」

三宅さんはスミスの肩を叩いて慰めながら言った。

「僕のコネを使って、時間をかければ彼らを日本から脱出させられる方法がないわけじゃないです。でも、今ここでどうしろと言われても僕の力じゃどうすることもできません」

両手を広げてカミューが言った。

「そうだろうな、突然見ず知らずの者を連れてこられて面倒を見ろと言われても冗談じゃないものな」

手配師の顔になって三宅さんが言った。

歯が抜けるように客の姿が店から消えていく。

「彼らはこのまま脱走するにせよベースに戻るにせよ、休暇が切れるまで二日間時間があるんだね。人殺しを加担してきた精神的な苦悩も凄まじいだろうから、今夜は新宿の街でも案内して楽しませてあげるというのはどうかな」

「そうですね。彼らにとってはそれが一番喜ぶでしょうね」

カミューの説明に二人が財布をテーブルに置いた。十ドル札が六枚とコインがジャラと音を立ててテーブルに転がった。

「突然招かざる客を連れてきて悪かったね。どうかね、君の持つコネクションと連絡が取れるまで俺が安全なところに匿うってのは」

「時間さえあれば、俺が彼らの希望を叶えてあげられる自信はありますよ」

「それを聞くと安心だ。是非彼らの希望を叶えてやってほしいな」

仕事人たちに職を斡旋する言葉になっていた。

「これまで、警察に追われている者を何人も面倒を見たことがあるけど、追われている人間を匿うには寺が一番安全で失敗したことがなかったよ」

三宅さんの胸がいくぶんそり返った。

「お寺にですか？」

意外そうな顔でカミューが聞き返した。

僕が三宅さんの本職を簡単に説明した。

「ヤクザの出入りがあると、その事件に加担していない者でも警察は見込み捜査で強引に引っ張っていく。そこで誘導尋問をかけて犯罪者を作ってしまう。それが警察のやり方だ。そんな無謀な捜査で犯罪者をでっちあげる公正ではない取り調べは許せないだろ。だからそういうときは、警察のほとぼりが冷めるまで若い衆を寺に引き受けることにしているんだ」

檀家総代の親分のところの若い衆のことだろう。ヤクザを匿う。

落ち着いた口調で当たり前に語る三宅さんの話は、寺で聞く住職の法話に重なって聞こえる。

「ということは、和尚さんが彼らの国外への逃亡の目途がつくまで身柄を引き受けてくれるということですか」

カミューの口から和尚さんの称号が出た。

「君たちみたいな良識のある若者が、反戦に立ち上がって戦場に帰りたくないという兵隊に手を差し伸べている。これはなかなかできない芸当だ。困っている人間を助ける。いいことじゃないか。俺にもその片棒を担がせてくれないかな。これも坊主の務めだろう」

そう言って二人の脱走兵の肩を叩いた。

「それでしたら、僕も焦らずに組織と折衝できるんで安心です」

「よし、決まったな。それでいこう」

カミューが三宅さんの申し出をゆっくりと二人に伝えた。

「That's wonderful.」

和んだ声が響いた。

「話がついたんだ、よかったな」

ボーイがそれだけ言うと奥の席に顔を向けた。グレーの背広の私服刑事の姿も消えていた。店内の客は僕たちだけになっていた。

立ち上がったケビンとスミスが三宅さんの手を握りしめた。

「俺は、そろそろ仕事人たちに日当を払わなくちゃならない時間だから戻るよ」

プラカード持ちの仕事は九時が終了時間だ。

鰐皮の財布から一万円札を出してテーブルに置いた。

「そういうことで、今夜は彼らを歌舞伎町でも案内してあげてよ。明日の昼過ぎにはこの店に迎えにくるよ」

それだけ言うと三宅さんは伝票を持って立ち上がった。

「See you again tomorrow morning.」

ここでも英語が出た。

「じゃ、高垣君とカミュー君頼んだよ」
肩幅のある力強い背中が歌舞伎町に向かって歩き始めた。

夜遊びをするには二人の荷物が邪魔になる。新宿東口地下道にあるコインロッカーに置いて新宿三丁目に繰り出した。戦場帰りの兵隊には熱気溢れるゴーゴー喫茶の空間がいいだろう。伊勢丹デパート正面にある「蠍座」の脇を入った右側にあるゴーゴー喫茶「螺旋《らせん》階段」に入ると店は混んでいた。戦場を駆けずり回ってきた荒くれ者たちの酒の強さは半端ではないはずだ。サントリー・ホワイトをボトルで注文してあてがった。

それまで陰気な表情に終始していたケビンは、アルコールが入ると黒人の独特なリズム感を発揮して踊りだした。スミスも店内の女の子を目で追いながら水割りを飲む。二人の暗い影を消し去るように天井のミラーボールが光を反射して回っている。

この界隈の飲食店は、国電の終電時間に合わせて店を閉める。

踊り疲れた僕たちが次に選んだ店は、歌舞伎町にある深夜営業のジャズ喫茶ゲート（ヴィレッジ・ゲート）だ。

カミューはマリファナを出して火を点けた。勧められたケビンもスミスも当たり前のように煙を深く吸い込んだ。ジャズのリズムが脱走兵の魂に呼応するようにスイングし続ける。

フーテン明けの僕たちは風月堂でコーヒーとトーストの朝食をたいらげて三宅さんの到着を

待っていた。眠気眼で時間を潰しているとカミューが僕の隣に座った。

「私服（刑事）がいるから、三宅さんが来て店を出るときは俺はケビンと連れだって出る。高垣はスミスと出ろよ。別々の行動と見せかけたほうが安全だからな」

そう言われて奥の席を見ると確かに目つきの鋭い男が新聞を読みながら煙草をくゆらせていた。カミューの観察眼には舌を巻く。

外を眺めていると紺色のライトバンが店に横付けする形で停まった。十二時を少し過ぎていた。ドアを空けて降りてきたのはベージュのジャケットを着た三宅さんだった。

それを見たカミューが入口に置かれている赤電話に走った。

僕に背中を向けて受話器を持った。ダイヤルを回しているがドアを開けて入ってきた三宅さんになにごとかを話しかけている。私服刑事の存在を告げているに違いない。打ち合わせ通り僕はスミスを連れて店を出た。

ライトバンは明治通りに向いて停まっている。車の進行方向に三十メートルほど歩いて車の走りだすのを待った。ケビンとカミューが店から出てきた。僕の合図で合流するとほどなくして三宅さんの運転する車が僕たちの前で停まった。

東口のコインロッカーに寄った。二人の荷物を積み込んだ。

車が到着したのは大きな山門がある寺の境内だった。車を降りると、手入れの行き届いた玉石の敷かれた庭が広がり、太い銀杏の幹を囲むように赤と白の躑躅の花が咲いていていた。

不規則に配列された庭石の間に、百日紅と赤松の木が見事な枝ぶりで池の水面に映っている。

蓮の大きな葉が開きカエルの鳴き声が聞こえてきた。本堂を正面に見て右側に瓦葺の大きな建物がある。

玄関を入ると葬式や法事で使う座敷だろう、廊下を挟んで二十畳ほどの広間が本堂に向かって二間続きで広がっている。

よく磨かれた欅板の廊下の右側に、年季を感じさせる古い引き戸があり開けると土間となっている庫裏《くり》がある。壁際に大きな竈が置かれ釜と鍋が静かに収まっていた。その横に、自在鍵の付いた竿に鉄瓶が下がった囲炉裏があった。

「ここなら十人や二十人が来ても困らない広さがあるだろ」

呆気に取られている僕たちに言った。

「今の若い者は、竈で火を焚いて大きな釜でご飯を炊いたことがないだろう。寺にはそれが残っているんだ。君たちも何日かここにいて古い日本の生活様式を知るのもいいんじゃないかな」

ケビンとスミスは、不安そうにカミューの傍を離れない。

「There is no police here, so this is a safe place.」

ここまで説明すると二人は深呼吸した。

「食料は用意するから煮炊きは自分たちでしなさい」

土間の戸棚を開けると米俵やジャガイモ、カボチャ、玉ねぎなどが置かれた食糧庫だ。柱に掛かった時計が三時を指している。

「高垣君、竈で飯を炊いたことはあるかね」

僕の田舎では小学校卒業まで電気釜を使わず、竈で炊いたご飯を食べていた。父親が「電気で炊いた飯なんか食えたもんじゃない」と言い、斧で割った薪を竈で燃やして炊いていた。

「大丈夫ですよ」

僕は胸を叩いた。三宅さんが満足そうに頷いた。

ケビンもスミスも神妙な面持ちで竈の構造を覗き込んでいる。

しばらくすると笊に白菜とネギ、それにサバと烏賊、鶏肉などを載せて運んできた。

「竈で煮炊きをして、囲炉裏で肉と魚を焼くといい」

こうなると合宿気分だ。

一日のスケジュールが印刷された藁半紙を畳の上に置いた。

「つい最近まで、親分さんとその組の若い者が三人ばかりわけがあってここに籠っていたんだ」

三宅さんを囲む僕たちは、寺小屋で勉強を教わる生徒と先生のようにも見えるだろう。六時起床。七時まで庭と寺の周囲の掃除。朝食の後は各自が座禅を組む時間となっている。午後は自由時間で夕食時間は六時、就寝は十時と書かれてある。

三宅さんが持ってきたのは四着の作務衣だ。柔道着のようにゆったりできた紺色の作務衣は、床拭きや庭の掃除などに昔から使われて来た作業着だ。

「寺仕事は、これに限るんだ」

ケビンもスミスも体に当て珍しそうに眺めている。

「君たちはここに長居はできないだろうから、高垣君は煮炊きを二人に教えてほしいのと、カミュー君は新宿に戻って知り合いという組織に連絡を取ってほしいんだ」

そう言って三宅さんは寺を出た。仕事の時間が迫っていた。

僕は早速、庫裏に下りた。米を研ぐ。ご飯を炊くには米一合に水一合と同量にすること。竈は勢いよく火を燃やす。煮え立ち沸騰して湯気が釜の蓋を押し上げると三分間ほどして薪を竈の外に出す。

その薪を囲炉裏に移して金網で魚と肉などを焼く。そんな説明で作業を進めると、外人コンビはキャンプファイヤーのようだといって喜び、バーベキューだといって目を輝かせた。

御飯が無難に炊きあがり焼き肉も焼き魚も卓袱台の上に並んだ。

僕たちはホッカホカの御飯と炭火で焼いた食材で舌鼓を打った。

食事の終了後、カミューが二人を卓袱台の前に座らせた。

二人の滞在期限がこの日で切れる。

「どんな方法で出国させるにしろ、脱走の真意をレポートさせておかないとことが進まないからなぁ」

そう言ってレポート用紙を出した。僕は庭に下りてみた。三宅さん家族の住居は本堂の並びに別棟で建っていた。誰も出てくる気配はなかった。山門脇に置かれた郵便受けの住所を見ると、世田谷区赤堤と書かれていた。

「彼らのことはだいたい分かったよ。生まれた生活環境が劣悪すぎたんだ。酷いものだよ、可哀相すぎだ。そこから逃げだすように志願兵として入隊したんだ」

カミューの説明だと、スミスはマサチューセッツ州ボストン生まれ。小学校のとき両親が離婚し、兄と二人の兄弟は母親のほうに引き取られた。母親は近くの飲食店に働きに出た。そこで知り合った男と同居を始めたが、五歳年下の男は母親の稼ぎをあてにするようになって仕事を辞めてしまった。

二人の兄弟に対して暴力がひどく、養護施設の仲介で州の施設に保護された。ハイスクールを二年で中退し、ペンキ屋で働いたり漁船に乗り込んだりと職を転々とした。ベトナム戦争が始まり二十歳で入隊した。戦争が終われば将来が保障される。この甘い言葉に誘われてのことだ。

「自分の立場に疑問を持ったのは、ホテルのメイドやウェイトレスと話したときだ。自分たちはアメリカの助けなど必要としていない。殺し合いなどしたくない。早く帰ってほしいと言われた」

スミスはこの言葉に衝撃を覚えた。

「もう何人殺したかわからない。殺したベトコンの眼の玉をナイフで刳りぬいてビニール袋に入れて持ち歩いている同僚もいた。耳を切り取ってコレクトしている仲間もいる。こんなことが正気でできるはずがない。殺し合いを繰り返しているうちに神経が破壊されてしまったんだ。こんなことが毎日繰り返されている。死んだ人間の肉の匂いは、生臭いというより酸っぱい匂いがするんだ。時間が立つと生臭くなる」

聞いている僕は吐き気を覚えた。

ケビンもスミスに負けないくらい悲惨な幼年期を過ごしていた。ケンタッキーでジャズマンの父親とホステスをしていた母親の間に生まれ、父親は客船の専属バンドマンとして船に乗るようになると家には寄りつかなくなった。

母親は店の客と駆け落ちしてしまい、両親を失ったケビンは強制的に施設に入れられた。ジュニア・ハイスクールを卒業すると、孤児となったケビンはその日暮らしの庭師となるより他はなかった。軍隊への入隊募集の政府広報を見て、志願兵として入隊しベトナムに送り込まれた。

僕にとってのアメリカは裕福の象徴だった。誰もがオールディーズの映画に出てくるような豊かな暮らしを満喫していると思い続けていた。裕福なはずのアメリカでも、社会の底辺にはそんな恵まれない子供たちがいたなんて。ケビンの言葉が信じられなかった。

「戦地では、ヘリコプターのドア・ガンナーとしてのポジションを任せられた。低空飛行するヘリコプターの上から地上の標的に向けて機関銃を発射するわけだが、敵も味方もない。とにかく動く物がいたら銃を撃つ。その行為は確実に無差別殺人だ。なんの罪もないベトナムの民間人を何人殺したか分からない。入隊する時に聞かされていた内容と現実とが違いすぎた。休暇で日本に戻ってみると、ベトナムの戦争は単なるアメリカの侵略戦争でしかないことを確信した」

その言葉を証明するように、バッグから出した写真は地獄絵そのものだった。非武装地帯に近い山岳での戦闘現場だった。燃え尽きた山肌の泥沼の中に倒れた海兵隊が何人も写っている。全身に泥をかぶり無表情に救援兵を見つめる兵士。その横にはシートに包んだ兵士の遺体。無残すぎる写真であった。

「僕は、一時間早くこの前線基地に帰還していればここに写っている兵士と同じ立場になっていたんだ」

訴えるような眼をして言う。

「もう人殺しをするのは嫌だ。何の罪もない人間を虫けらのように殺すことに耐えられない。基地に戻ればその夜の飛行機でベトナムに向かうことになる。戻りたくない。もう人を殺したくない」

そう言って何回も卓袱台を叩いた。

絶対に戦場には戻りたくない。二人に決意を綴った文面を書かせたカミューは新宿に戻った。僕は炊事の手順伝授のため残り、煮炊きのコツを習得させた。


僕が新宿に戻って五日目の夕方だった。

東口の地下通路に座って詩集『さりげなく』を並べていた。

ハンティングに両手をズボンのポケットに入れたスタイルで、三宅さんが煙草をくわえ僕の前にやって来た。以前から、三宅さんは僕がこの場所で詩集売りをしていることを知っていた。

「どうかね、商売は繁盛しているのかね」

「いやぁ、ぼちぼちですよ」

「そう、今回はいろいろと迷惑をかけてしまってカミュー君と君には感謝しているんだ」

そう言うとこともなげに僕の横に並んで地べたに腰を下ろした。

「あの二人は、あれからちょっと進展があってね」

僕の聞きたかったことだ。

「えっ、カミューからの連絡があったんですか」

「ああ、彼がちゃんと動いてくれているよ」

「ということは、日本からの脱出ルートが決まりそうなんですか」

三宅さんの横顔を見た。

「それには少し時間がかかりそうなんだ。三丁目の『The Other』というゴーゴー喫茶を知っているかね。ケビンが昨日の夕方からそこで働き始めたんだ。スミスは歌舞伎町のコンパ『ニューハワイ』だ。そこでボーイとして働き始めたよ」

The Otherは外人客が多く、横浜で流行るステップがいち早く取り入れられるゴーゴー喫茶として人気のある店だ。

どういうことなのか、戸惑った。

「なに、脱走兵を匿っていることを親分さんに伝えたところ、若者を寺に閉じ込めて一日中じっとしていろと言ったって我慢できるわけがないだろう。エネルギーが余って間違いを起こされるより俺の店で働かせてみたらどうだろう。歌舞伎町は国際色豊かで外人客も多い。若い二人の外人が働いていたって誰も怪しむ者はいないよ。彼らの身柄を俺に任せてくれないかね」

遊びたい盛りの若者の心を読み取っての申し出だった。

さすが、繁華街を縄張りに持つ親分の発想だ。

「うちの店にいてくれれば、外人客の対応もできるし国際色豊かになって店が盛りあがること請け合いだろう」

これは逆転の発想というのだろうか。

「逃げ回っている外人を俺が雇っているなんて、警察《マッポ》は夢にも思わないだろうし、多少怪しまれたところで俺は握らせるものは握らせているから大丈夫さ」

親分は決めたら行動が早い。二人に事情を説明すると飛び上がって喜んだ。その足で親分の息の掛かった店に連れていったのがＴｈｅ　Ｏｔｈｅｒとコンパ・ニューハワイだった。これなら、亡命計画が動くまでに時間潰しとしては最適な環境が整ったことになる。これぞ市民参加の脱走米兵支援体制と言えよう。


話は戻るがイントレピッド号の四人がソ連に脱出した後で行われた記者会見の席で、四人が映ったフィルムの終わりに「これは終わりでなく始まりだ」のエンドマークが使われた。べ平連の事務局長・吉川勇一の提案で書かれたもので、脱走兵の増加は吉川の予期した通りの展開になった。

その一カ月後の十二月二日、清水谷公園からスタートしたべ平連の定例デモの後「講演と映画（『イントレピッドの四人』）の会」が開かれた。
一　四人の行為とその意義を国内外に広く宣伝、普及する。
一　政治的亡命の権利について世論を喚起し、政府にこれを認めるように要求する。
一　今後予想される、ベトナム侵略戦争に反対する兵士の行動を支持する。
一　四人の行動を支持し、かつ今後に備えるため預金しまた預金を集める。

脱走兵に対しての支持援助を目的として「イントレピッド四人の会」が結成された。この会から発展的にジャテック（JATEC・反戦脱走米兵援助日本技術委員）が結成され、運動を広げることを目標としてミニコミ誌『脱走通信』が発刊された。

「ジャテックは特殊な専門家や陰謀家の集団ではありません。貴方と同じごく普通の市民が、自発的にお金や労力をさいて行っている反戦運動なのです。べ平連が〝組織〟でないのと同様、ジャテックも〝地下組織〟ではなく、誰でも（英語など喋れなくとも）参加できるという意味で、また、常にだれかが動いていなければならないという意味でも、それは〝運動〟であり〝行動体〟なのです。貴方にできることをして下さい。お金のカンパでも、部屋や車の提供でも、労力でも。その瞬間から貴方もジャテックの一員となるのです」（『脱走通信』第一号より）。

イントレピッド号からの脱走兵の存在は米軍基地内でも話題となり、ベトナムからのR&Rでの帰還兵だけでなく国内の基地で働く軍属もべ平連が国内で立ち上げ組織したジャテックを頼って接触してくるようになった。

べ平連はジャテックの運営に肌理細かい気配りをした。支援を申し出た家族が、実際外人兵士の身柄を匿うとなると簡単ではない。

トイレ、風呂、食事など日常の細かな問題も出てくる。

脱走兵と支援者との軋轢を避けるため、ジャテックは支援要請してくる脱走兵にこんな文章を用意して渡していた。

「食事、衣服、日用必需品については十分配慮する用意がある。希望があれば申し出て欲しい。

しかし諸君の生活は平和を愛し、自由を愛し、諸君を支持する多くの日本人の協力、犠牲においてなされていることを理解し、多少の不自由は忍んで欲しい。とくにアメリカと日本人との生活様式の違いは大きく諸君はそれに慣れなければならない」

除隊、脱走者が増えるにしたがって横浜港の税関（出入国管理事務所）が厳しくなっていた。横浜港以外の脱出先を探して北海道の釧路、根室などのソ連船籍の入港する漁港が使われるようにもなった。

六八年五月には「イントレピッド四人の会」が、匿った六人の脱走兵について記者会見で発表した。こうした動きに新聞は、

「べ平連の地下組織ジャテックは、新たに北朝鮮ルートの開設を狙ってすでに十人近い脱走兵を、国内に潜伏させている疑いがある」

こんな報道をした。

独自の取材もせず、治安当局からの垂れ流し記事を掲載する新聞社に対し、ジャテックは次のような反論をした。

「ジャテックはべ平連の地下組織ではない。べ平連と同様の市民運動の形態で活動しているにすぎない。私たちは北朝鮮は勿論のこと中国、北ベトナム、ルーマニア、ポーランド、東ドイツ、アラブ連合、フランスなど十数カ国に脱走米兵を送り出すルート開設をしようとしている。アメリカのベトナム侵略に批判的な国にはこと欠かないしべ平連は平和憲法と世界人権宣言の精神に基づいて、反戦米兵の政治亡命を助ける権利と義務があると信じている」

正論を掲げて論戦を挑んだが反論する新聞は皆無だったようだ。

市民生活の中で、民家に外人を匿うことは簡単ではない。

六八年の夏、ジャテックのメンバーが中心になって三人の脱走兵が東京から関西、九州と支援者のネットワークを使い鹿児島県まで移動した。鹿児島湾から連絡船に乗り、トカラ列島にある過疎の島、諏訪之瀬島（十島村《じっとうそん》）に渡り短期間であるが逃走生活を送っていた。この島は七世帯三十六人の土着民の他に、本土から移動して行ったヒッピーが集団移住して荒野を開拓し集団農場を作り海で魚を獲っての自給自足で暮らしていた。そこに脱走兵が加わった。

話は逸れるが、当時この島に渡っていた僕の友人がこんなことを言っていた。

「連中は働くこともせず、ベトコンの家に入り込んで強奪するような感覚で腹が減ると台所で好き勝手に食い物を漁っていた。反戦を掲げて支援を求めてきたわけだが、何の哲学を持っているわけでもなく単なる不良外人でしかなかったよ。戦争を怖がった臆病者だけで誰もが腹を立てていたんだ」

すべての脱走兵がそうでもないだろうが、戦場から逃れてきた兵隊を匿うのは一筋縄ではいかなさそうだ。

寺を提供し、仕事を斡旋したと胸を張る三宅さんに、カミューから渡された『脱走通信』の一部を見せた。

黙って目を走らせていた三宅さんが顔を上げた。

「一般家庭では、娘さんが居るお宅もあるだろうし、仕事の関係で主人が毎日家に帰れない場合もある。よっぽどの覚悟がないとできる芸当ではないわな」

口をへの字に結んだ。

「誰もが予期しない寺と繁華街の飲食店。この中に溶け込んでいると何の心配もないですよね」

ケビンの働く姿を想像しながら言ってみた。

「俺の仕事は街の案内人。白人も黒人も人種差別することなくちゃんと案内しているよな」

その通りだった。

「三宅さんは、立派なジャテックの仲間ですよ」

「だろ、俺は立派なジャテックの一員さ。仕事をあてがっている親分さんもジャテックの一員ということになるわな」

気分よさそうに二本目の煙草に火を点けた。

「寺の外に出てみなくちゃ人間の煩悩なんか分からないよ。そう教えてくれた親分さんのいう意味が少しだけど分かってきたな」

茶目っ気を含んだ顔で天井に向かって煙を吐いた。

仕事を終えると寺に送られ、夕方になると若い衆の車に乗って店に入る。雑多な人種が生息する繁華街に潜り込み仕事と自由を与えられたケビンとスミスは幸運である。

そこまで話すと立ち上がった。

「この件が無事に落着したら、寺の飯だなんてケチなこと言わないからみんなで豪勢に一杯やろうよ」

脱走兵ばかりではない。三宅さんは僕たちフーテンにとっても頼りになる〝新宿のお父さん〟だ。

僕がカミューと顔を合わせたのは翌日の昼過ぎだった。

詩集売りで地下通路に座る前の時間潰しで、風月堂の窓際の席で新聞を広げていた。

布製のショルダーバッグを肩に下げたカミューがドアを押して入ってきた。相変わらず擦りきれそうな革製の茶色のサンダルに汚れた足を引っ掛けて僕の前の席に腰を下ろした。

「三宅さんには大まかなことは聞いたけど、かなり時間がかかるみたいだね」

「そうなんだ。時期的なことも重なって」

そう言いながら用心深そうな目で店内を見回した。私服刑事の姿は見当たらなかった。コーヒーが運ばれてくると簡単に説明してくれた。ベ平連の事務所に連絡を取ると、警察は〝脱出米兵支援〟の問題に怒り、横浜港に厳戒態勢を敷き目を光らせるようになった。

「横浜港は、私服刑事が二十四時間体制で波止場に詰めている。ソ連大使館側は余計なゴタゴタに巻き込まれたくないから、バイカル号への乗船は当分控えさせてほしい。そんな返事で、ベ平連は国内でソ連の船舶が出入りする港を調べているところなんだ」

事態が流動的になってきた。

「北海道の釧路漁港と根室漁港にソ連の漁船が毛ガニ漁で入港する。その船を使う計画を立てているが、カニ漁が解禁になるのは秋口からでそれまでは船の出入りがないようなんだ」

その説明を受けたカミューが、直接釧路港に問い合わせするとカニ漁に携わる漁業組合は東部地区と西部地区とに別れている。

二つの組合は漁期が重ならないように互いが取り決めをして、東部地区の漁期は二月から五月まで。西部地区の漁期は九月から一月までになっている。東部地区の漁期はすでに終了し、西部地区の漁期を待つとすれば九月になる。ソ連船は漁期にならないと入港しないため、ソ連船を利用するとなれば四カ月後になるということだ。

歌舞伎町で職を得た二人の話になった。

「役人の固い頭と違ってあのコンビは機転が利くよな。亡命するにも本人たちが先立つものを懐に入れておかないと安心できないだろうから、働いて懐を豊かにしておくのも悪くないだろう」

三宅さんに聞いたのだろう、繁華街の水の味が当人たちに合っているようだとも付け加えた。

「地方のジャテックのメンバーの家に匿われるよりずっと安全だ。蛇の道は蛇と言うけど和尚さんと親分とは最高のコンビだよな」

カミューの口裏に合わせるように僕たちは頷き合った。

「立川にも横須賀にも脱走兵がいる。そんな連絡が入っているようだけど潜伏先の確保に四苦八苦しているようだから、ここは三宅さんにもうひと肌脱いでもらおうと思っているんだ」

歌舞伎町に五人や十人の脱走兵が紛れ込んでも、仕事に就いているとなれば誰も怪しむ者はいないだろう。カミューはそこまで計算しているようで、三宅さんに頭を下げてみる価値はありそうだ。

その夜、僕たちは連れ立ってケビンの働くＴｈｅ　Ｏｔｈｅｒに行ってみた。ドアを開けると、オーティス・レディングの『ドック・オブ・ベイ』が大きな音量で店内を駆けめぐっていた。

十坪ほどのフロアーに女の子たちが並び、蝶ネクタイにタキシードで決めたケビンがステップを踏んでいる。そのステップに合わせて店内の客が踊る。

それを見ているとケビンの店での立ち位置が分かった。

スミスの働くコンパ・ニューハワイは名曲喫茶王城の脇の通りにある四階建ビルの三階にあった。この時期、新宿で流行っていた「コンパ」と呼ばれる店は、カウンターを挟んで客が女の子たちと向き合う形式のもので、バーテンダーの女の子たちはセーラー服姿であったり看護婦を思わせる衣装やスチュワーデス・スタイルと、今では当たり前に使われている〝コスプレ〟のはしりとなるサービスで接客していた。

女のバーテンダーに混じって、金髪にスカイブルーの瞳の男が蝶ネクタイを締めて立っている。スミスだ。スミスがカウンターにいるだけで店の雰囲気が高級感を感じさせている。

慣れた手つきでシェーカーを振っている。

「アメリカでバーテンの経験があると言って、シェーカーを振らせてみると日本では馴染みのないカクテルを次々に作るんだよね。それがお客さんに評判がいいからと支配人はご機嫌なんですよ」

ホールのボーイに聞くとそんな説明をした。

僕たちの姿を認めると、スミスがシェーカーを持つ手を止めて自分の前に来いと手招きしてくれた。スミスの出した手を握るとカミューが店内を見回しながら言った。

「スミス、亡命なんかする必要ないよ。ここで働けばいいだろう」

それを受けたスミスは右手を左右に大きく振った。

スミスの手で作られるカクテルが次々にカウンターに並ぶ。

ブルー、ピンク、オレンジ、紫と色鮮やかなカクテルグラスが客席に運ばれていく。ラムとオレンジジュースとを使ったカクテルが僕たちの前に置かれた。

「ジャマイカで流行っているものだ」

そう言ってウインクを送って寄こした。ジャマイカと言えば、ボブ・マーリーで有名なレゲエの発祥の地だ。心臓の鼓動を基本のリズムとしているレゲエのサウンドが僕は好きだ。さっぱりした飲み口は、熱帯の国ジャマイカのレゲエにピッタリな味わいがあった。

次に出てきたものはやはりオレンジ色をしていた。

「ウオッカにオレンジジュースと炭酸を加えたものさ。サイゴンのバーで人気があるトロピカル・カクテルなんだ」

隣に座る客の前にも同じカクテルを置いた。

ケビンもスミスも、自分の立ち位置を確保して楽しそうに働いている。明日の命の保証のない戦場から比べると、好きな音楽に触れ若い女の子たちから敬えられて働く職場は別天地だろう。

三宅さんと檀家総代との計らいで、脱走兵が寺に次々とやってくると歌舞伎町で職を与えられて働き始めた。

「上野駅を九月四日に発つ夜行列車で北海道に向かい、根室と釧路に入港するソ連の漁船に乗ってナホトカに渡る。そのルートが確保できたようだ」

カミューが連絡を持ってきたのは八月の半ばだった。ケビンとスミスの他に三人が加わるとのことで、ジャテックのメンバーも二人が現地まで同行するというから大がかりな逃避行になる。

僕たちは二人が働く店に顔を出した。

「どれほど感謝しているか分からない。僕たちは本当にラッキーだった、この恩は一生忘れない」

そう言って両肩を掴まれた。僕たちが聞いていた時間に上野駅に駆け付けると、ライトバンに五人を乗せてきたんだと言って三宅さんの姿もあった。ケビンもスミスも涙を流していた。

目的とした亡命が成功したか失敗したかは新聞報道に頼るしかなかった。それから一カ月ほど、新聞の三面記事を追いかけたが脱走兵に関する記事が載ることがなかった。それは、希望通り彼らが無事政治亡命を果すことができた証拠だろう。

一九七五年四月三十日、アメリカ軍の無条件降伏により戦争が終わりを告げた。この間、ジャテックのネットワークが関わった脱走兵の数は千人単位とも言われている。

第五章　奨学生新聞配達少年

米軍・立川基地は国鉄立川駅北口の駅前通りを五百メートルほど歩いたところにある。ゲート前には星条旗が風にたなびき両側に銃を構えた歩哨が直立不動の姿で立っている。基地を囲い込むように構築された高さが二メートルほどある分厚いコンクリートの壁で仕切られた向こうに、鉛色をした滑走路が南から北に向かって延びる。この滑走路は二千四十メートルしかないため大型機の離着陸はできず小型機に限られている。

大型戦術輸送機Ｃ１３０ハーキュリーズやジェット戦闘機の離着陸は三千三百五十メートルの滑走路を持つ五キロほど離れた隣の横田基地が使われている。

大型輸送機Ｃ１３０ハーキュリーズが、黒い潜水艦のような巨体を揺らし横田基地目指して高度を下げながら僕の頭上を通り過ぎる。

これが立川の街の日常の光景だ。

立川基地には正面ゲートと、基地の反対側の青梅線側に「中神《なかがみ》ゲート」がある。ここにはガソリンや物資を運ぶ鉄道の引き込み線がありその管理を兼ねて造られたゲートだ。

「あそこの赤い車の停まっている家と、向かいのベージュの壁の家に一部ずつね」

そう指示する竜夫《たつお》は毬栗頭《いがぐりあたま》にニキビが残る丸顔の中学三年生だ。

僕は竜夫がペダルを漕ぐ自転車の後を追いかけて走る。

中神ゲート近くにはハウスと呼ばれる米軍関係者の住む住宅が点在する。一般住宅には「Y」を、米軍関係者には英字新聞の「D・Y」を配達する。この朝、僕は面白半分に竜夫の見習いアシスタントを買って出て新聞配達を手伝っていた。住宅街を回り、三十分ほどで自転車の荷台に積んだ新聞が英字新聞ばかり十部残った。

これは基地内の軍属が住む住宅に配達するものと言う。

「五分あれば戻りますから」

竜夫はそう言うと基地の裏手になる「昭島口ゲート」の入り口で自転車を降りた。銃を持って直立不動で立つ二人の歩哨の前に立つと敬礼をした。

「グッド・モーニング」

竜夫は使い慣れた口調の英語で挨拶をする。

「グッド・モーニング」

歩哨が親しみを込めた笑顔で同時に返した。竜夫がポケットからIDカードを出す。薄いブルーのカードにははにかんだように笑う竜夫の顔が映っている。歩哨は形式的に見る振りをしたがその前にゲートを開けた。ゲートの中はコンクリート色の建物が整然と建ち並んでいる。僕は竜夫の自転車を見送る。半ズボンから剥き出しになった太腿が高速で回転し、半袖のアロハシャツの背中が力強く揺れている。建物の角を曲がって消えた。

夏休みに入っていた。まだ朝の七時というのに熟れたように照りつける太陽がゲートの内側に広がる芝生に反射して光っている。

歩哨は睡眠不足なのか、欠伸を押し殺すように上空に顔を向けて背伸びをした。僕は肩に下げている自動小銃を見入っていた。

「終わったよ、早かったでしょ」

竜夫が額に汗を滲ませて戻って来た。歩哨が竜夫に向かって敬礼をすると竜夫は軽く手をあげて応える。

「今日は幸先がいいや。R&Rで戻って来た兵隊さんに新聞を渡すとサンキューと言ってこれをくれたよ」

竜夫の掌に一ドル紙幣が握られていた。R&Rで来日している兵士からもらったチップだと言う。

竜夫の自転車の後を僕は走って追いかける。青梅線の中神駅から分離して基地の中に引き込まれている鉄道の線路が、甲州街道から新青梅街道まで延びる東文化通りを分断するように横切っている。

そこまで来るとカンカンカンと住宅街に乾いた鐘の音が鳴り響いて鉄道の遮断機がぎこちない動きで下りてきた。立ち止まると、間もなくして何輌もの太くて長いタンク車を連結した貨物列車が轟音と共に二本のレールを軋ませながら通り過ぎた。

黒いタンクの横腹に「U．S．AIR　FORCE」と横文字が白いペンキで書かれている。

「これは、飛行機の燃料を基地に運び込む列車だよ」

竜夫が得意そうに教えてくれる。

Y新聞の配達所は、東中神駅の線路を超えた玉川町の住宅街にある。配達を終えた僕たちが戻ると、仕事を終えた少年たちが配達で残った店内の新聞と作業場に散らばっている紐や新聞が梱包されていた包み紙の後片付けをしていた。

短髪で下駄のように四角い顔をしている小柄な店主の神戸は、胸に「Y」と書かれた新聞社のロゴマークが刺繍された半袖シャツを着ていた。太い眉毛に隠れた目は笑いを忘れたかのように硬くて愛嬌というものがまったく感じられない。

「集金の済んでいない者は、今日中に終わらせておいてよ」

少年たちに言い置きする神戸の声はくぐもっていた。

この配達所は、神戸と新聞奨学生として青森から上京し新宿の工学院大学の夜間部に通うキヨシとで仕切っていた。四人のアルバイトの配達員は地元の中学校と高校に通う少年たちで、所帯持ちの神戸は店の斜め向かいにある建て売りの一軒家に女房と住んでいる。

新規加入の配達先や毎朝の折り込み広告の指示を少年たちに出すのはキヨシの役目で店の二階の六畳間に住み込んでいる。

「竜夫、お前が今日の不着《ふちやく》電話の応対当番だよな」

「ええ」

「お客さんに失礼ないように対応するんだぞ」

慇懃無礼な口調で言うと神戸は自宅に引き返した。

いつもの光景なのか少年たちは気にする素振りがない。

「さぁ、帰ろうぜ。また明日ね」

互いに声を掛け合いながら自転車に跨る。

「おい、無断欠勤だけは勘弁だぞ。俺の仕事が倍になるんだからな」

キヨシの声が少年たちの背中に届く。

「信用してくださいよ、ちゃんと来ますから」

そう言って手を振って寄こした。キヨシもそれに応えて手を振る。

「キヨシさん、お客からの電話が鳴るまでやりましょうか」

「いいよ、用意しろよ」

竜夫が作業台の下にある抽斗からカードを出した。相当使い込んでいるようでカードの四隅が擦り減って手垢のような茶色い汚れがこびり付いている代物だった。椅子に括りつけられている座布団を外して作業台の上に置いた。竜夫がカードを箱から出した。

「先輩たちも入りますか」

僕とタミオも声を掛けられた。タミオとキヨシは田舎の同級生で、僕はタミオに誘われて昨日ここにやってきたばかりだ。

「お、いいねぇ。カードをいじるのも久しぶりだ。レートはいくらなんだい?」

「一点十円ですよ」

僕たちもテーブルの前に座った。札束を数えるような手つきで配る竜夫のカード捌きはとても中学生には思えない。

りりりりり〜ん、りりりりり〜ん。

カードを配り終えたところで窓際に置かれた電話が鳴った。

「ったくぅ、こんな時に限ってかかってくるんだから」

立ち上がったキヨシが受話器を取った。

「はい、Y新聞ですが……承知しました、すぐに届けさせます。どうもすみません」

不着の苦情のようだ。キヨシが配達先の住所を書くと竜夫が自転車に飛び乗った。

「最近はよくこの類の電話がかかるんだ。実際は配達はされているんだけど誰かが盗むんだよ。まったく世知辛い世の中さ」

キヨシがそう言って溜息をつく。


僕をこの配達所に誘ったタミオは、新宿のグリーンハウスにたむろして時折アンパン（シンナー）を吸いながら通行人を力のない目で見ているフーテンだ。といってもタミオは自分の塒を持っている。持っていると言ってもそれは、自身で働いて手に入れた空間ではない。

新宿駅西口から十分ほど歩いた先に広がる浄水場跡と、新宿中央公園をつなぐ陸橋の橋桁とその橋桁を受ける石垣との間に出来ている横長でV字型のわずかな隙間を塒としているフーテンだ。北風が吹いても寒さを凌げるよう、段ボールを組み合わせて両側に壁を作り入口を付けた長方形の空間になっている。

友人に連れられて初めて行ったタミオのその場所は、言葉にできないくらい荒《すさ》んだ灰色の場所だった。Ｖ字型になった空間に万年床が敷かれ、飲みかけの牛乳やビールの空瓶が乱雑に転がりビニール袋に入ったパンも幾つかあった。

たまには調理の真似事でもするのか、薬缶が置かれて石炭コンロに小さな鍋が壁に掛けられていた。何人かが出入りしているのか、壁際に薄っぺらな何枚もの蒲団が積まれてあった。

「ここにいると生活必需品が何でも手に入るんだ。公園の裏側に並んでいる住宅街に朝早く行くと、配達された新聞と牛乳がある。パン屋の前に行けば工場から配達されたばかりのパンが箱に入って積まれている。そんなわけでここにいると食い物には困らないんだ」

布団なのか食い物からなのか強い匂いが鼻をついて逃げ出したい気分になった。あの饐《す》えた臭いは今でも忘れられない。

僕が自作の詩集『さりげなく』を売る東口の地下通路に、そのタミオがふらりと姿を見せたのは昨日の六時を少し回った時間だ。

色の剝げた紺色のＴシャツと、汚れが浸みて茶色に変色しているブルージーンズ姿だった。

「座ってもいいかな」

あの時の匂いを思い出したが断るわけにはいかない。横に座ったタミオからはやっぱりかすかに饐えた匂いが漂ってきた。

「こんな仕事はどうかな、と思って来たんだ」

右手に持っていた週刊誌を僕の前に広げた。

「死体処理という一日一万円のアルバイト」

こんなタイトルの見出しが目に入った。

「血も凍るコンクリートの部屋で七時間の不気味な作業」

小見出しから順に読んでいくと、仕事はベトナムで死んだ米軍兵士の死体処理で、遺族の住む本国に送られる前の遺体をホルマリンを使って奇麗に拭き清め損傷の酷いものは添え木を付けて修復する作業とも書かれている。

「俺の友達《だち》が立川基地の近くで働いているんだ。こういう情報は近所に住む連中に聞けば正確な情報があると思って。この雑誌は古いものだけど、ベトナム戦争はこの記事が出た当時よりむしろ激しさを増して死者の数も増えているから、この仕事は今でも続いていると思うんだ」

タミオは定職を持たない僕に、実入りの良い仕事を持ち込めば無条件で僕が飛びつくはずだと踏んでの誘いだろう。働くのは良いがタミオと一緒の仕事だけは勘弁してほしい。饐えた匂いにどうしても我慢ならなかった。それにしても、この年の大学卒の初任給の平均が三万九千九百円と新聞に書かれていたから、日当で一万円というとべらぼうな額だ。

僕は、月刊のグラビア誌でベトナム戦場の悲惨さを目にしていた。

韓国軍、タイ軍、フィリピン軍の参戦で戦争が激しさを増し、すでに米軍の死者が四万人を超えていた。戦闘は激しさを増すばかりで最終的な犠牲者がどれほど膨れ上がるか分からない。そんな悲観的な記事だった。

米軍機の上空からの枯葉剤散布で、熱帯雨林が禿山のように素肌を見せ、その山肌から焼け焦げた自軍の兵士を肩に抱え放心した眼差しで行軍しているベトナム兵の地獄絵のような悲惨さが写っていた。戦闘で仕留めた北ベトナム軍の兵士を、装甲車の後ろに縛りつけて引きずる光景には思わず目を背けた。

体から吹き飛んだ足が、木の枝に垂れ下がっているカットもあった。そんな遺体を、添え木を使い胴体に括りつけて包帯で巻き付ける作業だろう、内臓の飛び出た遺体に綿でも詰め込んで元の形に戻すのか。腸が飛び出た遺体の処理はどうするのか。捥ぎ取られた手足はどんな色をしているのか。いずれにしても想像を絶する光景だ。

考えただけでもおどろおどろしい。背を向ける自分がいる一方、戦場で繰り広げられている人と人との殺し合いという凄まじい実態とはどんなものなのか。それを知りたいと思う自分もいた。

「本当にそんな仕事があるのか、知ってもみたいよね」

脈ありと見たようだ。

「行く気があるんなら、明日にでも行ってみようと思っているんだ」

シンナーの吸い過ぎで、常に腐った魚のような眼をしているタミオの目が驚くほど輝いている。

僕たちは、翌日の十時に東口のグリーンハウスで待ち合わせした。タミオは上野のアメ横で買ってきたのだろう。米軍払い下げの国防色のズタ袋を肩に下げていた。生活用品が一式入っているんだと言って胸を張った。

「仕事があったら、友達《だち》のところに泊りこんで何日か働こうと思って。それができたら新宿に戻って部屋を借りたいんだ」

僕はタミオの指示で青梅線の東中神駅までの切符を買った。

中央線の高尾行きは空いていた。真夏の燃えたぎるような太陽が照りつけているが青梅線に乗り換える立川に近づくと窓から流れ込む風が涼風に変わってきた。

僕が車窓を流れる風景に目を奪われているとタミオは新聞を広げた。囲み扱いで載る求人欄を指差した。

「新聞配達員募集。住み込み三食付き。夜間の学校通学可能。二万五千円。相談応ず」

同種の夥しい数の求人広告が並んでいる。

目を通すとどれもが都内の新聞配達所のものだった。

「こんなのはみんな嘘ばっかりだ。広告を信じて応募するから俺みたいな被害者が出るんだよ」

僕はタミオの言っている意味が分からなかった。

「広告を出す新聞配達店はもっと本当のことを書かなくちゃ。たこ部屋の共同生活だけど、学校に通って勉強する気のある者なら頑張り次第で可能。これくらいの内容にしておけば新聞少年たちに過分な期待を抱かせないものを」

口調に憎しみがこもった。

「俺は、新聞店の嘘ばっかりの求人を信じて住み込んだんだ。挙句がこの様よ」

そう言って両手を広げ僕の方を向いた。

「大学で勉強したかったけど、家の事情もあって大学に行けなかったんだ。そこで目にしたのが東京の新聞配達所の求人欄だった。働けば学校に行ける。その言葉につられて東京に出てきたんだ」

これから向かう先の友人も同じ境遇で上京し、今も配達店で働き続けているという。

「田舎の夜間部なんかに行っても誰も相手にしてくれないよ。だから東京の大学に入って卒業証書をもらって田舎に帰るつもりでいたんだ。地元の役所に就職し人間関係を作って市議会議員に立候補する。市議会を二期くらい務めた後は県議会に鞍替えし、地元に必要な予算を取ってくる。そんなことができるといいなと思ってたのさ」

思いもよらない言葉だった。

「大学は土木を勉強して役所に入って土建関係の部署に就こうと思っていたのさ。役所は民間企業より給料が安いけど、こんな高景気がこの先十年、二十年続くかと言えばそんなはずはない。目先の給料なんてどうでもいい。役所勤めをしながら地元の土建業者と親交を深め頃合いを見計らって市議会議員に打って出る。田舎の市議会議員なんてのは千票もあれば当選だか、その時は付き合いのある業者に票集めを頼む」

僕が考えたこともない人生設計だった。あの穴倉のような塒でシンナーを吸っている男の言葉だとは思えない。

タミオの父親は青森県のH市で地元の県会議員の秘書をしていた。議員は地元に企業の誘致や道路整備に力を注いだが、任期満了に伴う選挙で地元代議士の秘書が出馬したために落選してしまった。

選挙で負けると、役所内の派閥の敵役に回っていた職員の密告なのか相手陣営の謀略なのか、以前に関わった道路工事に絡んでの収賄容疑を取り上げられ議員とタミオの父親も逮捕され投獄された。

「選挙に勝っていればそんなことはなかったさ。負けたのはしょうがないけど、相手がなんの実績もない官僚上がりの秘書で、そんな奴に負けたことが俺には許せなかったんだ」

話に力が漲る。

働き手を失ったタミオの母親は、病院の賄い婦としての職を得て二人の子供の教育費を捻出した。

「朝早く家を出て働くお袋の姿を見ていると可哀想だったよ。俺は大学を卒業したら地元に帰って選挙に立候補し、官僚上がりと戦うなら蹴落とし地域のために働く。これが俺にできる両親に対しての最高の親孝行だと思ってな」

タミオは高校を卒業すると、東京の新聞配達所が募集していた新聞奨学生に応募して板橋にあるM新聞の配達所に就職した。

大手新聞各社は、地方からの新聞奨学生を募る条件として大学受験の後押しのため仕事の終えた奨学生たちに勉強の場を提供していた。M新聞は、早稲田の鶴巻町に「早稲田別館」なる鉄筋コンクリートの三階建ての建物を持ち、講師を呼んで毎日二、三時間の授業を受けさせていた。

この制度は大手新聞社はほとんどが実施しているシステムという。

数学や国語、英語など受験に必要な科目に加え現代史や歴史の授業もあった。現代史の授業には現役の社会部や政治部の記者が指名されて教壇に立った。タミオは、社会部に籍を置く記者の講義が面白くて欠かさず受けていた。

「記者が教えてくれる講義は面白かったよ。取材過程で知った事実と私見を交えて話してくれるから、社会に起きている現実を生身で知ることができたんだ。千葉県の三里塚で進められている新空港建設問題を知った時はショックだったな。農民に何の説明もなく突然空港建設宣言をしたんだよな。それに伴って強引に用地買収に入った。政府のこのやり方を聞いて義憤に駆られたな」

タミオは懸命の勉強が功を奏し、一浪して目指していた日大の建築学科に合格していた。タミオが日大に籍を置いていたなんて――。

タミオの話がさらに熱を帯びる。

「俺の親戚にリンゴ農家があるんだ。農家にとって畑は命の次に大切な財産だとよく聞いていたよ。そうさ、農地さえあれば食べ物が収穫できるわけだから飢えることはない。だから、記者から聞いた三里塚の問題を他人事には思えなくて大学に入ると真剣に考えるようになったんだ」

この頃の新聞は、毎日のように三里塚の農民と学生の応援部隊との連携で公団と衝突する記事が紙面を割いていた。

空港建設のための敷地の買収も終わっていない土地を、公団の職員が強行的に測量を開始していた。これに対し反対派の農民に学生の応援部隊が加わり反対闘争を展開していた。測量を阻止すべく機動隊と衝突を繰り返す反対派のデモ隊。

「涙を流して機動隊に体当たりを繰り返す農家の小母さんたちの姿を見ていたら、腹の底から怒りが湧いてきたんだ」

タミオは夕刊配達のない、五月のゴールデンウイークに自分の目で直接その光景を見てみたくて三里塚に向かった。

「モンペ姿でデモを繰り返す農夫に、棍棒を振り回す機動隊が大きく実ったスイカ畑を蹴散らして突進していったんだ。そんなのを見たら許せるはずもないだろ」

気がつくと自分も機動隊の前に飛び出していた。戦闘部隊と機動隊の小競り合いで戦いは終わったが、その後で開かれた三里塚第一公園での抗議集会に参加したときに、スクラムを組んでいた隣の学生に誘われて近くの農家まで歩くとおにぎりを御馳走になった。

「その時の学生が言ったんだ。機動隊との衝突のない時間は援農をしているんだと。学生が、戦いの応援だけではなく百姓の手伝いをしている。これには正直驚いたよ」

タミオはその学生が拠点としている〝駒井野団結小屋〟に案内された。集まった学生たちは酒を酌み交わし政治、社会の問題点についての激しい議論を交わしていた。人間は、共有する怒りを持つことで団結力が生まれる。その言葉が強烈に心に残った。

学生たちの会話に引き込まれ、勧められるままに酒を飲んでいると帰る電車がなくなっていた。そのまま〝団結小屋〟に泊まった。

翌日帰るつもりでいたが、早朝から機動隊との衝突があるかもしれないと言って誰もが硬い表情になった。学生たちの熱い血潮がタミオの体にも流れだしたように感じた。公団職員が測量を強行している地点に学生たちは隊列を組んで突進する。タミオもその列に加わっていた。翌日もその翌日も隊列の中にタミオの姿があった。

一週間が経っていた。

新聞配達は、誰かが休むとその代役を他の配達員が引き受けることになる。配達所によって違うだろうが、タミオのところは無断で休むと反省文と誓約書を書かされる。店主の機嫌次第ではクビにするという脅し文句も飛んでくる。何人もの先輩が、この労働条件に腹を立てて辞めていった姿も見ていた。

「断りもなく休んでしまった俺が悪いよ。でも、その下地として店のやり方に腹が立っていたんだ。大学進学を謳い文句に募集しているけど、働き始めると朝刊夕刊の配達の他に集金まで任される。それも自分の配達する地域だけではなく、新聞少年として働くアルバイトの中高生の分まで責任をもたされる。それじゃ勉強をする時間なんか持てないよ」

大学には入学できたが、夕方遅くまで仕事が残り片道一時間かかる通学時間には間に合わない日が続いた。授業が始まって一カ月と経っていなかったが授業に出られたのは五日だけだった。

「入学金や授業料を払って懐がすっからかんになっていたから、アパートを借りて独立できる資金を貯めたら辞めようと思っていた矢先の出来事だったんだ」

タミオが新聞店に戻ったのは、夕刊の配達が終わり店主が自宅に戻る頃合いを見計らった時間だった。店主は翌朝の広告の仕分けをしていた。

「あれ、お前帰ってきたの。てっきり辞めて逃げ出したのかと思ったよ。一週間も音信不通になれば普通誰だって辞めたと思うだろ。居なくなった者の荷物は邪魔になるから、昨日、青森の実家に送り返しておいたよ。なんの連絡もないんだから仕方ないだろ」

店主の第一声がこれだった。

「あまりにも冷たい仕打ちだろ。売り言葉に買い言葉で食ってかかろうと思ったけど、何を言ったところで労働条件が改善されるわけでもないから黙ってそのまま着の身着のままで飛び出したんだ。都内に知り合いがいるわけでもなしポケットにわずかな小銭しか持っていなかったから、新宿まで出てグリーンハウスにたむろしているフーテンに混じって夜を明かしたんだ。一人よりはそっちのほうが心強かったからな」

何日か地下通路でモグラ（新聞紙などを体に巻き付けて寝ること）をして過ごした。そんなことをしながら、中央公園の橋桁の隙間に空間を見つけて塒を拵えたという。

「田舎のお袋には、大学を出て市役所に就職するから待っていてくれと大見栄切って出てきたのに、仕事を首になっちゃった。職を失い定住する場所もない。教科書もなくなっちゃったから学校にも行けない」

タミオはそんな過去を背負ったフーテンだった。

「俺は、自分がつくづく弱い人間だと思ったよ。自分の信念で団結小屋に泊まったわけだから悪いことをしたわけじゃない。田舎に帰ってこの間の経緯をお袋に説明して生活を整える資金を無心すれば出直しができたんだ。それを馬鹿な意地を張って連絡を取らなかったものだから、そのまま帰りそびれてしまったんだ」

何もせず、今の生活に甘んじていたわけではなかった。

「新聞配達所の果たす日常の仕事には自信があったから、新聞広告を見て新聞販売所に電話をしたんだ。だけど、現住所を聞かれて答えられないと電話はそのまま切られるんだ。そんなことの繰り返しで受話器からツーツーと電話の切られた音が聞こえてくると、自分と社会とを切り離しているような言葉に聞こえて受話器が手から離れなかったときもあったよ」

タミオは新聞広告欄を再び見た。

「こんなもの、住所を持たない俺には何の役にも立たないいんだ。だから死体処理でも何でもいい、お金を貯めて出直したいんだ」

タミオが、塒近くの住宅街に早朝に出没して余所の家の玄関に置かれている牛乳や新聞を盗んで暮らしていたのは、自分を支えてくれるすべての突っかい棒を失ってしまった結果だったのか。今向かっている昭島には、一緒に青森のH市から上京した高校時代の仲間が新聞配達所で働いているということだ。


「中神駅」は中央線の立川から西多摩郡奥多摩町の奥多摩駅を結んでいる青梅線の立川から三つ目の駅だった。

改札口には小柄な男が立っていた。タミオを見ると団扇のように右手を振った。タミオも右手を上げて応えた。角刈りで鼻だけが大きいのっぺりとした顔の男だ。配達所の制服なのか、薄い紺の半袖のジャンパーの胸にY新聞のロゴが刺繍されている。タミオが僕を紹介すると相手はキヨシと名乗った。タミオと同じ背丈だが平べったい顔にずんぐりした分だけ社交的には見えない。

「なんだ、その格好は。ルンペンみたいじゃないか」

キヨシは呆れた眼でタミオの頭から足元まで見た。

「だってしょうがないじゃないか、ルンペンだもの」

「辞めたのはいいけど、今どこに住んでいるんだよ」

すでにタミオの身に起きたことは伝わっているようだ。

「新宿の中央公園近くの狭い部屋だよ」

あの塒を部屋と言った。

「何もしていないんなら、しばらく俺のとこにいたら。飯くらい面倒みてやるよ」

「そう、助かるよ」

「このまま販売所に行っても何もないから、この近辺でしか見られないヤンキーの住むハウスでも見にいくか」

三人で木造の駅舎を出た。

新宿から電車で一時間ほどというのに、長閑な田舎の風景は新宿とは別世界だ。あたりは畑と住宅が混然として、ネギやキャベツが植えられている畑に陽炎が立ち上っていた。駅のバスターミナルには出発を待つバスが停まり運転手は車体のステップに足を乗せている。

駅の正面には平屋の駄菓子屋が二軒並んでおり、店の奥から白人と黒光りしている黒人の少女が出てきた。

駅のロータリーを右側に折れると「東文化通り」と書かれた通りに出た。中神駅から分岐した電車の線路が、大通りを横切り住宅街を緩やかにカーブしている。基地まで延びている引き込み線という。

大通りから一本入った路地に、クリームやブルーのペンキが塗られた平屋の木造住宅が規則正しい間隔を空けて並んでいる。

庭の芝生で、子供たちが上半身裸になってザルに入ったポップコーンを頬張り、テーブルを挟んで白人の夫婦がにこやかな表情で見つめ合っている。住宅の奥からギターの音が聞こえてきた。ゆったりしたカントリー風の曲だ。

後ろから、甲高いクラクションを鳴らされた。振り返ると、真っ赤な大型の乗用車が後ろに停まっていた。左座席の金髪の男がガムを噛んでいた。窓から出た腕が「横に寄れ」と指図している。

「あの車は右側を走っているだろ。アメリカは右側通行だからこのハウス内だけは交通法規もアメリカなんだ」

確かに右側を走っている。言われて初めて気がついた。金髪の少女が通りの向こうからやってきた。キヨシを見ると右手を上げた。

「ハーイ」

屈託のない笑顔を浮かべて通り過ぎた。

「あそこは、俺が配達している家なんだ」

キヨシが得意気に言う。

ハウスは戦後米軍の駐留が始まった立川、昭島、福生市など基地周辺の市町に自国の兵隊を住まわせるため日本政府に建てさせた専用住宅だ。

朝鮮戦争が勃発したのが一九五〇年。朝鮮半島の共産化を嫌ったアメリカが、アジア戦略の最重要拠点として使用したのが立川基地だった。朝鮮戦争時、米軍の前線基地として兵士も兵器もすべてこの基地を経由して前線に送りこまれた。戦争が拡大化すると当然兵隊、軍属の人数も増える。軍備の強化と共に住宅も急遽増設された。

キヨシの働く配達所は、中神駅とハウスが建ち並ぶ基地との中間点に位置し東文化通りを入った住宅街の一角にあった。木造モルタルの二階建ての建物で、正面の壁に掛けられた「Y新聞」の大きな看板が夏の日差しを受けて反射していた。

一階が新聞配達に使うスペースになっている。真ん中の大きな作業台に新聞が雑多に置かれ、立川にあるデパートのバーゲンセールを告げる色鮮やかな広告が積まれてある。

時計の針が二時を回っていた。夕刊を配達する時間だと言う。

「一時間ばかりで終わるから、ここにいてよ」

キヨシは、自転車に付いている前の荷物籠に夕刊を詰め込むと勇ましく出掛けた。店の前に小型車のライトバンが停まった。

運転手が紙の包みを抱えて入ってきた。

「明日挟み込みの広告。お願いね、置いていくよ」

「は〜い、御苦労さん」

朝刊に挟み込む広告のようだ。タミオが当たり前の顔で受け取った。包みを解くと四種類の広告が重ねられて入っていた。

「夕方までに運び込まれるこの手の広告は、翌朝の配達までに新聞に挟みこめるように用意するんだ。配達所の日常はこんな具合で配達が済むと集金も待っている。新たな宅配家庭を開拓するのも自分たちの仕事で、とにかく時間に関係なく雑用があるんだ」

キヨシも一浪して新宿の工学院大学の夜間部に通っているという。「あいつ、ちゃんと学校には行けているのかなぁ」

そんなことを話しているとキヨシが戻ってきた。

「今日は泊まっていくんだろ」

そう言って二階に案内してくれた。外壁に付いた錆びた階段を上がると二つ部屋が廊下に面して並び手前をキヨシが使っていた。

廊下の正面がトイレでその横に流しとガス台がある。

流し台と言っても食器類は何も置かれていない。

畳敷きの六畳間で二本の蛍光灯が下がり、両脇に木造の作りつけの二段ベッドが置かれていた。ベッドの数だけ配達員が必要ということだろうが地元のアルバイト学生を雇っているからか、部屋はキヨシが一人で使っているようだ。ピンクのファンシーケースと机が正面の壁の窓際に置かれている。殺風景な部屋を壁に貼られたビートルズと、フランスのアイドル歌手シルビー・バルタンの写真が少しの彩りを添えている。

「あとで親父に言っておくから、そっちのベッドを使ってよ」

キヨシが自分の使っているベッドの反対側を指した。タミオが上の段にバッグを上げると僕と並んで下の段のベッドに腰を下ろした。

基地内のＰＸ（「Ｐｏｓｔ　Ｅｘｃｈａｎｇｅ」駐屯地販売所）で買ったというコーヒーを淹れてくれた。

窓の向こうに広がる雑木林が風に揺れている。

「おまえ、ちゃんと大学通えているの？」

タミオが訊いた。

「駄目だな。見ての通り仕事こなすだけで精一杯で勉強する時間が取れないよ」

完全に諦め口調だ。

「俺たちが世間の情報に疎いことをいいことに、好き放題こき使われるだけ。境遇はタコ部屋の労働者にすぎないんだよね」

タミオと同じことを言っている。

僕が学生運動に少し首を突っ込んでいることを知ると、紛争の発端になっている授業料値上げ反対闘争について訊かれた。

近年の大学は、進学率が急上昇して大学側の受け入れ態勢が整っていない。二年前の六七年は、全国の大学の定員人数が二十六万四千人に対し受験者数が七十万人に膨れ上がった。大学側が収容人員の一・七二倍を受け入れた。

二年前の大学進学率十二・九％に対して今年の六九年は十五・四％に上昇していた。入学希望者の多いことを幸いに、どこの大学も定員を大幅に上回る学生を受け入れるようになった。学生は厳しい受験戦争を突破して入学しても定員百名の教室に二百五十人、三百人という信じられないほどの学生を押し込め、補助椅子を使うような状態で授業が強行されていた。

教授の話す声が教室の隅々まで届かず、授業はマイクを使って行われるようになった。形だけの授業でしかなかった。そこで、学校側は教室が足りないことを理由に校舎増築のため学生に授業料値上げを一方的に押し付けた。これに学生は反発して立ち上がった。

そんな経緯を大まかに話した。

「そうなんだ。だったら学生が怒るのも当たり前だ。新聞に書かれているのは暴力学生と機動隊の衝突ばかりで、ことの起こりの実態とは随分かけ離れているんだ」

キヨシが意外そうな顔で頷いた。

「俺は三里塚に行ってそれを知ったけど、新聞は本当のことなんか書いてないよ」

キヨシがタミオの顔を見る。窓を開けるといつの間にか夕闇が迫っていた。上弦の月が西の空に淡い色をして浮かんでいる。

「ここは他の販売所と違って、一般家庭への配達もだけど基地周辺のハウスと基地の中に住む軍属に英字新聞を配達しているんだ」

意外なことだった。キヨシが自分の顔写真が映る縦五センチ横十センチほどのプラスチックでカバーされた薄いブルーのカードを出した。カードは新聞社が用意してくれたもので、基地に出入りする時に使うＩＤカードという。

配達人の収入は配達部数によって決まるが、英字新聞の場合は部数より勧誘に行くことでの余禄がかなり大きな収入になる。

配達の少年たちはその余禄を求めてハウスに向かうということだ。

将校クラスは長く居住しているが、本国からベトナムに出兵する兵士や、ある期間の任務を終え戦場からホリデーで一時帰還する兵士は一週間から十日の滞在になる。配達人は、短期間滞在するこれらの兵隊を狙って勧誘に回るという。

「新聞代は月三百六十円。ドルレートで一ドルだ。彼らにとってこの単価は日本円で百円くらいの感覚じゃないのかな。配達の契約をとってもいつ帰ってしまうか分からないから、契約は前払いになっているけど兵隊は新聞になんか興味はないんだ。ぽんと異国に連れられて誰も話し相手がいない。夜になるとゲートの前にある飲み屋街に繰り出すけど、その間の時間潰しに話し相手が欲しいんだ。そんな兵隊たちの心情を汲み取るように子供たちが新聞の勧誘に行けば、兵隊は無条件で新聞を取ってくれるんだ」

キヨシが流れるように説明する。

「兵隊は、殺すか殺されるか。生命のギリギリの境界線に身を置いて戦い続けてきている。休暇で戦地を離れた彼らは身も心も解放されているから、ハウスのベルを押すと用事を聞く前に愛想よく部屋に招き入れてくれるんだ。子供たちは英語なんか分からないから英字で書いた勧誘のメモを見せるのさ。明日から新聞の配達は可能。契約していただけるんでしたら一カ月前払いで一ドル。これを見せるとチップ感覚で一ドル紙幣を出してくれるんだ」

別世界の出来事を聞いているようだ。

「彼らは、日本で発行されている新聞で戦争がどんな報じられ方をしているのか興味もあるんだろうけど、とにかく話し相手が欲しいんだ。契約をすると当然のように同額かそれ以上のチップを弾んでくれるんだ」

兵隊の心理状態を承知している少年たちは、ポケットからカードを出してポーカーに誘うのだという。

「カードは暇潰しに格好の材料さ。ゲームで勝てば払うけど子供たちが負けても請求してくる奴はいないんだ」

そんなわけで、販売店で少年たちが働き始めると職業上の必須技能としてキヨシや神戸がポーカーを教え込むという。

ここまで聞くと、竜夫の鮮やかなカード捌きも頷ける。

ゲームを終えるとコンビーフやハム、ハンバーガーなどの土産をくれたりもするという。少年たちとってハウスは現金収入の場であり遊び場でもあり食料調達の場でもあるということになる。

ゲームをして気心が知れると、ガールフレンドの紹介も依頼されるというがそこでも抜かりがない。正門ゲートの脇に〝シネマ通り〟と呼ばれる飲食店が連なる。その界隈の店の経営者と少年たちは連携しており、ガールフレンドの紹介をねだられると店名とホステスの名前をメモして渡す。それで再びチップが弾むというから、実に手際よく計算されている勘定になる。

竜夫の母親は〝シネマ通り〟で何人かの女の子を置くスナックを経営している。この街で生まれ育った彼女は、幼いころから母親の経営する店に出入りして兵隊を手玉に取る作法を身につけた。

やり手ママとして頭角を現し、同業者からは〝爆弾チェリー〟と呼ばれるようになりこの街で知らない者がいない名物ママというから興味が湧く。

客とホステスとのいざこざが起きると、どこの店にでも飛んでいき破裂するような啖呵を切るところからきた愛称で、三十六歳になるがミニスカートを好んではき十歳は若く見えると言い、この新聞配達所にも来たことがあるという。

「アメ公を見ていると人間大切なのはお金より命だね。店に来るアメ公は、お金は持っているけど常に怯えているんだ。こんなことがあったんだ。うちで働く女の子と旅館でコトに及んでいるとき、外で花火遊びをしていた子供たちの爆竹が鳴ると、兵隊は驚いて女の子を押しのけてベッドの下に潜り込んでしまったというんだ。爆発音が戦場を思い起こさせたんだろうね。自分たちが直面する恐怖心から逃れたいから酒を飲む。女の子の胸に顔を沈めて安息の時間を得たい。心底楽しめないなんて本当の遊びじゃないよ。そんなアメ公を見ると不憫に思えてならないのさ」

神戸の前でこんな講釈をした。

ベトナムに向かう前夜の兵隊たちは、酒をラッパ飲みにして戦場で起こるであろう恐怖心を紛らわしている。

「戦場に行かなくていい日本人がエンビー《うらやましい》だ。俺は何も要らない。ただ戦場に行きたくないのさ。何が豊かって言えば、危険に晒されることのない日本人が一番豊かなんだ。命が自分のものとして保証されているだろ」

こう言って彼女の胸で甘えることもあるという。こんな話を聞いていると軍用機の離発着もだが、この街もベトナム戦争の延長戦上にあることを実感する。

ここまで聞くと、タミオが僕に見せた雑誌をバッグから出した。

「ここに書いてある仕事があるんじゃないかと思って来たんだ」

記事の載っているページを開いた。

「血も凍るコンクリートの部屋で七時間の不気味な作業」

これがタイトルだ。

「うん、その話聞いたことあるよ。この近くに住んでいる唐沢さんという大学生がいるんだけど、その人が、英語の勉強も兼ねてベースの中にある将校の家でベビーシッターをしているんだ。時々、ここに余った英字新聞をもらいに来るんだけど、その時『死体洗いの仕事が基地《ベース》の中にあるけど誰かいないか?』って言ってたよ。三カ月ばかり前だけど」

「そうか、やっぱりあるんだ」

タミオの目が輝いた。

「俺、この仕事で金貯めて生活を立て直したいんだ」

タミオがキヨシの顔を見る。

「分かった、唐沢さんの家を知っているから呼びにいってみるよ。詳しいことはその人に聞けよ」

キヨシは部屋を出ていった。キヨシの使うベッドの横の壁に、一枚の手形大の白黒の写真が貼られている。いくぶん色が禿げた写真は弘前駅と名前の書かれた看板をバックにしたもので、学生服姿の少年たち十人ほどが二列に並んで写っている。

タミオがその写真に顔を近ずけた。

「これは、卒業して田舎から出てくるとき駅に見送りに来てくれた先生が撮ってくれたんだ。俺も同じものを持っていたけど荷物と一緒に田舎に送られちゃったよ」

肩が心なしか萎んだ。

「ほら、ここに俺もいるだろう」

前列の中央に腰を落として写っている丸刈りの学生服の男は確かにタミオでキヨシが右横に並んで写っている。

「高校時代、あいつは成績いいほうじゃなかったけど努力家だったな。お父さんは戦争から復員したけど体を壊していたみたいで、あいつが小学校のときに死んじゃったんだ。小さい林檎農家で、部活もしないで家の仕事を手伝っていたよ。集団就職列車は青森から上野まで十時間以上かかるんだ。眠れない夜行列車の中で約束したのは、大学卒業したら田舎に帰って仕事しようじゃないかって。仕事で人脈を作ってどちらかが選挙に出たらどちらかが秘書になる。助け合って故郷のために働こうぜって」

店の前で自転車のブレーキをかける音がした。キヨシが戻った。

「唐沢さんいたよ。駅前の中華料理屋に来てくれるって言うから行こうよ」

僕たちは立ち上がった。駅前のロータリーには客待ちのタクシーが並んでいた。正面に青果店と雑貨屋がありその並びに「天宝《てんほう》」と書かれた看板が明かりを点けている。硝子戸を開けると店内は夕食を摂る客で混んでいた。壁に貼られたくすんだ字の品書を見ているときカウンターの向こうに立つフライパンを握った店主に声をかけられた。

「お、いらっしゃい。いつもお世話になっているねぇ」

威勢のいい声だった。キヨシの店で扱っている新聞の顧客という。ビールと餃子を注文した。乾杯しているところに入口の硝子戸が開いた。暖簾を分けてアイビー・カットの男が顔を見せた。キヨシが手招きした。細身の顔に黒縁のメガネでベージュのコットン・パンツにストライプ柄のシャツを着ている。右手に持っているのは『スイング・ジャーナル』だ。

唐沢だった。並んで座る僕たちの前に立った。

「死体拭きのバイトしたいって言うの、君たち？」

キヨシが大まかな説明をしたようだ。

「ええ、働きたいと思って来ました」

キヨシがタミオを田舎の同級生と説明した。

「その話、どこで訊いたの」

タミオが雑誌を開いた。唐沢が覗きこんだ。

「一カ月ほど前だったかな、バイト先の家族にベースの中のレストランで食事を御馳走になっているときだよ。ベトナムから送られてくる遺体の数が多すぎて手に負えない。奇麗に整えて本国に送るんだけどスタッフが足りなくて困っている。そんなことを確か言ってたな」

「そうなんですか」

「作業してくれる人間を探している口ぶりだったから、やる気があるんなら使ってくれるんじゃないかな」

キヨシが唐沢のグラスにビールを注いだ。

「でも、ベースの中で聞いた話だから外に漏らしたくない情報かもしれないしね。明日バイトに行くからマイクに聞いてみるよ」

バイト先の雇い主を呼び捨てにする。

唐沢は中央大学の四年生と言う。

「あったとしても想像を絶する仕事だと思うよ。大丈夫かな」

念を押されるように訊かれた。僕たちは黙って頷いた。

唐沢が話題を変えた。

「ベースの中はここととはまったく違う世界があるんだ。バーガー・キングっていうハンバーガーショップがあって、車に乗ったまま注文するとその窓口で注文した物を受け取れるんだ。PXで売っているLPレコードは、海外への輸出用のもので湿気防止策として薄いセロハンで包装するシュリンク・パックになっているんだ。僕は買ったLPの、それを破ったときに臭ってくるインクの臭いにアメリカから届いた空気を感じてやたらと嬉しいんだよね」

ベース内で売られているレコードは、日本で発売されるより三カ月は早く手に入るという。

「バイト先に二人の子供がいて、奥さんは日本人従業員の給料計算や人員確保の事務職に就いているんだ。子供の通う調布のアメリカンスクールは、授業が二時に終わり三時には帰って来るから、両親の帰る六時頃まで子供の相手をするのが僕の役目さ」

バイト料は四時間で二千円という。

「立川はベースの中と外の電話は直接通じるけど、この先にある横田のベースは、ベースの外と中での電話はロサンゼルスの交換を経由するんだよね。たった五百メートル先の相手と話すのに、太平洋を横断している回線を使っているんだ。そんなの誰も知らないだろ」

基地と塀を隔てたわずか一メートルの壁の間に国境が横たわっているということになるのか。

「FENで八時から僕の好きなジャズが掛るんだ。取りあえず、明日バイトに行くから訊いてみるよ。連絡はどうしたらいいのかな」

FENは「Far East Network」で米軍兵のために放送されている極東放送網だ。明日のこの時間にここで会うことにして唐沢は帰った。

「よろしくお願いします」

僕とタミオは立ち上がって頭を下げた。

翌朝、僕たちはキヨシと同じ時間に起きた。早朝の二時だった。配送されてきた新聞を仕分ける。仕分けた新聞に前日に用意した折り込み広告を挟みこむ。一部ずつに挟み込むこの作業が大変だ。タミオも並んで作業に加わった。経験のあるタミオの手の動きは無駄がなかった。新聞に広告を入れると次の新聞を手前に引き寄せるタイミングが流れるようだ。それを見た神戸の顔が崩れている。作業が終わり一服つけていると五時になっていた。少年たちが顔を見せた。僕はハウスやベースの中では、どのような手順で配達するものなのかに興味があった。そんなことを言うと、

「竜夫に付いていったらいいじゃない」

キヨシが竜夫と呼ぶ少年に僕を同行させてくれた。

「一緒に行くのはいいけど、ベースの中はこれがないと入れないですよ。それでもいいですか」

竜夫は自慢気に首からかけたＩＤカードを見せる。

僕は竜夫の漕ぐ自転車の後ろを小走りで付いて行き、竜夫のアシスタントとして初めて新聞配りをすることになった。


夕方を待って中華料理店に行くと少し遅れて唐沢が来た。

今日の唐沢はＴシャツにバミューダパンツだ。

走ってきたのか額に汗を浮かべている。

「マイクに聞いてみたよ。運び込まれる量が多くなると人手不足になるけど、ここのところ戦況が落ち着いているようで送られてくる数が少ないから足りているそうなんだ。働きたい希望者がいるなら連絡先を聞いておけって。そう言われたよ」

タミオがビールを注ぐと唐沢は美味そうに餃子をつまむ。

「じゃ、仕事は今のところないということですね」

タミオの声がいくぶん低くなった。

唐沢は将来音楽関係の仕事に就きたくていろいろなジャンルの音楽を聴いているという。そんなことを話して帰った。空には満天の星が輝いていた。僕たちはキヨシの部屋に戻った。キヨシがラジオのスイッチを入れた。ＦＥＮにチューナーを合わせた。軽やかにジャズのサックスが鳴り響いていた。唐沢も聴いているはずだ。

「仕事ができるまで待っていればいいじゃん」

「そうするよ。ここにいても大丈夫かな」

「今朝みたいに、仕事を手伝ってくれれば親父は文句言わないよ」

朝起きると僕たちは仕事場に下りた。配達が終わるとキヨシがインスタント・ラーメンに卵を落としたものを作ってくれた。

僕はタミオを残して帰ることにした。仕事が始まるようならと言って、僕は新宿の喫茶店風月堂の電話番号をタミオに渡した。


昭島から戻って十日が過ぎていた。東口の地下通路に座る前に風月堂に顔を出したがこの日もタミオからの伝言はなかった。

地下通路の壁に寄り掛かって座ると、壁のタイルの冷たさがいくぶんか暑さを和らげてくれる。

「いやぁ、あれからへんな展開になっちゃってさ」

十日前と同じ服装のタミオがズタ袋を肩に提げていた。

「竜夫が、白人野郎に悪戯をされて大変なことになったんだ」

竜夫が悪戯をされた。唐突に言われても要領を得ない。

「ベトナムから来た兵隊に、あいつが新聞の勧誘に行ったんだ」

そこまでは説明されなくとも分かった。

「部屋に招かれてカードをはじめたところを突然に襲われて。力ずくじゃ中学生が適うわけがないよな。それで……」

タミオの話を要約するとこうだ。仕事が一段落して店を閉める時間になっても竜夫の自転車が戻っていない。キヨシとカードを出して勝負しながら待っているとようやく竜夫が戻ってきた。いつも明るく陽気な竜夫が何の挨拶もすることなく帰ろうとした。おかしく思ったキヨシが話しかけたが応じない。

後ろ向きの竜夫の半ズボンの尻に小さく血が滲んでいた。以前も、ここで働く少年に同じことがあった。キヨシが事情を訊いたが竜夫は動転して、首を横に振るだけで答えなかった。

「食い物を出されるとしっぽを振って飛びつく。チップを与えられると犬のようにひれ伏す。アメリカ兵にとって新聞配達の子たちは島国の原住民くらいにしか見られていないのかもしれないな」

タミオの口調は醒めている。

キヨシは竜夫に泣き寝入りさせたくないと考え唐沢に相談した。唐沢は親身になって相談にのってくれた。

「マイクはいつも言ってるよ。ベースの外で米軍関係者が罪を犯した場合は日本に捜査の権限があるはずだ。遠慮することなく警察に行って日本の法律で罰するべきだ、どんな小さいことでも泣き寝入りすることはよくないとね」

そう言って、唐沢はキヨシと竜夫を連れて駅前の交番に向かった。

竜夫を横に置いて交番のお巡りに唐沢が事情を説明した。

「俺も一緒に行ったんだけど、初めは真剣に聞いていたお巡りが途中からメモをとらなくなったんだ。子供が悪戯されたのは分かるけど、この内容じゃ強姦罪にも当てはまらないから報告書にどう書いていいのか分からないって」

お手上げだと言うだけで話はそれ以上進展しなかった。

誠意のない対応に怒った唐沢は、翌日昭島署に行くことにしたが約束の時間に竜夫が現れなかった。仕方なくキヨシと昭島署に行ってことの成り行きを話した。

「聞いている範囲では、本件の内容はこれまで例がないもので立件は難しい。それより、日本とアメリカの間で結ばれている〝地位協定〟という厄介なものがあるから、相手に対しての賠償は諦めた方がいい。求めてもアメリカ軍は応ずるはずもないし」

そう言って冊子を出し、地位協定十七条の項を開いて見せられた。

「合衆国の軍法に服するすべての者に対して、合衆国の法令のすべての刑事および懲戒の裁判権を日本国において行使する権利を有する。合衆国軍隊が第一次裁判権を持つ。米軍の軍法に服する者には日本で罪にならない犯罪でも米国の法令で犯罪になるなら、米軍が専属的裁判権を行使する権利を有する。裁判権が競合する場合でも、公務執行中の作為又は不作為から生ずる場合は、合衆国軍隊の構成員又は軍属に対して米軍が第一次的裁判権を有する」

こんな内容が書かれていた。

この協定が日米両国間に横たわっている以上、どんな事件が起きても捜査の主導権は米軍にあり抗議を申し入れても米軍は内部調査だけで済ませてしまう。騒ぎを起こしても日米間の政府協議となるため、捜査権のない警察は基地との無用なトラブルは避けたいがために積極的に動かない。

そんな内部事情もあり、しつこく食い下がる唐沢に痺れをきらした警察が販売所の経営者と被害者の関係を聞いてきた。後をどう取り計らうかは警察に任せるとして、聞かれたことに答え引き上げた。

翌朝、竜夫はなにごともなかったように朝刊を配り終えた。神戸とキヨシも後方付けを終えて帰り支度をしているところに昭島署の巡査が二人で自転車を停めた。

「昨日の件で、少しばかり経営者に確認したいことがあって」

そう言うと居丈高に神戸の前に立った。神戸はキョトンとして当を得ない。それもそのはずだ、神戸には何も報告していなかった。

巡査がことの一部始終を神戸に説明した。

「それは本当なのか」

狼狽を浮かべた神戸は顔を赤くしてキヨシに詰め寄った。

「ええ、本当です」

「だったら、何で俺に知らせないんだ」

神戸がキヨシを怒鳴りつけた。

「この販売店はベースの中にも新聞を配っていると聞いているけど、中学生に新聞の勧誘なんかを行かせること自体問題があるだろう。それより子供たちが持っているＩＤカードは正規の申請を出して取得したものなのかな」

神戸は米搗きバッタのように頭を下げ、配達員たちが使っているIDカードをまとめて出した。

「当然、正しい手続で申請しているだろうけど使用している人間と申請人が間違いないのか調べ直してもいいんだぞッ」

「本社を通して手続きはさせていただいていますから間違いないです。それより、うちで働いている子がそんな被害届を出していたなんて知りませんでした。すみません、本当にすみません」

神戸が頭を下げているところに、真っ赤なミニスカートに同じ色の口紅を塗った女が店に飛び込んできた。茶髪を頭のてっ辺で団子のように結っている。爆弾チェリーと呼ばれている竜夫の母親だ。

「神戸さん、うちの子が一体どうしたというのですか。何をしたというんですか。警察沙汰になるような騒ぎを起こさないでください」

巡査の前で小さくなっている神戸を凄まじい剣幕で睨みつけた。

直立不動で立つ巡査に向きを変えた。

「余計なことでお騒がせしたみたいで申し訳ありません。ここで新聞配達をしているうちの子が、基地の中で間違って自転車で転んでひざ小僧をすりむいただけ。それだけなんですよ」

そう言うと神戸の正面に立った。

「うちの子がどうしたって言うの。お巡りさんに厄介になるようなことは何もしてないでしょ。ね、神戸さん」

神戸は呆気にとられているばかりだった。

「すみません。ええ、何も起きていませんし何もありません」

神戸が揉み手をしながら謝る。

「お巡りさん、今日はお忙しいところをご足労願いましてありがとうございました。この通り何もありませんから」

竜夫を横に置いた母親が愛想笑いを浮かべて巡査の前に出た。

「とにかく、面倒なことを持ちこまれては我が署としても困るんだ。今後は気を付けてよ」

巡査も母親の剣幕に押され気味だった。

母親と神戸が並んで頭を下げた。

「ほんとうにすみませんでした」

ようやく二人の巡査が帰った。母親は憤懣やるかたなしという顔つきで神戸とキヨシを睨み据えた。

「キヨシ、これはどういうことなんだ。何かあったら俺に報告することが先決だろう。昭島署まで行ったということは、いつもここに新聞をもらいに来る学生が智恵でも付けたんだろう。こんなことで警察に痛くもない腹をさぐられたらうちも商売ができなくなっちゃうんだぞッ。あいつにはもう二度とここに出入りしないように言っておけ。嫌なら俺が呼びつけて言い渡してもいいんだ」

母親がまた口を開いた。

「オマワリに余計な手を煩わせると、うちの店に風営法をネタに一斉捜索《がさいれ》が入る恐れがあるんだから。綺麗事だけの商売をしているわけじゃないんだから、目を付けられたら商売上がったりなのよ。生活がかかっているんだから余計なもめごとを起こさないで頂戴ッ」

そう言って啖呵を切ると我が子を連れて販売所を出た。

正当な被害届を出そうとした唐沢を、一方的に悪者扱いした神戸にキヨシの堪忍袋の緒が切れた。これまで神戸に都合よく使われ続けてきたことへの怒りも含んでいた。

「子供にしろ大人にしろ自分が使っている従業員を、ちゃんと守ろうとしないあんたに経営者の資格なんかないよ」

「なんだと、それが俺に言う台詞か」

一触即発状態になった。その場はタミオが入って鎮めたが居候もしづらくなり新宿に戻ることにした。これがタミオの説明だった。

「あの調子じゃ、キヨシ仕事を辞めちゃうんじゃないかな。そうなると俺の二の舞だ。そんなことはさせたくないから一緒にあいつを宥めにいってくれないかな」

タミオの顔が切羽詰まっていた。


翌日、夕刊の配達が終わる時間に合わせて僕たちは昭島に向かった。真夏の太陽はこの日も容赦なく畑の農作物に降り注いでいた。

駅前の雑貨屋の風景も十日前と同じだ。

配達所にはキヨシの姿も子供たちの姿もなかった。作業場には神戸が一人で広告の挟み込みをしていた。僕たちの顔を見ると露骨に顔をしかめた。

「こんにちは」

僕は何も知らない風を装って挨拶した。返事がなかった。

「キヨシは勧誘にでも出かけているんですか」

「もう知ってんだろ。あいつは不貞腐れて二階から降りてこないんだよ。辞めるの辞めないのと言ってるけど、あの調子なら辞めるんじゃないのかな」

醒めた声で顔も上げない。

僕たちは二階に上がった。キヨシはベッドの上に大の字になって天井を睨んでいた。

「お前、まさかここを辞めるつもりじゃないんだろうな」

開口一番、タミオが訊いた。

「いいところに来てくれたな。荷物の送り先をどこにするか困っていたところなんだ」

「そんなに短気になっちゃ駄目だよ」

「短気なんかじゃねえよ。ここに居たってろくに学校にも行けない。このままじゃ単位も取れず留年しちゃえば授業料が嵩むだけで卒業の見込みもない。それはお前も知ってるだろ？」

「だからって、辞めちゃうと俺みたいになるのが落ちだぞ」

「お前のところに居候させてよ。狭いといっても二人が横になって寝るスペースくらいあるだろ。学校にも近いし、そこで仕事見つけて学校を優先できる生活に切り替えようと思って」

「え、俺のところに？」

「ああ、部屋を見つけて引っ越すまでの期間だよ。いいだろ」

タミオがキヨシに聞かれて苦し紛れに言ったはずの「小さな部屋」を、キヨシは今後の身の振り方の拠点に置いているようだ。

タミオは今さら自分の言った言葉を覆すこともできず視線を足元に向けた。本当のところを知っている僕はタミオの顔を見た。タミオは答えなかった。キヨシは両手を挙げて起き上がると部屋を出た。背中を見送ったタミオが僕の顔を見た。僕は顔を横に振った。

階下から神戸とキヨシの苛立ったやり取りが聞こえてきた。

階段を下りるタミオの後を僕は追いかけた。硝子戸の開いた作業場では二人が対峙するように睨みあっていた。

「分かったよ。だったら明日までに出ていけ。お前なんかがいなくても嫁を手伝わせるから何の問題もないんだ。さ、決まったら出ていってくれ」

「出ていきますよ。今日までの給料をもらってから」

「ああ、計算してお前の机の上に置いておくよ」

「こんなとこにいたって学校にも行けねえ。入ってきたときと約束が違いすぎるよ」

「何をガタガタ言ってるんだ。辞めるんならそれでいいじゃねえか」

口を挟む余地もない。

神戸は、新卒で上京して就職したキヨシを二年半近くは雇用していたはずだ。それがこんなやり取りで終止符を打ってしまう。

人間のつながりの気薄さがやるせなかった。

「お前らも、金輪際二度とうちの敷居を跨がないでくれ」

外に立つ僕たちにそう言って睨まれた。

キヨシが作業場を出ると硝子戸が勢いよく閉められた。部屋に戻ったキヨシは段ボール箱に荷物を詰め込む。タミオは黙って見ている。将来を約束し、地元に戻って一緒に仕事をする約束を交わしていた彼らのこれからはどうなるのか。そんな忖度したところでどうにもならない。

僕は配達所を出て近くを流れる多摩川まで歩いた。夕暮れを迎えた雑木林から蝉の鳴き声が姦《かしま》しい。対岸まで五十メートルほどある葦の葉が茂る河原は、水かさが少なく石ころが複雑な風景を作りだしている。子供たちが上半身裸で小さな流れを選んで堰き止めている。小魚を獲っているようだ。

西側のはるか彼方に連なる山並みの稜線に日が沈みかけていた。

配達所に戻ると、二人がベッドに向き合って座っていた。言葉のない重苦しい空気に支配され、二つの箱が梱包され運び出されるだけになっている。

「飯でも食いに行かないかなぁ」

僕は二人を天宝に誘った。

天宝に向かって歩いた。キヨシは昭島を出る前に世話になったお詫びをしたいからと言って走りだした。僕たちが天宝に座っているとキヨシの後ろから唐沢が複雑な顔をして入ってきた。

僕たちはグラスにビールを注いで乾杯の真似事をした。

「唐沢さん、迷惑かけてしまって申し訳ありませんでした。俺、店辞めて新宿のこいつの部屋に越します。学校を続けたいんで越してから仕事を見つけます」

「あんな世間知らずの意気地なしの経営者の元で働くよりいいかもしれないな。とにかく学校だけは出ていた方がいいよ。将来何かにつけて役立つはずだから」

唐沢の意見には僕も賛成だった。キヨシの顔が崩れた。意を強くしたようにグラスのビールを飲み干した。

「ここは米軍の基地を中心に何もかもが回っているんだ。国も住民を守るはずの警察も米軍の言うがままで何もしてくれない。だったら、いっそのこと基地周辺の住民だけが独立して、アメリカ合衆国に組み込まれてしまえばいいんだ。それの方がかえってすっきりして暮らしだって豊かになるだろうし、竜夫君の問題だって法的に解決できたはずだ」

唐沢の持論はこの街だけでも独立してアメリカに組み込まれることだった。そんなことができるものだろうか。

確かに、地位協定という不可解な協定を日本政府が認めている限り米軍はやりたい放題で日本人は賤民扱いだ。

僕は唐沢に新宿の喫茶店風月堂のマッチ箱を渡した。

「遺体処理の仕事があるようでしたら、この店に伝言していただけませんか。僕たちはいつでも駆けつけることができます。その時のために、よかったら唐沢さんの連絡先を教えていただけると……」

「ああ、いいよ。仕事がありそうなら連絡入れるよ」

そう言って自宅の電話番号を書いてくれた。

店を出ると満月が浮かんでいた。

階下のトントントンという音で目が覚めた。新聞を揃える音だった。キヨシは作業着に着替えることもなく階段を下りていった。

竜夫たち配達員に最後の挨拶に行ったようだ。

しばらくして戻ると、廊下にある流しの横にあるガス台でラーメンを作り始めた。

「ところでタミオ、おまえの住所を教えてよ。荷物送らなくちゃならないから」

「住所かぁ？ 悪いな、正確な番地思い出せないよ。それより運び出す荷物はこれだけだろ」

「見ての通りだよ」

「だから、送ることないよ。昼間の電車は空いているから俺と一個ずつ持てば済むことじゃないか」

タミオは自分の嘂のある場所をこの場に及んでも言わない。

ラーメンを食べていると自転車の音がした。朝刊の配達を終えた子供たちが帰ってきたようだ。

「市役所が始まるまで、駅前の喫茶店《サテン》にでも行こうか。ここを出る前に市役所で住民票を取ってこなくちゃならないから」

二人は大きな段ボール箱を持って階段を下りた。

神戸の姿は見えなかった。最初の角を曲がるときキヨシが立ち止まった。振り返って新聞社名の書かれた看板をしばらく見ていた。

僕は喫茶店には寄らず二人と別れて電車に乗った。


暑い夏はまだ続いている。

昭島で出会った新聞少年たちを題材にして何編かの詩を書いた。

日常のルーティーンに戻り東口の地下通路に座って詩集を売る。その日は、雷が鳴り激しい夕立が降ってきた。小降りになったところで風月堂を出て東口に向かった。濡れた路上から蜃気楼のようにかすかな湯気が空気に溶け込んで消える。座って十分ほどで幸先がよく三部が売れた。

キヨシとタミオが姿を見せたのはその時だ。

「確かに小さい部屋だったけどこいつの嘘には参ったよ」

呆れかえった顔でキヨシがタミオを見ながら言った。

橋桁の隙間に作った塒のことだ。

「高垣君も人が悪いよな、知っているのに本当のことを教えてくれなかったんだから」

タミオはそっぽを向いたままだ。

「仕事は見つかりそうですか」

僕は話を逸らせた。

「これからだけど、あんなところに住んでいたんじゃ見つかる仕事も見つからないよ。だって連絡先を相手に言えないんだから」

それはタミオが失敗した経験と同じだ。

僕は丸井デパートの並びの地階にある居酒屋公明酒蔵に誘った。ここは合成酒を一杯三十円で飲ませてくれる店だ。鯖の塩焼きともやしが三十円。そんなつまみを前にして乾杯した。

タミオの暮らしぶりをキヨシが非難する。タミオは何も答えない。

その話は二人に任せた。

僕が新宿の街に馴染み、初めて就いたバイトの歌舞伎町でのプラカード持ちの仕事を持ちだした。プラカードを持って歌舞伎町通りに立ったことで似顔絵描きの熊ちゃんやエロ写真売りのミノルと知り合った。その仕事のおかげで僕の新宿でのフーテン人脈が培われたと言ってもいい。

「面白そうだね。とにかく、こいつのように余所様の新聞や牛乳を盗む泥棒のような暮らしはしたくないからその仕事紹介してほしいな」

キヨシは真剣だ。

「俺も、したいな」

タミオも続いた。

「お前も働くべきだよ。少しでも働いて金輪際お天道様に顔向けのできないようなワルはするなよ」

タミオは都合が悪くなるとそっぽを向く。

プラカード持ちの手配師は三宅さんだ。三宅さんはいつも夕方五時前になると歌舞伎町通りと靖国通りの交差する大和銀行の脇にプラカードを用意して立っている。五時から九時までの四時間で二千円の仕事だ。三宅さんの仕事を手伝う仕事人たちがその時間になると集まってプラカードを渡される。

僕たちは翌日の四時にグリーンハウスで待ち合わせをした。三宅さんが来る時間に合わせて歌舞伎町に出ることにした。

二年前、僕がこの仕事に就いたとき一緒だった前歯の欠けた男が姿を見せた。僕が頭を下げると覚えていたようだ。軽く手を上げた。

二人を紹介した。

「三宅さん、そろそろ来ると思うよ」

男が先輩顔で煙草を勧めてくれた。

「ここに立っていると思いがけないことが起きて面白いんだ。昨日は、目の前を歩いていたアベックの女の肩に掛けたバッグから財布を抜き取る奴がいてな、いちゃつきながら歩いているから気がつかないんだ。俺は職場放棄するわけにいかないから黙って見ていたけど、いい気味よ。ハッハッハ」

人の不幸は蜜の味とばかりに、前歯の欠けた口を大きく開けて嬉しそうに笑う。僕も、この仕事をしていた時にはいろいろな場面に遭遇した。銭湯か飲食店の下駄箱から盗んだものだろう。履き古した靴を小脇に抱えて二束三文の値段を付けて売りにきた奴もいた。

この通りは八時を過ぎると美人局《つつもたせ》が姿を現す。美人局を仕掛ける男が通行人に話しかける間、相棒の女は街頭の陰でもじもじしながら初《うぶ》を装っている。客がスケベ心を起こして商談が成立すると、女と客が即席のカップルとなってコマ劇場の裏手に消える。

そこには連れ込み旅館が乱立しているからだ。

女を紹介されて旅館街に向かった男が、血相を変えて戻ってくるのにそんなに時間はかからない。以前、雀荘で一緒に卓を囲んでいたヤクザに美人局のシンプルな仕組みを聞いていた。至極簡単なもので、連れ込み旅館に入ると女が男に風呂を勧める。その隙に女が客の財布を抜いて逃げる。財布を持ち逃げされた男が気付いてオンナを追いかける。その時、男が駆け付けるのは女を紹介された場所と相場が決まっているとも言っていた。

そんな話をすると、タミオもキヨシも想像できないのか不思議そうな顔をしている。三宅さんが来た。僕は二人を紹介した。

「時間通り勤めてくれればそれでいいよ」

これが新宿の街で出会う者同士の作法だとばかり余計なことは一切聞かない。その日から、二人のプラカード持ちが始まった。

時折、僕は歌舞伎町に出ると二人の仕事現場に表敬訪問をした。

「仕事以外、自分の時間が持てるからこんな贅沢はないよ」

キヨシはそう言いながら雑踏を嬉しそうに眺める。

グリーンハウスが気に入ったようだ。仕事前のキヨシはよく花壇の縁に腰を下していた。通行人にカンパをせがむフーテンやカメラを武器に女をハントする男の動きを興味深そうに眺めていた。

詩集売りを終え、歌舞伎町のコマ劇場前の一本横道に入ったつるかめ食堂の硝子戸を開けると、仕事を終えた二人が野菜炒めを前にしてビールを飲んでいた。手招きされて座った。

平べったいキヨシの顔が心持ち丸く和やかに緩んでいる。

「誰にも束縛されることのない時間が持てるって宝物だな。田舎では、学校が終わると家の手伝いの百姓仕事が待っていた。新聞配達は、がんじがらめの時間の縛りがあった。この仕事をして気付いたのは、これまでの俺の人生は時間に追われてばかりだったってことで、初めて自由な時間を掴んだ。こうしていると、タミオがしている生活が少し理解できてきたよ」

三人でビールグラスを飲み干した。食堂を出ると、目の前の歌舞伎町公園の欅にカラスが止まった。間の抜けた啼き声が繁華街のネオンに上手く溶け込んでいる。三人でワンカップを買って公園の椅子に掛けた。頭の禿げた浮浪者風がブランコに揺れていた。

「若い者が酒ばっかり飲んでちゃいかん。運動でもして体鍛えなくちゃ年取ってから後悔するぞ」

その声を後押しするようにカラスが啼いた。

「運動はしてますよ、内臓の運動をね。アルコールで内臓を毎日鍛えてますから心配ないですよ」

たった半月でキヨシがこんな冗談を言うようになっていた。

「なんだい、兄ちゃん上手いこと言うなぁ」

大きく開けた男の口の中は前歯が二本しか残っていなかった。

タミオが立ち上がって夜空に向かって背伸びをした。

新宿にまた一人のフーテンが誕生した。

第六章　前衛舞踏カップル

ここは新宿駅東口のグリーンハウスだ。紀伊國屋書店方面に向かうと右側に地下道に下りる階段口があり、コンクリート作りの雨除けの屋根が架かっている。一組のカップルがこの屋上でパフォーマンスを繰り広げている。

インディアンカットのように鬣《たてがみ》を立てた男の背中には、女が大粒の涙を流す鮮やかな色彩のボディーペイントが描かれている。

その裸の女は裸体と同色の水着を付け、全身には鮮やかな色使いでチョウチョウが何匹も舞っている。二人の顔にはラズベリー柄のペイントがなされていて顔の表情はまるで分からない。

女が男の背中に両手を広げて爪を立て、描かれた涙の部分に唇を這わせる。髪を振り乱し小刻みに体を震わせながら胸の膨らみを強調するようにそり返った。奇想天外な二人の姿に呆気にとられた通行人が足を止める。

秋晴れの高い空からお天道さんが強烈な日差しで二人を包み、通行人はその様子を固唾をのんで見入っている。

二人のいる屋上から絵巻きのような紙が下がっている。

「新宿二丁目の『モダン・アート』でＰＭ五時から我々の二人芝居があります。時間のある方は是非観に来てください」

何のことはない。自分たちが出演する劇場への呼び込みだ。

「こらっ、こんなところでストリップなんかはじめてどうするんだ。猥褻物陳列罪の現行犯で逮捕だ」

通路を隔てた向かいにある交番から素っ跳んできた若いお巡りが、腰の警棒を抜いて怒鳴る。二人はどこ吹く風でパフォーマンスをやめる気配がない。

「すぐにやめて降りてきなさい」

警棒を屋上に向けて振り回す。それでもやめない。お巡りは癇癪を起こしたように警棒で雨除けのコンクリートのひさしを叩いた。

「何のことですか、猥褻物など陳列していないですよ」

パフォーマンスの動きを止めた男が、耳に掌を当て膝を曲げて路上に立つお巡りを見下ろして訊き返す。

「女のその格好は何なんだ」

「え、ちゃんと水着を着けていますけど」

女が肌と同色の胸を覆うビキニの布を動かしてみせた。

「ったく〜。屋根の上に登っては危険だろ。すぐに降りなさい」

警棒で屋根のひさしを叩いた。お巡りの一方的な取り締まりに、遠巻きに眺めていたフーテンたちが見かねたように騒ぎ始めた。

「お巡り帰れ、帰れ……」

コールが止まない。騒ぎが大きくなるばかりだ。

「ちぇ、本当にこいつら何考えているのか分からねえや」

舌打ちすると背中に怒りを膨らませて大股で交番に戻った。

騒ぎを起こすことで、自分たちの演ずる芝居の宣伝目的を達成したと考えたのか、二人は屋根の裏手にある塀に足を掛けて路上に降りた。なにごともなかったように集まっていた周囲に一礼するとは手にしているジーンズをはきＴシャツを首から被って三越デパートの方に歩き出した。


一九六七年前後に、新宿はアングラ（アンダーグラウンド）演劇や前衛舞踏が盛んになりいくつかの劇場や実験小劇場が誕生して前衛芸術や舞踏家に場所を提供していた。

二人が出演すると言うモダン・アートは、新宿通りの都電新宿三丁目駅から新宿二丁目に向かった通りを渡ったところにある地階の劇場だ。ここの周辺には、新宿三丁目の三越デパートと明治通りを挟んだ向かいの新宿文化ビルの一階に「アートシアター・ギルド」（ＡＴＧ）があり、地下に「アンダーグラウンド蠍座」がある。

服用すると幻覚作用が起こるといってアメリカのヒッピーの間で流行っているＬＳＤの名称をそのまま使ったアングラスナック「ＬＳＤ」もここから歩いて二、三分の地下二階にあり、地下一階にサイケデリックなポスターが並んだスナック「ダダ」もある。

そんな流行の波に乗って戦前から〝赤線地帯〟として栄えていたこの地域も、今はすっかり前衛芸術家が集まる飲食店や空間スペースを持つ喫茶店などが集まっている。

新宿厚生年金会館の通りを挟んだ斜め前のビルの一階にあるライブハウス「ヘッド・パワー」も演劇集団が舞台を占めることがあった。これらの空間は、演劇の他にヌードショーやアングラの八ミリ映画も同時に上映されていた。

僕にアングラ映画への出演話を持ち込んだのはアングラ映画を何本も手掛けている前衛劇団「新世界」の主宰者・権田だった。

新宿駅中央口から中央通りを歩いて五分ほどのところに、フーテンたちが自分の応接間のように使っている喫茶店風月堂がある。

その日注文した風月堂のコーヒーは、煮しめたように味が濃く苦味が強くて飲めた代物ではなかった。舌打ちしながらカップをテーブルに置いたところにヘッド・パワーで顔見知りになった権田が顔を出した。ほどよく色落ちしたブルージーンズの上下に前髪を垂らして被るグリーンのベレー帽が似合っている。

葉巻を手に大柄な体を僕の横に下ろした。

「どうだった、この前見た俺の作品は」

それはヘッド・パワーで見た、何人もの前歯と思われる部分を8ミリで撮り、つなぎ合わせた映像に対しての質問だった。最初は、何でこんなものがと見ていたが、見続けているうちにそれが巨大な大理石の建物のように見えてきたことを思い出した。

「人間の歯なのに建物に見えてきました、不思議ですよね」

「そうなんだ。人間には止まったものに対する妄想欲というものがあるんだ。例えば眠っている人間の顔を長い間見続けていると、最初は馬鹿ばかしくて退屈するけど、それを通り越して見続けるとその寝顔から様々な連想が湧いてくる。その時に湧いてきた連想がハプニングで、そんな撮り方の映像がアングラ映画だよ」

そう言って説明した。

「アメリカの実験的な映画運動から来ているもので、非商業的なものとして撮っているんだ。麻薬やＬＳＤ服用者の幻想世界を追い求めたといった方が手っ取り早いな。セックスや異常性愛をテーマにしたものが多く社会的タブーへの挑戦だ。そう、反社会的表現をテーマにした映像でアメリカのヒッピーの間で流行っているんだ」

前衛劇の最先端を走っているという意気込みに聞こえる。

「俺はそのハプニングを呼び起こすための実験的な映像を撮っているんだ。前歯を並べたものも撮ったけど、男女合わせて五十人ばかりの唇だけを撮って〝蠍座〟で上映したところ好評だった。今度は新たな挑戦として人間の肛門を撮ってつなぎ合わせる。そこにどんなハプニングが待ち受けているか、面白そうだろ」

前歯を撮って唇を撮った。次は肛門という。

「よかったら高垣も撮影に参加してくれないか。なに、パンツを脱いで肛門を二、三分だけ貸してくれりゃあいいんだ。並んで存在感を発揮している生殖の道具になんか興味ない。一人でも多くをフィルムに収めることで効果を上げたいという寸法さ」

自分の肛門がどんな形状なのか見たことがない。

「参加して、ヘッド・パワーで作品を一緒に見ようじゃないか」

そう言って肩を叩かれた。自分の肛門がどんな形状でどのような色合いをしているのか知りたくもあった。

それもだが、権田が言うところの何人もの肛門を見続けるとどんな連想が浮かんでくるものなのか。皆目見当も付かない。撮影は百人町にある大久保通りの新宿職業安定所の通りを隔てた路地の奥にある劇団新世界の稽古場で撮ると言う。

二つ並べた椅子の間にカメラを置き、パンツを脱いでその上に立って両足を開き腰を下ろす。そのアングルで肛門部分だけを二十秒ほどカメラを回すという。

この劇団出身で映画界で注目を集めている新人女優・秋葉久美子も撮影に参加しているというから余計に興味をそそられた。すでに二十人ほどの撮影は終えていると言い三十人が目標と言う。

ここまで聞いてしまえば断る言葉を削がれたのも同然だ。

作品はヘッド・パワーとモダン・アートで上映する予定という。出演を承諾すると当然という顔で握手を求められた。


劇団新世界のスタジオは、木造モルタルの二階建てアパートの一階部分の壁をぶち抜いた部屋が使われていた。左側に山手線の線路が見える。裏手に苔のむした墓石が並んで広がっている。

東に五分も歩けば都内有数の繁華街でもある歌舞伎町がでんと控えているとは到底思えない静

かさがあった。

「劇団・新世界」と看板の掛かった玄関の入口には白い菊の花が咲いた鉢が一つ置かれていた。ドアを押すと、十畳ほどの洋間の部屋があり壁から天井まで白いペンキが塗られ右側が暗幕のようなカーテンで仕切られていた。

先客が五人いた。正面の壁を背にして長椅子が置かれて、角刈りで半袖のシャツから刺青がのぞいている男と顔の切り傷を持つ男が煙草をくゆらせ天井を眺めながら座っていた。並んで座る横の女三人は、それぞれが厚い化粧と派手なミニスカートで着飾っていた。

「座るんなら空けるわよ」

厚い唇にべったりと深紅の口紅を塗った女が言った。

親切心は有難いが野太い声は女のものではない。喉仏を見ると女にはない膨みを持っていた。きっと二丁目界隈のゲイバーで働くオカマだろう。権田のスカウトでやってきたのか、自分から買って出たのかはともかく実に濃い個性の持ち主が揃っている。

「有難うございます」

一応礼を言って頭を下げ窓の外を見ると黄緑色の電車がスピードを緩めながら通過した。

「皆さんも出演するんですか……」

挨拶代わりに訊いてみた。

「静かにするんだよ」

刺青の男に低い声でどやされた。小さく頭を下げて下を向いた。

「ご苦労さんね」

その声と同時に暗幕のカーテンが開いた。

黒人に似せて黒く塗った顔に白い口紅を付けた女が権田に肩を叩かれながら出てきた。カーテンの内側に椅子が二脚置かれ、その間にカメラが据えられている。

僕をドヤした入れ墨は撮影中であることを知らせたかったんだ。

ハンティングを被った四十絡みの男がその奥に控えている。

カメラマンのようだ。

「おお、高垣君も来てくれたんだ」

権田がグリーンのベレー帽を取って右手を振った。

「彼女たちが先でもいいかな」

「店の用意もあるだろうから先に帰してやりなよ」

顔の切り傷が権田に応えた。権田が椅子の右端に座る女を手招きした。

「あら、私。嫌だわ〜恥ずかしい」

「何言ってんの。うんこしていると思えば終わっちゃうわよ」

撮影を済ませた白い口紅の女が言った。両手を胸に合わせ恥ずかしがる素振りを見せながら女がカーテンの内側に消えた。

「もうちょっと前に出てくれる」

「これくらい」

「は〜い、行きますよ」

かすかにカメラの回る音が聞こえてきた。

「はい、ご苦労さん」

二分ほどと言っていたけど、それより短い時間に感じられた。

スタジオに入って十五分としないうちに僕に番が回ってきた。

撮影が終わったものは次々にスタジオの外に出る。

権田に言われた通り僕が壁を正面にして椅子の上に立つとカメラマンが床に腹這いになってレンズを構えた。

僕はパンツを脱いだ。レンズを向けるカメラマンに向かって腰を下ろした。これが撮影と言われても腑に落ちない。

「ＯＫ、それでいいよ。動かないでね」

カメラマンの声が響くとフィルムが回り始めた。

下からの照明に照らされながらジ〜ッとカメラの回る音がする。二分くらい回ったのか。

「はい、カット」

撮影は呆気なく終わった。

「ご苦労さんね。悪いけど予算がないからモダン・アートかヘッド・パワーの入場券を用意するからそれで勘弁してよね」

それより、ここにいた面子はどんな手順で集めたのか。ヤクザもオカマも女子大生でも肛門の表情にそんな違いはないはずだ。

「ヘッド・パワーのオーナーが手配してくれたんだ。俺だってあんな強面のお兄ちゃんやオカマの姉さんをリクエストしたわけじゃないさ。カメラを覗いたわけじゃないから分からないけど、オカマたちは商売や自分の嗜好からアソコを使う機会が多いんだろ。使い込むほどに姿形に変化が出てきているなんてことないだろうな」

妙な心配事だった。

フィルムの仕上がりを聞くと、人数分だけ収録できればフィルムをつなぎ合わせるだけで編集作業は三日もあれば映画として完成すると言う。モダン・アートでの劇団新世界の実験的公演は二週間後に始まり、公演は十日間続くと言い、このフィルムはその舞台のバック映像として使う予定だと言った。

肛門の連続写真。観る側にどんな連想が生まれるものなのか。


僕がグリーン広場でボディペインティングした男女の路上パフォーマンスを観たのはそれから十日ほどが経っていた。二人のパフォーマンスを観たあと、東口の地下通路で詩集を売るまでの時間潰しに風月堂に顔を出した。権田の顔もあった。

先日の礼を言われると権田がポケットからヘッド・パワーとモダン・アートの入場券を出した。

「どっちのチケットにする。フィルムは編集が終えて、実験的先行の形で明日からモダン・アートのバック映像として流してみようと思うんだ」

偶然のことだ。グリーンハウス前の屋上から吊るされていたチラシはモダン・アート出演を告知するものだった。

「自分の出演フィルムを早く見たいんでモダン・アートのほうをもらえますか」

三十人もの肛門が映った写真が連写で流れると、自分の出演部分がどれなのか分かるはずもないだろう。普段からどんな姿形をしているのか知らないわけだから。

翌日、僕はモダン・アートに向かった。丸くてメルヘンタッチの赤い入口のテントを潜って場内に入った。演目は「女たちの怨嗟」というタイトルだった。幕が開くと全裸で白い足袋をはいた女の全身にチョウチョがペインティングされている。男の背中の泣いている女の構図もグリーンハウスで観たものだ。

マイクから流れる口上は、男にすべてを捧げ奪われた女が捨てられた。次の女に走る男の肉体から離れようとしない女の怨念が男に戦いを挑んでいるというものだ。

女の両手の爪が、男の背中にペイントされた女の顔を掻き毟る。

そんな情念深い芝居に目を奪われていると、バックのスクリーンに噴煙のない火山の火口を俯瞰から撮ったような映像でゆっくりと流れはじめた。何の音声も入っていない。

同じ景色の映像が緩やかな速度で変わる。それは火口に見えるが火口ではなかった。へこんだ中央部に皺が集中している。それこそ肛門が拡大されたものだ。カメラのアングルによって自分が一番知ることのない体の一部がこんな形状をしているとは。

人間にとって一番大切な臓器の一部であることを思うと愛おしくも見える、月の表面の画像にも見える。宇宙空間で渦巻状に何ものをも飲み込んでしまうブラックホールを思い起こさせる。

これが前衛芸術の連想と言われると、そんなものかと納得してしまう。もう一度我に返って流れる映像に眼を凝らすと、それが男のものなのか女のものなのかもさっぱり区別がつかない。

複雑な気分でいると出し物を終えた二人が舞台の中央に立った。

「どうも有難うございました。お楽しみいただけたでしょうか」

女が両手を広げて挨拶した。僕はその声に覚えがあった。まさかと思ったがペイントで塗られた女の顔を透かして見た。男は二本の足の長さが違うのだろう。片足を引きずっている。これにも思い当たるところがあった。

休憩の混雑を利用して舞台の横手にある楽屋のドアを押した。

ペインティングした体にガウンを纏った男と女が煙草に火を点けるところだった。突然の闖入者に驚いたように背中の女を守るように男が僕の前に立ち塞がった。

「美波と大神田さんじゃないですか」

端的に言った。余計な言葉を挟むことはしなかった。

女が目を見開いて立ち上がった。

「高垣君じゃない」

「そうだよ。グリーンハウスでのパフォーマンスも見たよ」

男はチンプンカンプンとした顔で僕を見ている。

「大神田君、ほら高垣君よ」

「高垣って、高校時代の」

高校時代、僕より一学年上の大神田はビートルズを真似て伸ばした長髪が学生服の襟元を隠し、べ平連の高校生活動家として他校のメンバーとも連携して行動していた。僕にベトナム戦争の内情や左翼運動の成り立ちから現状の運動を教えてくれた恩人だ。

「大神田さんしばらくです、高垣です」

「高垣かぁ、元気そうだけどどうしてここに居るんだ」

逆に質問された。それは僕が訊きたいことだった。

「今夜は時間あるの」

美波に訊かれた。

「大丈夫だけどさ、どうしてここにいるんだよ？」

ストリッパーまがいの舞台に、美波が立っているのか合点がいかない。ましてや大神田と二人でだ。

「簡単には説明できないわよ。私たちあとワンステージ残っているの。九時には帰れるから外で待っていてくれないかな」

楽屋を出ると次のステージが始まっていた。全裸の女の体を荒縄で格子状に縛り上げ逆さに吊られている。尼さんスタイルの剃髪した頭に白い布を巻いた女が、足首まで隠すような黒くて長い丈の衣装でたて笛を吹きながら登場した。笛を吹きながら吊るされた女の周囲を回る。これもきっと前衛劇なんだろう。

それより美波との出会いがこんな場所であるとは――。

二人に連れていかれたのは、劇場と目と鼻の先にある新宿通りと新宿御苑に挟まれた木造長屋の「千鳥街」という飲食店街だった。

スナック、焼鳥屋とあり四軒目に居酒屋「ゴン太」があった。

美波がバッグから鍵を取り出し硝子戸を開けると、カウンターの奥に入っていった。大神田の後ろにしたがって、僕も店内に入った。


高校時代の美波はクラスのマドンナだった。二重瞼に笑うとわずかに浮かぶ笑窪と厚みのある唇。小柄ではあるが胸の膨らみが同級生の誰よりもあった。白いコットンのシャツを通して、背中に浮かぶブラジャーのラインが刺激的で廊下を歩くと上級生が振り返るほどキュートでしなやかだった。

グループサウンドが人気の頂点にあり、欧米ではビートルズやローリング・ストーンズ、ベンチャーズの人気が盛り上がっていた。クラスメートが持ってきたカセットからビートルズの曲が流れると美波は率先して踊った。上体を器用にくねらせ小刻みに踏むステップは仲間の誰よりも切れ味があった。

その美波がベトナム反戦運動に参加していると知ったのは、高校一年の二学期が始まった日だった。十月の学園祭で、クラスが発表するテーマを決めるためのホームルームが開かれた。まだ夏休み呆けしているのだろう、担任が意見を募っても誰からも具体的な意見が出なかった。

日焼けした顔の美波が立ち上がった。

「私たちの学校のあるこの街は、授業中でも戦闘機が上空を行き交い米軍の占領下と同じ環境にあります。アメリカの仕掛けた無謀なベトナム戦争は世界中で非難の的になっています。この戦争に武器の提供から食糧まで後方支援している国の、私たちが何もしないでいいのでしょうか。私たちが主体的に考えなければならない問題だと思うんです。学園祭のテーマにベトナム問題を取り上げることがいいんじゃないかと思うんですが」

丁度そのときだ。迷彩色を施した米軍の貨物人員輸送機C130ハーキュリーズが横田基地に着陸するため最終着陸態勢に入り手の届きそうな高度で校舎の上を通過した。爆音で窓ガラスがビリビリッと揺れ美波の声が聞きとりにくくなった。

「私、この夏休にベ平連主催のベトナム戦争反対の集会に参加したんです。そこには、たくさんの高校生も参加していました。この集会は毎月第三土曜日の午後、清水谷公園で開かれているんです」

この年（六五年）の四月二十四日、作家の小田実、開高健、政治学者の鶴見俊輔などの呼びかけによって〝ベ平連〟を立ち上げた。ベ平連は千代田区紀尾井町にある清水谷公園で集会を開いていた。

「この集会には学校の先輩たちも参加しているんです。みんなで一緒に参加してみませんか」

引き締まった表情で一言一言選ぶように言った。〝ベ平連〟の存在は新聞記事でおぼろげながら知っていたが、まさか同級生が参加しているとは――。クラスメートの視線が美波に集中した。

賛成も反対の声も出なかった。

「これは政治色が強くて高校生には適当ではないな」

担任は美波の発言を取り消すように言った。

「どうしてですか。政治に関心を持つのは私たちが社会人になるための第一歩じゃないですか」

「都の教育委員会からも、政治的な討論は高校生として好ましくないと言ってきているんだ」

命令口調になっていた。

「でも先生……」

「その件は職員会議で取り上げてみるから」

それだけ言うとホームルームが打ち切りとなった。

美波は両手を固く握りしめ口を結んだままだった。

僕にとって反戦活動とかはまったく別の世界のできごとだった。

半年前まで、山梨の片田舎の中学校に通っていた僕は、全学連が「安保条約反対」を旗印に繰り広げるデモを映すブラウン管を見ても理由が飲み込めずチンプンカンプンだった。美波の発言は僕にとって異星人の呼びかけのように聞こえた。

帰り仕度をする美波に訊いてみた。

「その集会、どんな人が来るのかなぁ」

「高垣君、興味あるの」

疑い深そうな目で見られた。

「はっきりしているわけじゃないけど、街で出会うアメリカ兵の姿を見ていると、ベトナム戦争が他人事に思えないんだ」

正直な気持を言ってみた。

「だったら、私たちの仲間が集まる喫茶店《さてん》に行ってみない」

美波が口にした店は、立川駅南口のパチンコ屋の前の通りを左に曲がった左側にあるジャズ喫茶「阿蘭陀《おらんだ》」だ。ジャズなんて聴いたこともなければ、反戦運動に加担するなんていうことも見当がつかなかった。翌日、授業が終わると美波が廊下で僕を待っていた。

「本当に行くのね」

踏み絵を迫る響きを持っていた。

木造りの格子戸で出来た褐色の阿蘭陀のドアを開けると、右側にカウンターがあり正面の壁にJBLのスピーカーが収まりよく置かれている。テーブルが十卓置かれた店で、煤けたランプが天井から下がり昼でも本がかろうじて読める程度の光量になっている。

ジョン・コルトレーンの『ジャイアント・ステップス』が夕暮れを待つ時間に合わせるように穏やかに流れていた。六人の客のうち三人がGIカットの外人だった。窓際のテーブルを挟んで座る二人が美波の姿に手を上げた。

二人の前に立つと美波が僕を紹介した。

「クラスメートの高垣君。こちらは同じ学校の先輩で大神田君と岩波君。演劇部でも一緒に活動しているの」

大神田は濃い睫毛に黒目の大きな男で、細面の岩波は黒めがねをかけ神経質そうに瞬きを繰り返した。学生服が制服のはずだが二人とも紺のトレーナーにブルージーンズだった。

二人の手元にロシアの文豪、ドストエスキーの『罪と罰』が置かれていた。僕の視線を知った大神田が言った。

「二人で読書会をしてるんだ。今度、演劇で取り上げるテーマをこの〝罪と罰〟にしようかと話していたところさ」

高校生とは思えない落ち着きがあった。

「俺たち生徒会の役員に入って運動を組織しようとしているんだけど、反戦運動となると学校単位での活動は何かと制約があるから外に出て独自で動いているんだ。こうして集まるのは情報の交換と活動方針の確認も含めてのことで、いつもは他の学校のやつらも来るんだ。活動に加わるのは君の意志次第だけど時間があるんなら顔を出してみなよ」

説明を聞く範囲では、学校の垣根を越えてベ平連の活動に関わっている傍ら共産主義の歴史やマルクスの『共産党宣言』をテキストにして学習会を開いていると言う。

美波の提案は担任から何の説明もなく却下された。文化祭は長野県の松代で発生している群発地震をテーマにした「我が国と地震の歴史」が決まった。美波は学園祭に興味を失い大神田たちが集まる阿蘭陀に頻繁に足を運んでいた。

外国の文学作品を使っての読書会。日米間の第二次世界大戦後の戦争処理問題。僕にとって遠すぎる存在の事項を先輩たちが何のてらいもなく語り合っている。知らない玩具を与えられた子供のように僕には何もかもが新鮮に映った。

その日、大神田がバッグから英字新聞を取り出した。

十一月十六日付けの英字新聞『ニューヨーク・タイムズ』だ。

中央に荒々しい目をしたワシが鋭い嘴で威嚇し、その右側に平和の象徴である白い鳩が涙を落している。なんとも奇妙な構図だが強烈なインパクトが伝わってくる。べ平連が直接ニューヨーク・タイムズ社に出稿したベトナム反戦の全面広告だ。

英字で書かれたキャプションを大神田が訳してくれた。

「爆弾がベトナムに平和をもたらせるだろうか＝日本国民の訴え」

「アメリカのベトナム政策に再考を求めるという声が、いっさいの政治的イデイロギーと信仰をこえる日本人の意見です」

大神田が三回複読してくれた。

「べ平連の主張はこの広告に集約されているんだ。難しいことはないんだよね」

小学校の先生が児童に物事を教えてくれる口調になっている。

「これだけの広告を出すのは安くないんだよ。二百万円以上の経費がかかっているんだから。この原資は俺たちが、夏休に仲間と街頭に立ってカンパを集めたものなんだ」

大神田が胸を張ると横に座る岩波の胸もいくぶんそり返った。

「反戦を呼び掛けながら署名とカンパをお願いすると、興味を示してくれる人は必ず立ち止まって意見を言ってくるんだ。意見の交換会になるからこれがまた勉強になるんだ」

カンパ活動は、立川駅北口の伊勢丹デパート前に一週間続けて立ったという。大神田の活動的な動きに圧倒される。その日から、放課後阿蘭陀のドアを押すと、大神田は僕にベトナム戦争の展望や政党から距離を置いて行動する左翼運動のセクトの構図を細かく教えてくれた。各セクトは下部組織として高校生をも組織していた。

中核派系の高校生組織＝反戦高校生協議会。ブント＝社学同高校生委員会。反帝学評＝全国反帝高校生評議会連合。フロント＝安保粉砕高校生戦線。プロレタリア学生同盟＝全国高校生闘争連合。革マル派＝反戦高校生連絡会議などがあるということだ。

大神田は反戦高校生協議会に籍を置いているという。

阿蘭陀に寄った帰り道、美波の母親が立川基地正面ゲート近くの歓楽街で飲食店を経営しているのを知った。

先輩たちと時間をつぶし立川駅の南口に向かうと、迷彩色の上着を着たＧＩカットの白人がガムを噛みながら階段を下りてきた。

美波を見ると驚いた素振りで片手を上げてウインクした。

「ジョージ、ハロー」

美波がそれに応えた。男がポケットからチュウインガムを出した。

「サンキュー、シーユー」

受け取った美波が笑顔で答えた。

「あの子、うちのお母さんの店によく来るの」

そう言って立ち去る男を見送った。駅の北口からわずか五百メートルほど先を直角に延びる通りを〝ドブ板通り〟と呼び、通りの向こうは夜になると毒々しい原色のネオンを灯した飲食店街が広がっている。美波の母親はその一角で米兵相手の飲食店を経営しているという。

「あの街には一度行ってみたいけど、どうしても足を踏み入れる度胸が湧かないんだ」

「誰もがそう言うんだけど、アメリカさんにお酒を売っているだけのふつうの店よ。女の子が兵隊さんを相手する店もあるけどそんなところに行くわけじゃないから関係ないでしょ」

美波には日常の世界と言いたげだ。

「私、お店のお掃除を手伝っているの。お母さんに高垣君のことを話したら一度、連れていらっしゃいって言われているの。どう、行ってみない」

僕は、この街に来た時から一度は行ってみたかったけど、なかなか足を踏み入れる勇気がなかった。この街の住人と一緒なら怖いものなしだ。翌日の放課後、僕は学校を出ると美波の母親の経営する店に向かった。僕にとって国境のように厚い壁で遮断されていたドブ板通りに初めて足を踏み入れることになった。

三越デパートの屋上から眺めたその一帯は、古びた木箱で出来た玩具のような小さな建物が軒を寄せ合って見えた。錆びたトタン屋根の隙間を縫うようにして屋上に揺れる洗濯物が唯一生活の匂いを伝えている一帯だ。

ドブ板通りを過ぎると、通りと並行するように延びる細い通りに〝シネマ通り〟と書かれた看板が立っていた。小型車がようやく通れる程度の小道の両脇には「ピート」「バー　シエム」「ムーランルージュ」「ベルナ」などの店名の看板が並んでいる。

側溝に酔いどれが嘔吐したものと思われる汚物がこびり付いて乾いているから何日か前のものだろう。昼間の歓楽街の空気は無機質に乾燥して口で言い表せない倦怠感が漂っている。クリーニング店や果物屋もあり、夜だけの街ではない人の営みを感じさせる。

僕たちを睨んでいた三毛猫が狭い路地に逃げ込んだ。

「この界隈には、飲食店が百軒くらいあるの。朝鮮戦争が始まった十五年ぐらい前は二百軒ぐらいあったんだって」

美波は、この周辺については何でも知っているような口ぶりだ。

美波の母親の経営する「バー・ステラ」は通りの右側にあった。

紫の看板に白字が浮かんでいた。美波がポケットから鍵を出した。

差し込む鍵の穴を見るとかなり擦り減って店の歴史を物語っている。ドアを開けると店内は壁も天井も黒く塗りつぶされ煙草の匂いが残っていた。

店内は三坪ほどの広さで、奥行きが五メートルほどありカウンターが延びている。止まり木の椅子が八脚並び腰を掛ける部分の赤い皮の真ん中がへこんで皺が寄っている。踏みにじられた煙草の吸殻が床に汚らしく散らかり、カウンターの正面の壁には、帆船や靴の形をしたウイスキーのボトルが並んでいる。

「昨日もお店かなり繁盛したみたいだわ」

吸い殻の数に目を落として言った。観音開きのドアを押してカウンターの中に入ると冷蔵庫を開けた。

「ラッキー。昨日の氷が残っているわ。高垣くん飲むわよね」

そう言うと器用な手つきで氷を砕きウイスキーとコーラをグラスに注いでコークハイを作った。

「ウイスキーを濃い目にしておいたからね」

悪戯っぽく肩をすぼめた。並んで座ると乾杯した。レコードのターンテーブルに針を落とした。ボブ・ディランの『風に吹かれて』が店内に鳴り響いた。

体をスイングさせながら立ち上がると箒を持って床掃除を始めた。

水道の蛇口にホースをつけ、止まり木の下を掃いて水で洗い流す。

煙草の吸殻が床から下水のパイプに次々と消えて行く。米軍の大男たちの靴で長年踏みしめられた証拠を示すように、黒く汚れたコンクリートの床にでこぼこができている。

上空を飛ぶ戦闘機の金属音が空気を揺らす。

この界隈に軒を連ねる店を弄んでいるような爆音だ。

僕は耳を塞ぎながら言った。

「あいつら、日本の空でやりたい放題だよな」

「こんなの昔からよ。ベトナム戦争が始まる前からなんだから」

美波は諦め口調で言った。

コークハイをもう一杯どうだと勧められた。

美波がカウンターに入った。

「あら、掃除もう終わったのね」

短くカットした茶色の髪が奇麗にセットされ、紫地に白い花模様の入った半袖のワンピースの女が立っていた。

「あっ、お母さん。今日高垣君を連れてきちゃった」

僕は慌てて立ち上がり挨拶をした。

「娘から聞いているわ。貴方が高垣君なの」

小柄だが肉付きが良く、どっしりと鼻の膨らみが目立つ顔に眉毛が急カーブに描かれている。

カウンターに買い物袋を置くと林檎を出した。赤く艶やかに光っている。

「美味しそうな林檎があったから買ってきたの。あなたたちも食べるでしょ」

そう言ってカウンターに入った。

「高垣君は山梨生まれなんだってね。私が生まれたのは秋田。隣の山形や青森は林檎の産地で、秋になると大きなトラックが林檎を積んで売りにくるのよ。甘くて酸っぱい林檎。定子あの時の味を思い出して買ってきたの」

自分の名前を定子と呼ぶ。林檎を握る手の指が力強く太い。

目元に重なる幾重もの細かい皺にこれまでの苦労が滲み出ているように見える。皮をむいて八つ切りにした林檎がお皿に盛られてカウンターに置かれた。

「お父さん私の剥いた林檎が好きで、秋になるといつもこのカウンターに座って食べたのよね」

林檎を口に運ぶ美波の手が止まった。

「この子が小学校三年生のときよ。お父さんが店で飲み逃げした兵隊を追い掛けて正面ゲートまで行ったの。逃げた兵隊は、歩哨の前まで行くとポケットに隠し持っていた銃で振り向きざまお父さんを撃って基地に逃げ込んじゃったの。至近距離からの胸への一撃だから即死よ」

あまりにも衝撃的な話だった。

「連絡を受け救急車で運ばれた病院に駆け付けると、撃たれたお腹から出た血が盛り上がるように固まっていたの。即死よ。ベースに逃げ込んだ犯人は、お父さんが言いがかりをつけて絡んできたから恐くなって引き金を引いてしまった。軍の調べにそう言ったらしいの。れっきとした殺人事件なのに、米軍関係者が起こした事件に対しては日米間に日米地位協定があって日本の捜査権が及ばない。警察が犯人引き渡しを求めても、米軍は応じることがなく犯人をアメリカに帰しちゃった。それで終わりだったの」

また米軍機の爆音が響いて空気が揺れる。

「主人に突然死なれちゃった私。どうしていいのか分からずに行き場を失ってしまったの」

「お母さん、もうやめて。そんな話今することないでしょ」

「あっ、そうよね。ごめんなさい」

定子は口を閉じた。また上空を飛行機が通過した。爆音の音が遠のくと三人の林檎を齧る音だけが聞こえた。

美波が胸の内を押さえるように言った。

「要するに殺され損よ。残されたお母さんはこの街以外に行くところがなくて、結局私たち親子二人ここに居ついたのよ」

ボブ・ディランの曲が終わった。

「そのとき、大神田君のお父さんが私たちの相談相手になって力付けてくれたの」

妙な話の展開になった。大神田の父親は基地内の建物の設計師として基地に出入りしていた。日本人労働者の不当な労働に対し仲間と労働組合を組織して立ち上がった。初期の基地内に出来た労働組合だ。六〇年代に入ると、滑走路が二千四十メートルしかない立川基地にジェット戦闘機の離着陸が可能な三千メートル級の滑走路を造る計画が持ち上がった。政府の許可が下りその工事が始まった。

時の全学連と地元農民、基地内の労働組合とが連携して反対闘争を展開した。これが「砂川基地拡張阻止闘争」で、大神田の父親は先頭で戦いに参加した。「王子野戦病院反対闘争」は六八年だが、この闘争にも参加していた。大神田の父親は、美波のお父さんの射殺事件でも米軍の不当な事件処理に立ち上がり抗議の先陣に立ったと言う。米軍からは強制的な職場追放処分を受けたが、奥さんはこの通りの先でバーを営業し続けていると言う。

「リボンというお店なの。そんなわけで私と大神田君は子供の頃から兄弟のようにして育ってきたの」

住まいも店から歩いて五分ほどのところで高松三丁目という。

大神田を見ていると、基地内に労組を組織し基地拡張反対闘争に参加して仕事を解雇された父親のＤＮＡが、そのまま受け継がれているように思えた。

　定子が自問するように出自を話してくれた。

　両親は富山県の雪の深い五箇山から、秋田の八郎潟に開拓農民として入村した。六人兄弟の三番目として生まれたが、五歳のとき母親を病気で亡くし、中学卒業まで下の兄弟の面倒をみながら農作業を手伝っていた。田植えで田んぼに入ると子供の肌が柔らかいせいか水中にいるヒルが足に食いついて離れない。指で引っ張ると頭の部分だけ皮膚の中に残って千切れ、足が真っ赤に腫れあがる。

　そんな辛い少女時代から、尋常小学校を卒業すると日本橋の呉服問屋に奉公で上京した。奉公人の立場は弱い。経営者に言い寄られると逃げる手段もなく毒牙にかかった。何年か辛抱したが堪えきれずに逃げ出した。着の身着のままで行くあてもなく乗った電車の終点が中央線の立川駅だった。

「女給さん募集　高給優遇」

　電信柱に貼られたチラシを見て藁にもすがる思いで面接を受けた。

　そこまで話すと手にした林檎を黙って見つめた。

　採用されると、呉服屋で培った手際の良い調理仕事や頭の低さが主人に気に入られた。美波を身籠ったことから入籍し二人で店を切り盛りするようになった。それまで常に邪魔者扱いされてきた自分を、店に顔を出す誰もがママと呼んで慕ってくれ、物としてしか扱われたことのなかった自分がようやく人格を認められた人間として扱われるようになった。

そんな矢先に主人が殺されてしまったという。

ここまで話すと吹っ切れたように立ち上がって水割りを作った。

「ここから戦場に向かう兵隊さんは、死ぬか生きるかの瀬戸際で生きるわけでしょ。私の役目は、そんな兵隊さんに少しでも良い思い出を作って送り出してあげたいの」

娘の存在を憚るようにこんなことも言った。

「うちは兵隊さんを相手にする子が二人いるの。私を含めて、この街で働く女の子たちは兵隊さんたちの力に少しでも役立ちたい。そう思って働いているの。だからこそ、この街で働く人間に銃口を向けた兵隊に対してアメリカはちゃんとした処罰を与えるべきだと思うのね」

「お母さん、もういいわよ。そんな話しないで」

美波が会話を切ろうとした。

「お父さんを撃った兵隊は憎いわよ。でも、彼だって戦場に出たくて日本に来たわけじゃない。アメリカという国が戦争を仕掛けるから徴兵された。お父さんもあの兵隊も犠牲者なのよ。だから私は戦争を憎んでいるの」

定子の尋常ではない人生経験が人間愛に触れた。

「ママ、おはよう」

勢いのある声が聞こえてドアが開いた。赤と白のストライプの半袖のワンピースとグリーンのノースリーブの女が立っていた。

「あらミッキーにカコ。今日はちょっと早いんじゃない」

水割りグラスを手にした定子が笑顔で振り返った。

ストライプがカコでグリーンがミッキーという。

「カコ、五時にチェリーでジョージとデートなの」

「あらまあ、妬けるわねえ、じゃ今日は同伴してくれるの」

「あったりまえよぅ」

「それは、ありがたいわ」

小柄で細面のカコは、カールをかけた長い髪が顔の半分を隠しストライプ模様がすっきり細く見せている。

「ママ、まだ時間早いから銭湯に行ってきていい」

「いいわ、七時までに入ってくれればいいから」

ミッキーが酒棚の下の扉を開け洗面器と石鹸を出して店を出た。ワンピースから出ている肩の筋肉を見るとカコより年上に見える。

「彼氏のために体を綺麗に洗っておかなくちゃね」

「そうよ、あんたも頑張ってね」

カコを送り出したミッキーが止まり木に腰を下ろした。

「美波ちゃん感心ね、今日もお掃除してくれたの」

「だって、私の仕事でしょ」

「彼、美波ちゃんの彼氏。純情そうね」

お皿に残っていた林檎を掴むとミッキーも店を出ていった。

毎晩、米兵を相手にしているホステスというのに暗さを微塵も感じさせない。親子のように振る舞うホステスと母娘。

定子が立ち上がった。

「ちょっと待っていなさい。高垣君、部屋に戻っても食べ物ないんでしょ。おにぎり握ってきたわよ。帰って食べなさい」

大きなおにぎりが二つ紙袋に入っていた。

「高校生の一人暮らしじゃ寂しいわよね。いつでも遊びにいらっしゃい。私のこと、東京のお母さんと思って遠慮することないのよ」

店を出ると隣の店先でホステスが打ち水をしていた。

美波が駅まで送ってくれた。

六九年六月二十五日。新宿郵便局に「郵便番号自動読み取り区分機」が運び込まれたと新聞が報じた。これは、郵政省の人員合理化の一環として全国の郵便局に取り入れられることになった。

この動きを反日共系全学連が「郵便局員の首切り」と位置付け「導入断固反対」をスローガンに掲げた。毎週土曜日に新宿西口広場で繰り広げられるべ平連の反戦フォーク集会に合わせ、社学同（社会主義学生同盟）とML派（マルクス・レーニン主義者同盟）が新宿郵便局に向けてのデモを計画した。六月二十八日土曜日、西口広場に集まったデモ学生とフォーク集会への参加者や通行人で広場は一万五千人を越える群衆で膨れあがっていた。

機動隊は「通行人の邪魔になる」と一方的にフォーク集会の解散命令を出して規制に乗り出した。納得しない若者とデモ隊が正面から機動隊と衝突した。

デモ隊の手によって歩道の敷石が剥がされ、砕いた石を機動隊に向かって投げつける。砕け散った石が広場に散らばり過激派集団がジグザグデモを繰り返す。あたりは騒然としていた。

八時を少し過ぎていた。ズドーン！　ズドーン！　腹の底にまで届く催涙弾の発射音が地下広場に響き渡った。機動隊が群衆に向けて催涙弾を発射したのはこの日が初めてだ。

天井や柱、人体に当たって破裂した赤茶けた催涙弾から噴出したガスがあたり一面にたちこめる。市民の憩いの場でもある駅前広場に焼け焦げた匂いが充満して足の踏み場もない混雑となった。

ゴツン。重量感を持った鈍い音がした。先の尖った五センチほどの円筒形の金属の破片が目の前に落ちた。破裂した催涙弾だった。

僕の横にいた男の頭に直撃したようだ。男は両手で頭を押さえて倒れ込んだ。頭を押さえる指の間から血が流れ出ている。

「誰か、手拭いかタオル持っていませんか」

女の声だった。通行人がバッグからタオルを出した。女はそのタオルを縦に引き裂くと素早く布を男の頭に巻きつけた。それでも包帯が足りない。ヘルメットを被る学生の顎に掛かるタオルを引き抜いてそのタオルで頭を二重巻きにするとようやく血が止まった。

手慣れた介抱ぶりだ。

頭を押さえて立ち上がった男が女に礼を言った。

「傷が深いみたいですから、お医者さんに行った方がいいですよ」

冷静な声だ。僕は女の声に聞き覚えがあった。女の顔を見る。

高校で同級生だった美波だ。イエローのトレーナーにジーンズ姿の美波も驚いた顔で僕を見た。

僕は咄嗟に美波の腕を取ると歌舞伎町に向かって走った。歌舞伎町通りも西口広場から流れてきた群衆で溢れていた。ひと息ついたところで頭上を見上げた。

新宿中央公園の上空に上弦の月が淡い光を反射して輝いていた。乾いた夜空は騒然とした地上の空気を遮断した静寂さがあった。歌舞伎町公園の斜め向かいにあるつるかめ食堂に入った。

空腹を覚えたからだ。店内は混んでいた。

「俺びっくりしたよ、まさか美波があんなところにいるなんて」

「何言ってんの、私だって驚いたわよ」

快活な物の言い方は変わっていなかった。かつ丼を二つ注文した。久々の再会にビールも注文した。

西口の張りつめた空気から一転して、ここは何もかもが心地よく緩んだ空間を作っていた。空腹を満たした僕たちは並びの建物にあるジャズ喫茶ゲート（ヴィレッジ・ゲート）に入った。高校時代によく行ったジャズ喫茶阿蘭陀を思い出し美波も喜ぶと思ったからだ。

店内はアート・ブレイキーのドラムが踊っていた。追いかけるようにトミー・フラナガンのピアノが被さる。高校を卒業して一年以上が過ぎていた。僕と美波は高校を卒業するとそのまま音信不通になっていた。

大神田と岩波は飯田橋にある大学に合格し入学すると中核派に籍を置いて活動していた。大学入学後も、時間を見つけては立川に来て僕たちに学生運動の動向や反日共系各セクトの活動方針を説明してくれていた。

志望校に合格した僕は果さなければならない使命を抱えていた。両親が田舎で地場産業となっている〝ハタヤ〟と呼ばれる絹織物業をしていた。この近辺では、多くの家が百姓をしながら母屋の並びに工場を建てハタヤに従事していた。山間の村には平坦な農地はわずかしかなく冬は寒かった。現金収入の唯一の獲得手段としてハタヤを家業に選んでいた。八王子の問屋から卸される仕事で早朝から深夜まで機械を動かし続けた。

仕事を与えているという驕りだろう、問屋はわずかに織物に入った縦糸や横糸のほぐれを見つけては〝傷物〟だと言って工賃料を払わないばかりか商品の買い取りを迫った。

それでなくとも工賃を低く抑えられているハタヤ農家は、文句も言えず従うほかなかった。奴隷市場のような理不尽さを目の当たりにしていた僕は、大学を卒業すると大手繊維企業に就職し孫請けではなく直受けの仕事をこの地に誘致することを考えていた。

それまでまったく知らずに生きてきたベトナム反戦運動や政治運動を先輩から聞かされ指導を受けてみると、資本主義の在り方と安保問題を含めた政府の政策に疑問を持つようになっていた。

入学した大学の風景は殺伐としていた。正門には大きな立て看板が並びヘルメットを被った人間が新入生にビラを配っていた。何種類かのヘルメットが入り混じり、殺気立った雰囲気の中で新入生を見つけると先を争うようにビラを渡す。

各セクトの新入生獲得合戦だった。

教室でガイダンスが始まった。教壇に立った教授の説明に志望校に入学できたという実感が湧いてきた。校舎の配置、学生課のある場所、科目登録、教科書の購入方法など入学後の必要事項の説明を受けているとヘルメット姿の男たちが乱入してきた。

教授は黙って後ろに下がった。

「諸君、君たちは何も知らずに授業を受けることはベトナム戦争に加担することなんだ。我々が研究している科学的根拠の研究が米軍に流れ技術を転用されて武器が作られている。米軍はその見返りとして高額な研究費を我々を含めた多くの大学に資金援助しているんだ。

今日も多くのベトナム人が殺されている。諸君はこの現実を踏まえたうえで慎重な行動をとるべきではないか」

ハンドスピーカーを手にがなりたてる。アメリカからの研究費を受け取っている大学名が載った新聞のコピーを配った。それには国立大学と合わせて私立大学の名前も列記されていた。僕たちの学校名も載っていた。担任の教授は学生のアジ演説調の妨害を黙って聞いているだけで止めようとはしない。

途中で終わったガイダンスの後、僕は並びに建っている校舎に足を延ばしてみた。学内は教室の窓が割れ廊下には投石をされたように所かまわず石ころが転がっていた。その光景は廃屋のようで教室などと呼べる風体はしていなかった。

科目登録はしたものの騒然とした学内では授業が始まる気配はなく学部ごとの告知板に載っている告知は授業の再開の目途がしばらくはつかない。そんな内容のものでしばらくして登校しても告知に内容が変わることがなかった。

それをもっけの幸いとした僕の足は、自然と通学路の途中にある新宿へと向いた。新宿の街では思いがけない人との出会いや楽しみが目の前に転がっていた。

美波は大神田を追いかけるように同じ大学を受験して入学した。僕が新宿でフーテン暮らしをはじめると、僕たちはそのまま連絡が遠のいていた。美波は大神田たちと学生運動に埋没しているはずだ。その美波が、今僕の前にいる。

「大神田さんたちと行動を共にしているんだろ。みんな元気か」

「はぐれちゃったけど、さっきまで一緒だったの」

そう言って煙草に火を点けた。

「今日の西口広場には各セクトの学生やシンパが多く集まっていたでしょ。中核派《うち》は社学同《ブント》と共闘して戦うことはないんだけど、集会に来ている学生運動に対してのシンパ学生をオルグして新戦力として獲得するために来たのよ」

聞いていると、大神田も岩波もバリバリの闘士として活躍しているようだ。三人が在籍する大学では中核派と民青（民主青年学生同盟）との自治会の主導権争いをめぐり激しい内ゲバが起きていた。セクトとしての動員指令が下る四・二八沖縄デーや一〇・二一国際反戦デーなどの街頭闘争や学内での内ゲバが起きると、美波たち女性闘士は後方支援部隊としてバリケード封鎖中の大学の校内に籠るという。催涙弾の直撃を受けた男の傷口の応急処置が手慣れていたのもこの話を聞くと頷けた。僕が新宿の地下通路で〝街頭詩人〟として生活費を稼いでいる旨を伝えると美波はのけぞって驚いた。

「え、そんなことどうして思いついたの」

「背に腹は代えられないだろ。授業料の使い込みが親にばれて仕送りを止められちゃったから、食うためには仕方ないんだよ」

　信じられないといった風情で首を傾けた。

「これをしているとどうにか飯にはありつけるし酒だって飲めてる。麻雀だってそこそこの腕になったから毎日の暮らしには不自由してないんだ」

　美波は両肘をテーブルにつき掌に顎を乗せると、異星人を見るような眼つきで僕を見た。僕はバッグからトリス・ウイスキーのポケットサイズを出しテーブルの下でコーラの入ったコップに注いだ。

「こうして飲むと、あのときステラで御馳走になったコークハイ思い出すんだ」

　美波は二人で飲んだコークハイを思い出したようだ。

「ああ、そんなこともあったわね」

　笑顔を取り戻すとテーブルの下でコップをぶつけ合った。

美波が僕の前に再び姿を見せたのはそれから二年半が経っていた。

新宿駅の地下通路に座って詩集を売っていると、色の醒めた黒いナップサックを背負った女が立った。美波だった。

「やっぱりいたのね」

そう言うと強張っていた顔がいくぶん緩んだ。

Tシャツの上に汚れた麻色のヤッケを着ている。美波はいつでも薄い口紅を塗り眉毛の揃えを忘れないお洒落な女の子だがこの日は違った。髪がほつれ生気のない顔をしていた。

「どうしたんだ」

体が一回り細くなったように生気のない匂いを放っていた。

「セクト内の内ゲバでやられたのか」

「そうじゃないの。三里塚に行っていたの」

それだけ聞いて僕はピンと来た。

七一年二月二十二日、千葉県は新国際空港公団の請求に応じて土地収用法に基づく強制代執行を開始した。三里塚・芝山連合空港反対同盟（戸村一作委員長）は代執行される原野に地下壕を掘り小中学生を含む家族ぐるみの動員でその壕に潜伏し、決死隊として命賭けの阻止闘争に入った。

「この空気口は塹壕の中にいる農民を守るための命綱です。これをブルドーザーその他の手段でおし潰そうとするのは中にいる農民を殺すことを意図したものと我々は受け取ります。よって政府、公団、県警当局はこのような残虐な行為を絶対に行わぬよう厳重に警告します。一九七一年

二月　反対同盟」
壕の空気取り入れ口にはこんな看板が立っていた。武装した機動隊が姿を見せると立木に鎖で自分の体を縛り付ける婦人もいた。青年行動隊は学校を休み支援学生と共に火焔瓶で武装して前線に立った。この戦いで四百六十一名の逮捕者を出している。

人力として耕地の及ばない不毛の地だったこの地方に、政府の政策として東京府内の無籍・無産者などを強制的に入植させたのは明治時代だ。第二次世界大戦敗戦直後、旧満州開拓移民や占領によって土地を奪われた沖縄県民など戦争罹災者や近隣農家の次男、三男も入植してきた。

筆舌では言い表せないほどの苦労を重ね、農作物を生産することで生計を立てるまでになった住民だ。農民にとって自分たちの手で耕した〝農地〟は命の次に大切なものだ。この生活拠点を一方的に取り上げることを通告された農民が、体を張って自分たちの農地を守ろうとするのは当たり前のことだろう。

そもそも三里塚の新空港建設は農民を蔑にしたところから始まった愚行だ。六六年七月、政府が住民への事前の説明もなく話し合いも持たず一方的に発表した。新国際空港公団は地元農民の反対を押し切って土地明け渡しを迫り空港公団＝機動隊と正面から対峙する構造になっていた。

中核派は、成田新国際空港建設を「日本のベトナム戦争協力の軍事基地化の一環」と位置付けて、他のセクトに先駆け現地入りしていた。徹底抗戦を宣言し特殊工作隊や突撃隊を編成し、機動隊と対峙すると突撃隊を援護するゲバルト部隊と負傷者を救護する女子学生の救護隊も編成されていた。

中核派に遅れを取るまいと反日共系学生セクト各派は現地入りし、地元農民と反対同盟を組んで「空港建設阻止闘争」を展開していた。

闘争本部の拠点として空港敷地内に解放区として団結小屋を建設した。雑木林など土地の地形を利用し、解放区の入り口には太い丸太を何本も埋め防御塀を作って〝砦〟と呼んでいた。

それまでは、四季折々の野菜や果物を収穫して東京の食糧庫として機能していた農地に、防御塀を建て赤や黒、ブルーのペンキを使いセクト名や闘争方針を勇ましく書き込むようになった。

六カ所に分かれた砦は中核派、ML派、反帝学評、フロント、ブントが分散して守備についている。砦周辺は何本もの旗竿が立ち各セクトの旗がひるがえっている。

太い松の木を使った監視塔は、幹に階段を作り十メートルほどの高さに小屋が設営されていた。藁ぶき屋根やトタンを使った建物を作り各セクトが常駐するための拠点に使っている。

五百名を数える学生が常時駐留しているため、ベッド数が二十ほどの野戦病院が設営され大学医学部の学生が運営に当たっていた。

敷地の中央部にあたる地点に高さ二十メートルの鉄塔が建っている。スピーカーが三個付いたこの塔は〝農民放送塔〟と呼ばれ、組まれた鉄骨に各セクトの旗が風に揺れている。見張りが立つ監視塔から機動隊の動きを察知すると直ちに連絡が入り放送が流れる。

「皆さん、第二砦地点と第四砦地点付近より前方約四百メートルに二百人前後の機動隊が隊列を組み、直進して向かってきます。速やかに戦闘態勢に入りましょう。戦闘態勢に入りましょう」

急を知らせる放送が入ると、セクトごとに体制を整え砦の入り口に急行してピケを張る。監視塔と団結小屋周辺が急に慌ただしさを増して緊張が走る。

反対同盟が第一次代執行を跳ねかえすと、七カ月後の九月十六日早朝から第二次代執行が行われた。反対派の激しい抵抗に遭い空港公団の測量が大幅に遅れていた。公団側にしてみると空港建設のためには時間的に追い詰められ駒井野、天浪、木の根にある団結小屋の撤去を目指していた。体を張って阻止する反対派と機動隊との衝突が繰り返された。

東峰十字路で三人の機動隊が殉死した。学生部隊の投げた火焔瓶で大やけどを負って倒れた機動隊が、ゲリラ化した集団に鉄パイプや角材で襲撃されての死亡だった。警視庁は、殺害犯は中核派の部隊と断定した。

中核派の松尾貞委員長（京大生）は当日の夜開いた記者会見で警察官死亡の事態について、「六千人を越す警官隊の不当弾圧に対して大打撃を与え、大勝利を収めた。機動隊員の死は農民、学生、労働者に対する積年の冒瀆の当然の報いだ。一かけらの同情もしない」

力強い宣言だった。僕はそのテレビニュースを知ると、同派の戦闘部隊として出撃しているだろう大神田と後方支援部隊で駐留している美波の顔が浮かんだ。

翌日、警視庁は放水車とブルドーザーを使った機動隊を出動させ団結小屋を次々に取り壊し〝農民放送塔〟もなぎ倒した。このとき放送塔に登っていた活動家の多くが振り落とされ鉄塔の下敷きとなり怪我人が多く出た。機動隊にとっては、三人の仲間を殺された弔い合戦のようなもので凶暴化した体制側と反対同盟との衝突は修羅場と化した。救護隊として現地に常駐していた美波が僕の前に姿を見せたのはその翌日だった。

「放水車からの放水で砦を死守していた部隊が怯んだのね。その隙にブルドーザーが放送塔を根こそぎ押し倒しちゃったの。仲間が鉄塔の上から藁人形のように振り落とされたんだけど、機動隊の数が多くて救護班の私たちは近づくことができなくて」

地べたに叩きつけられ動かなくなった学生たちは、機動隊に引きずられて警護車に押し込められた。大神田もその中にいたという。

三人の仲間が殉死した警察当局は、面子にかけても活動家を検挙して犯人を割り出す腹づもりでいるはずだ。大神田が僕に見せてくれた〝獄中闘争の心得〟と書かれた小冊子を思い出した。

黙秘とは権力と一切口をきかないこと。事実に関してはもちろん住所、氏名も言わない。調書を作らせない。署名、指印も応じない。

「やっていない」という言い訳（否認）は「その時何をやっていたのか」「誰がやったのか」を言わされる羽目になり黙秘ではない。

ウソは通用しない。二十三日間の間に辻褄が合わなくなることが出てくる。

他人の調書、写真、証拠品など山と積まれても黙秘を守る。すべてが分かっていたとしても言わない（本人の供述調書があるとないとでは裁判で大きく違ってくる）。

自分の罪を軽くしようと他人の名前を言わない。

こんなくだりが十カ条まで書かれていた。獄中につながれた大神田は頑なに黙秘権を行使しているのだろうか。夕刻も迫っていた。

美波の体調を慮ってコマ劇場に向かう歌舞伎町通りの一つ目を右に曲がったレストラン「アカシア」を選んだ。ここはロールキャベツが評判のレストランだ。運ばれてきたお皿にスープに浸ったロールキャベツが浮かんでいる。スープとキャベツが口の中にとろける。

「農家の人たちが差し入れしてくれるから野菜には不自由しなかったけど、動物性たんぱく質には飢えていたの。キャベツに巻かれているひき肉が美味しい。肉の味は久しぶりだわ」

はじめて笑顔を見せた。

「大神田さんの逮捕を両親は知っているのか」

気になっていることを訊いてみた。

「私から連絡入れたわ。何も聞かれたくなかったから、それだけ言って受話器を置いたの」

美波も同じことを考えているのか手にしているスプーンを持つ手が止まった。三里塚の現地闘争本部に詰めていたという男が一カ月ほど前に風月堂に顔を出した。

「団結小屋に常駐していれば食い物には困らない。あそこは日本版梁山泊といったところで、住み心地は悪くないよ」

その団結小屋も今は公団のブルドーザーで更地にされてしまっているはずだ。セクトの多くの幹部が逮捕され組織としての機能を失った中核派。一緒に戦いの場にいたが〝農民放送塔〟から離れていた岩波は逮捕を免れていたが、現地に残って闘争を貫徹すると言い美波が三里塚を離れると言うと何も言わずに見送ってくれたという。

大神田の怪我はどうなのか。取り調べを受けているだろう獄中闘争はどんなものなのか。会話がそんな流れになった。

「これからどうするつもりだ?」

僕は美波に訊いた。

「しばらくはお母さんのお店を手伝おうと思うの。あそこには大神田君のお母さんのお店もあるし、後のことはそれから考えるわ」

ステラのある〝シネマ通り〟の光景が浮かんだ。

僕たちは立ち上がった。グリーンハウスまで来ると美波は東口改札口に向かう階段を下りていった。

「まだ当分は詩集を売っているんでしょ。落ち着いたらまた来るね」

僕は小さく頷いた。


黒い看板に白抜きで「ゴン太」と書かれた店が二人の経営する店だった。三坪ほどの広さで入口からカウンターがあり突き当たりに膝を立てると四人ほど座れる座敷がある。

左足を引きずる大神田が、三里塚で起きた当日の経過を説明してくれた。重機を使った機動隊の容赦のない破壊活動で怪我をした学生や現地の少年行動隊に三十人を越す負傷者が出た。自分は機動隊の大型重機で〝農民放送塔〟が倒された時に下敷きになり護送車で成田署に連行されたが怪我のため市内の病院に収容された。

「今でも、塔の見張り台から振り落とされて体が宙を舞っている自分の体がスローモーションのように頭に蘇るんだ。気がつくと護送車の中で横に寝かされていたよ。機動隊に、いつまで寝たふりをしてるんだ。こら、起きろと横っ面を叩かれて目を覚ましたんだ」

　右足大腿骨の複雑骨折をしていた。

「毎日警察《マッポ》が事情聴取に来たけど、担当のお医者さんが取り調べは体力的に無理だと言って追い払ってくれたんだ。寝たふりをして聞いていると殉死した仲間のために、最低六人の直接手を下した犯人を挙げないと仏が浮かばれないと言って躍起になっていたよ」

　ギブスをしての入院が一カ月続いた。

　医師の診断で退院が決まると厳しい取り調べが待っていた。大神田が後輩に活動参加のオルグをかけるとき二言目に言っていた言葉は「どんなことがあっても組織を守れる覚悟があるんなら共に戦おう。自信のないものは来るな」だった。中核派の中堅幹部になっていた大神田の身元は警察の調べで割れていたが、本名さえも認めようとしない一週間の完全黙秘で取調官と向き合っていると相手が根負けしたようだ。処分保留で釈放された。

　現行犯逮捕された中核派活動家は七十人に上っていた。大神田が取り調べを受ける前に、警察は殺人事件に加担していた犯人を挙げていたようだ。

「取り調べで知ったけど、かなり正確な内部情報が官憲に洩れていたんだ。もっとも、闘争方針決定会議に出ている一人が自供《うたう》してしまえばそれがほとんどすべてだものな」

　大神田のこの言葉は学生運動の限界を突いている。ギブスを付けた身で釈放された大神田は自宅に連絡を入れた。

「そうか、ご苦労だったな。怪我が治るまでは帰ってきたらいいんじゃないか」

父親は息子の逮捕を責めることはなかったという。息子の逮捕を美波から聞いていた父親は、殺人容疑で何年か食らい込む覚悟を決めていたようだ。両親との話し合いの中で大神田は再び戦いに加わる意思表示をしたようだ。美波の説明はこうだ。

「実戦に復帰して戦い続けるって主張するんだけど、不自由な体ではかえって組織に迷惑をかけてしまうだけでしょ。だったら現場で戦わなくてもセクトのためにできることがあるはず。私がそう言って引き止めたの」

二人の話し合いを聴いていた父親は、

「組織から身を引くのも続けるのもお前の自由だ。続けるんなら何をすることが組織のためになるのか。それは自分で考えることだ」

カウンターに入り母親の店を手伝っていた美波が提案したのは、仲間が集まりやすい場所に店を出して仲間のくつろげる場所を提供することだった。

幼年期から美波は母親が女手一つで店を切り盛りする姿を見て育った。蛙の子は蛙で、美波はいつか自分の手で店を切り盛りしたいと考えていたのかもしれない。

「分かった。お前らはいずれ所帯を持ったらいい。仲間のために店を持ちたいなら開店資金は俺に任せろ」

太っ腹な父親のこの一言で新宿に店を探したと言う。

ゴールデン街を探したが敷金と家賃が高くて手が出なかった。相談にのってくれた不動産屋の勧めで連れてこられたのがこの店だった。距離的にも新宿駅から遠くもなく、仲間内で集まる店なら目につかない場所の方が都合が良いのでは。そんな計算からこの場所に決めたということだ。

「闘争仲間が、疲れて酒を飲みたいときに寄れる店が一軒くらいあってもいいだろうと思って。これだって立派な後方支援だろ。そんなわけで、ここは仲間の集まる休息場ってとこだ」

カウンターの男は三里塚で共に戦っていた仲間と言う。

店の二階の三畳間ほどのスペースが二人の新居という。ここなら目の前が新宿三丁目だ。落語の末広亭があり蠍座もある。

アングラスナックＬＳＤや通りを挟んだ二丁目にはヌードスタジオやモダン・アートもある。学生運動に明け暮れ自分の時間を持つことのなかった大神田は、店の開店前までの時間をアングラ劇場やサイケデリックなポスターを飾る画廊を回るようになった。

「蠍座で上映する、弱小プロダクションが制作した映画を観ていると演劇に対する精神が燃え上がったんだ」

続きを美波が説明した。

「戦いに明け暮れていた精神が、大神田君の芸術性を押し潰していたのね。天井桟敷や唐十郎の花園神社での舞台を見ると自分の演劇論に近いと言っていたけど、モダン・アートに行って二人芝居を見ると憑かれたような眼をして帰ってきたの」

何日か通うと支配人とも顔見知りになった。大神田が店をやっていることを聞くと支配人は足しげく顔を見せるようになった。

「動きと光、音の三者を交差させることで既成の概念を覆す神秘的な精神のドラマを創り出すことができるはずだ。俺はそんな世界を創出したくてモダン・アートを立ち上げたのさ」

大神田との会話の中で支配人はこんなことを言った。

そこに劇団新世界の権田も加わり、演劇論を交しているうちに劇団員としての活動に参加するようになった。

「すべての既成概念を覆す舞台をやってみたいんだ」

大神田の情熱に美波も理解を示してモダン・アートの舞台に立つことになった。美波の説明はそんなプロセスだった。


「高垣君、何にする?」

止まり木に掛ける僕に美波が訊いた。

「コークハイがいいな」

美波が小さく頷いた。これは僕と美波の秘密の飲み物のようで美波の反応が僕は嬉しかった。

大神田はフライパンを持って茄子の味噌焼きを作り始めた。お通しだった。

「やってるよなぁ」

男が暖簾を両手で掻き分けて店を覗いた。

カウンターの前に座るとビールを注文した。

グラスに注ぐと一気に飲み干した。

「革マルの反革命的な裏切り行為は許せないなぁ」

そう言ってカウンターを叩く。薄汚れたジャンパーにジーンズ姿の男たちがドカドカと入って来た。テーブルを囲んだ。

「大神田、俺たちにもビールくれる」

「はいよ～」

全員がグラスを当てると勢いよく飲み干した。

「今度の出撃までメット置かせてよ」

「いいよ。トイレの上の棚に置いてよ」

店はすっかり中核派の拠点になっている。大神田も美波も嬉しそうにグラスを持って会話に加わる。僕だけが置いてきぼりだ。

新宿には各セクトのメンバーがたむろする飲食店が何軒かある。

ゴールデン街のおみっちゃん（佐々木美智子）の店「ムササビ」は日大芸術学部全共闘の溜まり場だ。風月堂の並びにある煉瓦造りの喫茶店「ウィーン」は反戦青年委員会の拠点になっている。

男たちが声高に自分たちの闘争方針の正当性を口に出している。

「連合赤軍の妙義山でのリンチ事件は、政治闘争を超えて殺人集団になり下がった下衆の集まりだな。三里塚も、強制代執行で戦いの場を追われたけど俺たちの開港阻止闘争は終わったわけじゃない。これからが本当の戦いになるんだ」

男たちはビールからウイスキーに変えると肩を組んでインターを歌い始めた。大神田も美波も歌声に加わった。

あとがき

僕の通う高校は、米軍・立川基地から東に一キロほど離れたところにあった。ベトナム戦争が激しさを増すと、手の届くような高さの上空を、爆音を轟かせた米軍機が連日離着陸を繰り返していた。

滑走路が二千四十メートルの立川基地は、小型輸送機に限られ、大型戦術輸送機C130ハーキュリーズやジェット戦闘機は、立川から十キロほど先にある、三千三百五十メートルの滑走路を持つ横田基地が使われていた。機体が通過するたび、木造校舎の窓ガラスがガタガタと激しい音をたてて揺れた。

立川駅・東口から一筋入った商店街の一角にJazz喫茶「O」があった。学校から駅に向かう途中の路地を一筋入ったところだ。

山梨から上京したばかりの僕が、クラスメートに連れられその喫茶店に通い始めたのは、二年生になった冬休み前だった。

先輩たちが口角泡を飛ばしながら論争を繰り返していた。ベトナム戦争に反対して立ち上がった〝ベ平連〟（ベトナムに平和を！市民連合）の運動に共感し、行動を起こしていることを知った。

先輩の誘いで、新宿の千駄ヶ谷駅近くにある明治公園の政治集会に参加した。広い公園には、学生運動各派の旗がなびき、一段高い壇上に立った、リーダ格のアジテーションを聴いていた。

右も左も分からない田舎出の高校生には、スピーカーからがなり出る音が割れて聞き取りにくいこともあったが、左翼用語が散りばめられた演説内容はチンプンカンプンでまるで分からなかった。

ひとり暮らしの僕にとって喫茶店「O」は心地いい空間だった。

音楽、映画、雑誌、ラジオ番組と高校生活には欠かせない文化が先輩たちの会話を通じて黙っていても耳に入ってきた。僕の知らない世界があった。衝撃を受けたのはこの事実を知ったことだ。

一九三一年九月十八日、南満州鉄道・奉天駅近くの柳条湖付近の線路が爆破された。〝満州事変〟だ。これは、中国東北軍の仕業として、関東軍が攻撃を開始した。ところが違った。

満州侵略のための口実作りで、関東軍自作自演の仕業だった。

馬鹿げたこの愚策が大東亜戦争に突入し、結果的には三百二十万人もの死者を出す第二次世界大戦へと突き進むことになった。

立川の上空を米軍機が飛び交うベトナム戦争。

戦争の発端となった〝トンキン湾事件〟は、南ベトナム軍に肩入れしていた米軍の偵察中の米駆逐艦が、トンキン湾で北ベトナム軍の哨戒艇から魚雷攻撃を受けた。

この言い分が、米軍の北ベトナムへの空爆開始となったが、北ベトナム全域への空爆は、侵略戦争そのものだ。後に（七一年）この〝トンキン湾事件〟も、米軍の自作自演であったことが発覚したが、先輩たちは、米軍の侵略戦争と喝破していた。

歴史の裏側を覗くことが真実を知り得るための唯一の学習だ。

この一言が僕の知識欲を刺激した。

新聞に書かれている裏側、テレビが報じる事実の裏側。

斜に構えた物事の捉え方が、自分の生き方に通底してきた。

僕は大学受験を終えると、都心の大学に学籍を置く先輩たちの誘いもあって新宿という街に入り浸るようになった。

新宿にはJazz喫茶が数えきれないほどあった。

どの店も深夜営業で、朝まで時間を過ごすことを覚えた。

七〇年安保を迎え、各セクトが分派を繰り返し、新左翼と呼ばれる組織として学園闘争から街頭闘争へと繰り出した。

世間は経済成長を旗印に、高度経済成長時代と呼ばれていた。

裏側では、米軍の下僕としてベトナム戦争を裏側から支えていたのが、我々の国ということも知った。時は政治闘争の季節を迎えていた。僕も政治青年気取りになっていた。

新宿にはベトナム戦争に反対し、ヒッピーとなって国を逃げ出したアメリカの学生やベトナムからの脱走兵もいた。

当時の新宿は、行き場を失った青年たちや世間の動きを憂いて酒を飲み、マリファナやアンパン（シンナー）に嵌《はま》る輩もいた。

世間の吹き溜まりと言われるならその通りだ。

〝革命〟を叫び、学生運動に身を投じて命を落とした仲間もいた。ベトナム戦争と新宿。僕にとっては、共に時間を共有できていた街であった。

この時代の新宿を題材にしたものは『新宿物語』（二〇一四年、光文社刊）、『新宿物語'70』（二〇一六年、光文社刊）と併せて三冊目になる。読んでいただけるなら幸甚だ。

二〇二一年八月

高部　務

著者紹介
高部 務（たかべ・つとむ）
1950年山梨県生まれ。『女性セブン』『週刊ポスト』記者を経てフリーのジャーナリストに。新聞、雑誌での執筆を続ける傍ら『ピーターは死んだ―忍び寄る狂牛病の恐怖―』や『大リーグを制した男　野茂英雄』（共にラインブックス刊）『清水サッカー物語』（静岡新聞社刊）などのノンフィクション作品を手掛ける。
2014年、初の小説『新宿物語』（光文社刊）続けて『新宿物語'70』（光文社刊）執筆。『スキャンダル』（小学館刊）『あの人は今』（鹿砦社刊）。
『由比浦の夕陽』で2020年度「伊豆文学賞」優秀作品賞受賞。

馬鹿な奴ら　ベトナム戦争と新宿

2021年9月25日初版第1刷発行

著　者――高部 務
発行者――松岡利康
発行所――株式会社鹿砦社（ろくさいしゃ）
●本社／関西編集室
兵庫県西宮市甲子園八番町２－１　ヨシダビル301号　〒663-8178
Tel. 0798-49-5302　Fax.0798-49-5309
●東京編集室
東京都千代田区三崎町３－３－３　太陽ビル701号　〒101-0061
Tel. 03-3238-7530　Fax.03-6231-5566
URL　http://www.rokusaisha.com/
E-mail　営業部○ sales@rokusaisha.com
編集部○ editorial@rokusaisha.com

印刷／製本――――三松堂株式会社
装　丁―――――芦澤泰偉
本文ＤＴＰ制作――株式会社風塵社

Printed in Japan　ISBN978-4-8463-1426-2　C0093